DER DRACHENWÄCHTER

Lochguard Highland Drachen

Buch 2

JESSIE DONOVAN

Der Drachenwächter

Englisch Copyright 2016 Laura Hoak-Kagey

Deutsches Copyright 2023 Laura Hoak-Kagey

Mythical Lake Press, LLC

www.JessieDonovan.com

Cover-Art von Laura Hoak-Kagey von Mythical Lake Design

ISBN: 978-8891560086

Die Stonefire Drachen und Lochguard Highland Drachen Serien sind miteinander verflochten. Da so viele Leser nach der Lesereihenfolge fragen, habe ich sie in dieses Buch aufgenommen. (Diese Liste gilt ab April 2026.)

Dem Drachen geopfert (Stonefire Drachen #1)

Den Drachen verführen (Stonefire Drachen #2)

Die Drachen offenbaren (Stonefire Drachen #3)

Den Drachen heilen (Stonefire Drachen #4)

Den Drachen wiedererwecken (Stonefire Drachen #5)

Das Dilemma des Drachen (Lochguard Highland Drachen #1)

Vom Drachen geliebt (Stonefire Drachen #6)

Der Drachenwächter (Lochguard Highland Drachen #2)

Dem Drachen ergeben (Stonefire Drachen #7)

Das Drachenherz (Lochguard Highland Drachen #3)

Vom Drachen geheilt (Stonefire Drachen #8)

Der Drachenkrieger (Lochguard Highland Drachen #4)

Dem Drachen helfen (Stonefire Drachen #9)

Den Drachen finden (Stonefire Drachen #10)

Vom Drachen ersehnt (Stonefire Drachen #11)

Die Drachenfamilie (Lochguard Highland Drachen #5)

Skyhunter gewinnen (Stonefire Drachen Universum #1)

Die Entdeckung des Drachen (Lochguard Highland Drachen #6)

Snowridge Verwandeln (Stonefire Drachen Universum #2)

Kapitel Eins

Fergus MacKenzie saß in Drachengestalt auf einem der Hügel rund um Loch Shin und bewegte seine Krallen. Obwohl er schon die ganze letzte Stunde darauf gewartet hatte, die rothaarige Menschenfrau zu sehen, war sie noch nicht herausgekommen.

Das sollte ihn nicht überraschen, denn es war Januar in den schottischen Highlands. Der Wind und die Kälte im Norden waren nichts für Schwache. Auch wenn alles, was er in den letzten Wochen über Gina MacDonald erfahren hatte, für ihre Stärke sprach, war sie außerdem hochschwanger. Ihr Kind konnte jede Sekunde kommen.

Fergus' innerer Drache meldete sich zu Wort: *Sieh nur! Ihre Tür öffnet sich. Vielleicht können wir heute tatsächlich mit ihr reden.*

Fergus beobachtete, wie Gina nach draußen kam und zum Hühnerstall ging. Der Wind peitschte ihr langes, lockiges rotes Haar, und sie zog die Jacke enger um den Körper.

Sein Tier meldete sich erneut zu Wort: *Heute ist vielleicht für eine ganze Weile unsere letzte Chance. Wir sollten mit ihr reden.*

Fergus wollte dringender mit dem Menschen reden, als er jemals jemandem gegenüber zugeben würde. Nicht einmal sein Zwillingsbruder wusste, dass Gina in Fergus' Träume eingedrungen war, seit er sie das erste Mal gesehen hatte. Träume, in denen meistens beide nackt und zwischen Laken waren.

Fergus verdrängte diese Gedanken und antwortete seinem Drachen: *Wir haben keinen Anspruch auf sie. Ich kann keine Konfrontation mit dem Vater ihres Kindes riskieren.*

Sein Drache schnaubte. *Wir konnten nichts über ihn herausfinden. Wenn er seine Frau nicht beschützen will, hat er keinen Anspruch auf sie.*

Das stimmt nicht. Was, wenn er bei der Armee und derzeit in Übersee stationiert ist?

Das ist eine sehr unwahrscheinliche Möglichkeit.

Es könnte dennoch sein.

Fergus überlegte, zu seinem Haus bei Clan Lochguard zurückzukehren, als sich die Frau an den Bauch griff und sich vornüberbeugte. Ohne nachzudenken, schwang sich Fergus zu Ginas Haus hinunter. Die Schafe rannten zur anderen Seite eines der Gehege, und er landete. Er stellte sich vor, wie die Flügel in seinen Rücken schrumpften, seine Krallen sich in Finger verwandelten und seine Schnauze die Form eines menschlichen Gesichts annahm, und fünf Sekunden später stand Fergus in seiner menschlichen Gestalt da. Ohne sich um seine Nacktheit zu scheren, eilte er zu der Frau und schrie: „Geht's dir gut, Mädel?"

Die Frau blickte zu ihm hinüber. Ihre Augen weiteten sich, bevor sie kurz nach unten zu seinem Schwanz schossen und wieder zurück zu seinem Gesicht. Sie atmete einmal tief durch, richtete sich dann auf und runzelte die Stirn. „Du bist der Drache, der mich seit Wochen beobachtet."

Er trat einen Schritt näher. „Das spielt jetzt keine Rolle. Wenn du Hilfe brauchst, sag es mir. Ich kann einen Arzt oder deinen Mann anrufen."

„Ich habe keinen Ehemann." Gina rieb ihren Bauch und stieß dann einen Seufzer aus. „Aber der verdammte Zauber ist vorbei, also sag mir, warum du nackt in meinem Garten stehst."

Genau wie beim ersten Mal, als er sie hatte sprechen hören, fand er ihren amerikanischen Akzent zwar fremd, aber liebenswert. „Hast du keine Wehen?"

„Nein. Ich habe versucht, das Essen bei mir zu behalten. Bei dem Geruch von Hühnerkot muss ich würgen."

Sein Drache meldete sich zu Wort. *Bring sie hinein. Ich mag es nicht, dass sie hier in der Kälte ist.*

Fergus hatte dieselbe Frage schon eine Million Mal gestellt, aber beschlossen, es noch einmal zu versuchen. *Warum interessiert dich das so sehr?*

Bring sie erst hinein!

Fergus deutete mit einer Hand zur Tür.

„Bringen wir dich aus der Kälte, holen wir mir eine Decke oder ein Handtuch, damit ich etwas von meiner Nacktheit bedecken kann, und ich werde alle Fragen beantworten, die du vielleicht hast."

Einer von Ginas Mundwinkeln zuckte nach oben. „Ach, wirklich? Was immer ich will? Ich kann es kaum erwarten, den großen, bösen Drachen dazu zu bringen, sich zu winden."

Er ignorierte ihr Necken, trat an ihre Seite und legte eine Hand an ihren unteren Rücken. Trotz der Kleidungsschichten zwischen ihrer Haut und seiner schoss ihm ein kleiner elektrischer Schlag in den Arm. Er konnte sich nicht erinnern, wann ihm das das letzte Mal bei einer Frau passiert war. „Ich versichere dir, ich werde mich nicht winden. Lass uns jetzt hineingehen. Es ist verdammt kalt hier draußen."

Gina ging los, und Belustigung tanzte in ihren Augen. „Wirst du das als Entschuldigung für die Größe deines Penis benutzen?"

Er blinzelte. „Was?"

„Nun, fast jeder Kerl, den ich je getroffen habe, sagt, dass die Kälte ihn schrumpfen lässt." Sie hielt inne und beugte sich vor. „Aber in deinem Fall frage ich mich, wie groß du bist, wenn es warm ist."

Fergus räusperte sich. Er würde nicht zulassen, dass das Mädel ihn entwaffnete. „Als ich dich das erste Mal in Drachengestalt traf, sagtest du, du kennst den Drachenclan in Virginia in Amerika. Ich bin ziemlich zuversichtlich, dass die Gerüchte über

Drachenwandler und ihre Schwänze dort dieselben sind wie hier."

„Vielleicht. Aber mir gefällt die Idee, dass du dich unwohl fühlst."

Er runzelte die Stirn. „Willst du mir sagen, warum?"

Gina legte eine Hand auf ihren Bauch. „Das macht Spaß. Und glaub mir, es ist Monate her, seit ich Spaß hatte."

Gina MacDonald war sich nicht sicher, was über sie gekommen war. Der schwarze Drache, der sie ständig von den Hügeln aus beobachtete, hatte sie über die vergangenen Wochen verärgert. Wer war er, dass er sie ausspionierte? Nicht nur das, er hatte auch nie den Mut besessen, mit ihr zu reden, damit sie herausfinden konnte, warum er dort war. Sie glaubte nicht, dass Travis ihn geschickt hatte.

Nein. Sie weigerte sich, an diesen Bastard zu denken.

Und doch schüttete sie dem schottischen Drachenmann ihr Herz aus. Sicher, es stimmte, dass sie keinen Spaß gehabt hatte, seit ihre Mutter sie nach Schottland geschickt hatte, aber das war wohl kaum etwas, das man einem Fremden erzählte.

Der Drachenmann drückte sanft gegen ihren Rücken, und Gina stöhnte fast bei seiner Berührung. Sie würde ihren linken Arm für eine Massage geben.

Der mysteriöse Drachenmann meldete sich, sein köstlicher schottischer Akzent ließ sie zittern. „Aye, nun, manchmal muss der Spaß eben warten. Du wirst bald ein Kind bekommen, also gewöhn dich daran."

Sie blickte hinüber zu dem großen Schotten an ihrer Seite. „Was, hast du eine Brut von fünf Kindern zu Hause und sprichst aus Erfahrung?"

„Ich habe keine Kinder."

Sein Ton war etwas zu kontrolliert. Das Kluge wäre, es fallen zu lassen, aber Gina mochte keine unbeantworteten Fragen. „Aber eines Tages willst du welche."

Der Drachenmann geriet ins Straucheln. Seine dunkelblauen Augen begegneten ihren, und sie atmete tief ein. Es schien, als wären Drachenwandler auf beiden Seiten des Teichs attraktiv.

Gina ballte ihre Hände zu Fäusten und ignorierte die Anziehung, die sie spürte. Das war es schließlich, was sie in ihre aktuelle Situation gebracht hatte.

Sie erreichten die Tür, und der Drachenmann drehte den Knauf. Gina dachte über die negativen Aspekte nach, einen fremden Mann in ihr Haus einzuladen. Aber dann wehte der Wind. Sie sehnte sich nach Wärme, entschied sich, ihrem Bauch zu vertrauen, dass der Mann ihr nicht wehtun würde, und trat ein. „Dann kommen Sie rein, Mister ...?"

„MacKenzie. Fergus MacKenzie, aber lass uns beim Du bleiben."

Gina schnaubte. „Noch schottischer kann man ja wohl nicht sein."

Fergus schloss die Tür. „Fergus ist ein starker Name. Er bedeutet ‚Mann der Stärke' oder ‚Mann der Macht'."

Sie setzte einen falschen schottischen Akzent auf. „Aye, und noch dazu ein sehr schöner Name."

Sie hielt es nicht für möglich, aber Fergus runzelte noch mehr die Stirn als zuvor. „Wir probieren also Akzente aus, aye?" Er verstellte seine Stimme zum schrillen Quietschen eines Valley-Girl-Akzents. „Ich bin so super coolmäßig. Und du bist total crazymäßig."

Sie schaffte es, sich zusammenzureißen, bis Fergus mit den Augenbrauen wackelte und Gina brüllend lachte. „So solltest du immer reden. Das steht dir."

Seine Stimme wurde wieder normal. „Aber die Amerikaner lieben es, wenn ich mein ‚r' rolle."

Gina wollte nicht zugeben, dass es stimmte, drehte sich um, nahm eine Decke und warf sie Fergus zu. „Bedeck dich, und ich gieß' den Saft ein."

Aus dem Augenwinkel sah sie Fergus die Decke um seine schmalen Hüften wickeln. Die Tätowierung auf einem seiner Oberarme zog sich dabei zusammen und entspannte sich.

Drachenwandler waren wirklich zu attraktiv für ihr eigenes Wohl.

Nicht jetzt, Gina. Wir haben unsere Lektion gelernt, erinnerst du dich? Reiß dich zusammen!

Sie räusperte sich und ging in die Küche. Gerade als sie sich gegen den Tresen lehnen und einmal durchatmen wollte, spazierte Fergus in den Raum, als ob er ihm gehörte. Als er sie am Tresen sah, murmelte er: „Verdammte, sture Frau."

Bevor Gina antworten konnte, war er neben ihr. Er hob sie hoch, als ob sie nichts wöge, und sie schrie: „Lass mich runter!"

Fergus passte seinen Griff an. „Nein."

Sie schlug ihm gegen die Brust. „Wie ich dir bereits bei unserem ersten Treffen sagte, habe ich Möglichkeiten, mich gegen Drachenwandler zu verteidigen."

„Aye? Nun, wenn es dir etwas ausmacht, auf einen Stuhl getragen zu werden, frage ich mich, wie ein Mann dir nahe genug kommen konnte, um dir ein Kind zu machen."

„Versuchst du, mich zu beleidigen?"

Fergus setzte sie behutsam auf den Küchenstuhl und blieb gebeugt, sodass seine Augen auf gleicher Höhe wie ihre waren. Seine Pupillen blitzten zu Schlitzen und zurück, bevor sein Mundwinkel zuckte. „Mädel, ich habe eine jüngere Schwester und einen Zwillingsbruder. Glaub mir, wenn ich dich beleidige, wirst du es wissen."

Sie öffnete den Mund, und Fergus drückte ihre Lippen mit seinen warmen, rauen Fingern zusammen − Fingern, die ihr ohne Zweifel böse Dinge antun konnten.

Gina blinzelte. Sie musste Fergus MacKenzie von sich wegbringen, sonst würde sie definitiv etwas

Dummes tun. Angesichts ihrer Erfolgsbilanz im letzten Jahr musste sie keine weiteren Fehler auf ihre Liste setzen.

Und Zeit mit Fergus zu verbringen, wäre ein Fehler, den sie sich nicht leisten konnte. Nicht mit einem Kind unterwegs, das sie beschützen musste.

Sie konnte nicht sprechen und hob ihre Augenbrauen. Fergus grinste, und sie hörte auf zu atmen. Es gefiel ihr, wie seine Augenwinkel sich in Falten legten.

Fergus meldete sich endlich zu Wort. „Ich werde deine Lippen unter einer Bedingung loslassen: Du versprichst mir, hier zu sitzen, während ich dir Saft und einen Snack hole. Nick einfach, wenn du zustimmst."

Sie sollte wirklich einfach nicken und höflich sein. Das sollte sie.

Aber Gina mochte Fergus' Befehlston nicht. Es war fast so, als hätte er erwartet, dass sie seinem Wort ohne Beschwerde folgte.

Er mochte größer sein und viel mehr Muskeln haben, aber sie war nicht so weit gekommen, um dann jemanden zu haben, der versuchte, die Kontrolle zu übernehmen.

Nach ihren Highschool-Jahren im Theaterclub schloss Gina ihre Augen und stöhnte, als hätte sie Schmerzen. Fergus ließ sofort ihre Lippen los. „Was ist los, Gina?"

Anstatt darüber nachzudenken, woher er ihren Namen kannte, hakte sie ihr Bein in seine Kniekehle und zog ihn nach vorn. Fergus fiel zu Boden. Bevor er sich bewegen konnte, klemmte sie seinen Kopf zwischen ihre Beine. „Okay, Drachenmann. Lass uns jetzt ein paar Dinge klarstellen. Erstens: Es ist nicht nett, ohne Erlaubnis in den persönlichen Raum eines Menschen einzudringen. Wenn du das noch einmal tust, werde ich nicht so nachsichtig sein."

Trotz ihres Bestrebens, knallhart zu klingen, tanzte in Fergus' Augen die Belustigung. „Und ich nehme an, es gibt eine Nummer zwei?"

Sie knurrte. „Du wirst mir jetzt sagen, warum du mich beobachtet hast und woher du meinen Namen kennst."

„Das sind insgesamt eigentlich drei Dinge."

„Bist du immer so nervig?"

„Es ist nichts nervig daran, wenn man auf Details hinweist. Ich mache das jeden Tag bei meiner Arbeit."

Aus irgendeinem Grund wollte sie fragen, was sein Job war. Fergus war ganz anders als Travis, der ein Beschützer gewesen war.

Dann erinnerte sie sich, wie Fergus ihre Lippen wie bei einem Kind zum Schweigen gebracht hatte, und Gina lehnte sich näher an Fergus' Gesicht. „Das ist alles ganz nett, aber wie wäre es, wenn du meine Fragen beantwortest? Je länger du brauchst, desto größer ist die Chance, dass ich Wehen bekomme. Du willst wahrscheinlich nicht unter mir sein, wenn meine Fruchtblase platzt."

Fergus brauchte jede Kraft, um Gina MacDonald nicht auszulachen.

Aus welchem Grund auch immer, Fergus liebte es, sie zu necken. Das Mädel war wild, aber vielleicht ein kleines bisschen zu stur. Diese Sturheit trübte ihr Urteilsvermögen. Sie hatte seine Hände freigelassen. Er konnte die Position tauschen und sie auf den Boden drücken, aber er genoss eher die Wärme und das Gewicht ihres Pos an seiner nackten oberen Brust.

Sein Drache meldete sich. *Schade, dass sie nicht nackt ist. Ich würde gerne ihre Haut und Nässe an unserer Brust spüren.*

Verdammter Drache! Sie gehört nicht uns.

Sie könnte es aber.

Er ignorierte die Worte seines Drachen und konzentrierte sich auf Gina. „Obwohl es nach deiner Größe zu urteilen noch Wochen dauern kann, bis du Wehen bekommst." Gina knurrte, und Fergus zwinkerte. „Aber da die Gefährtin meines Cousins mich einen Kopf kürzer machen würde, wenn sie wüsste, dass ich eine schwangere Frau piesacke, werde ich deine Fragen beantworten. Wenn du dich jedoch auf meine Antwort konzentrieren willst, dann dreh dich um. Die Decke ist bei dem Sturz runtergefallen, und wir alle wissen, wie sehr du dich von meinem Schwanz ablenken lässt."

Ginas Wangen röteten sich, und sie hob ihr Kinn. „Ich bin eindeutig keine Jungfrau, also habe ich den Penis eines Mannes schon einmal gesehen. Einige Antworten interessieren mich viel mehr."

Fergus' Drache knurrte. *Sie sollte unseren Schwanz nicht so lässig abtun. Ich kann an ihren Pupillen erkennen, dass sie uns will.*

Halt die Klappe, Drache! Du bist genauso schlimm wie Fraser.

Aye, und dein Zwillingsbruder hat den ganzen Spaß.

Gina pikste seine Nase. „Und? Ich warte."

Er schmunzelte, was den Menschen nur dazu brachte, ihn wieder zu piksen. Da er nicht wollte, dass Gina ihre Drohung von vorhin wahrmachte, antwortete Fergus ihr: „Ich kenne deinen Namen, weil ich die Einheimischen gefragt habe. Du bist Amerikanerin, also weißt du vielleicht nicht, wie die Menschen rund um Loch Shin Drachenwandler betrachten."

Gina winkte das mit einer Hand ab. „Meine Großmutter hat hier gelebt, bis sie starb, und ich habe von den Geschichten gehört, dass Drachen Glück bringen sollen. Ich bin jedoch noch nicht davon überzeugt, dass ein Drachenwandler hier oder in Amerika ein Glücksbringer ist."

Fergus' Job verlangte, dass er Informationen sammelte und Kontakte befragte. Seine jahrelange Erfahrung sagte seinem Bauchgefühl, dass sie mehr über Drachenwandler wusste, als sie zugab.

Gina MacDonald war jedoch nicht sein Auftrag. Um ehrlich zu sein, Fergus musste in der nächsten Stunde nach Lochguard zurückkehren. Je eher er den Menschen besänftigte, desto besser.

„Glaub, was du willst. Ist mein Verhör schon vorbei?"

Sie schüttelte den Kopf. „Du hast mir immer noch nicht gesagt, warum du mich in den letzten sechs oder sieben Wochen beobachtet hast."

Verdammt. Er hatte gehofft, sie hätte das vergessen. Der Gedanke, den Menschen zu belügen, gefiel weder Mensch noch Tier gut, also hielt er sich an die Wahrheit. „Ich wollte deine Geschichte erfahren."

Gina blinzelte. „Was?"

„Deine Geschichte. Ich kenne alle Menschen an diesem Loch, Mädel. Du bist neu, und ich möchte wissen, warum du hier bist."

Sie verschränkte die Arme vor der Brust, was ihren Busen nur höher schob. Bastard, der er war, starrte er eine Sekunde darauf hinunter. Er fragte sich, wie schwer sie sich in seinen Händen anfühlen würden.

Gina räusperte sich, und er begegnete wieder ihrem Blick. Die Wangen der Frau waren noch mehr gerötet als zuvor. Er brauchte alles, um nicht auf ihre Lippen zu starren, als sie antwortete: „Warum klopfst du dann nicht wie ein normaler Mensch an meine Tür? Weißt du, wie gruselig es ist, einen riesigen schwarzen Drachen zu haben, der jeden deiner Schritte beobachtet? Trotz meiner Erfahrung mit Drachenwandlern hatte ich mich schon gefragt, ob du mich fressen würdest."

Sein Tier summte. *Ja, ich würde sie gerne fressen.*

Fergus hätte sich fast verschluckt. Er versuchte,

darüber nachzudenken, wie er darauf antworten sollte, als Gina aufschrie und die Hände an ihren Bauch legte.

„Tust du wieder nur so?"

Gina atmete ein und schüttelte den Kopf. Sowohl Mensch als auch Tier sprangen in Aktion.

Er nahm Ginas Schultern sanft in die Hand und rollte sie, bis sie auf dem Rücken am Boden lag. Er legte eine Hand auf ihren Bauch und spürte, wie der sich verkrampfte. „Wir müssen dir einen Arzt rufen, Mädel. Kannst du hierbleiben, während ich das mache?"

Gina schrie: „Nein! Ruf keinen Arzt!"

Er runzelte die Stirn. „Warum nicht?"

Er merkte, wie der Schmerz verging, weil Ginas ganzer Körper sich am Boden entspannte. Nach ein paar Augenblicken des Schweigens sah sie ihm in die Augen. „Weil das Baby ein Halb-Drachenwandler ist. Wenn du einen Arzt rufst, sperren sie mich ein und nehmen mir am Ende meinen Sohn weg."

Kapitel Zwei

Gina hatte wochenlang versucht, den Mut aufzubringen, die einzige Person zu kontaktieren, die ihr helfen könnte, ihr Baby zu behalten, aber sie hatte versagt. Sie hatte es so lange hinausgezögert, Melanie Hall-MacLeod zu kontaktieren, dass sie vielleicht kein Happy End mehr bekommen würde.

Und trotz des schwierigen Lebens, das vor einem Menschen lag, der ein Drachenwandler-Kind großzog, wollte Gina verzweifelt ihren Sohn behalten.

Sie verfluchte Travis dafür, dass er sie überhaupt erst in diese Lage gebracht hatte. Sein Liebesgesäusel und dass er ihr wahrer Gefährte wäre, waren alles eine Lüge gewesen. Sobald er erfahren hatte, dass sie schwanger war, hatte er gelacht und war verschwunden. Alles, was er gewollt hatte, war ein weiteres Kind für seinen Clan.

Tränen brannten in ihren Augen, aber sie hielt

sie mit ihrer Willenskraft zurück. Sie würde nicht vor Fergus weinen, selbst wenn es sie umbrachte.

Der Drachenmann musterte sie mit seinen dunkelblauen Augen. Er hatte immer noch nicht auf ihr Geheimnis reagiert. Gerade, als sie nach seinen Gedanken fragen wollte, antwortete er: „Ich kenne jemanden, der dir helfen kann."

Die Angst packte ihr Herz. „Aber werden sie mir mein Baby wegnehmen?"

„Das können wir später diskutieren. Jetzt brauchst du erst einmal eine Hebamme. Zum Glück ist meine Schwägerin eine verdammt gute."

Fergus holte sein Handy heraus. Bevor er jedoch wählen konnte, ergriff sie sein Handgelenk. „Ich warne dich, Fergus. Wenn die Person, die du da anrufen willst, mein Baby wegnimmt, dann werde ich meine Geheimwaffe benutzen, um dich aufzuhalten."

Gina griff mit der anderen Hand in ihre Tasche und schloss die Finger um das kostbare Röhrchen mit gemahlenem Immergrün und Alraunwurzel. Die Substanz hatte sie ein kleines Vermögen gekostet, aber es war der einzige Weg, einen Drachenwandler außer Gefecht zu setzen. Und nicht nur das, es würde ihn oder sie auch mehrere Tage daran hindern zu wandeln.

Sie hatte es gekauft, für den Fall, dass Travis, oder irgendjemand vom Clan BroadBay, hinter ihr her war. Aber sie würde es auch bei Fergus einsetzen, wenn sie müsste.

Fergus strich einen Finger über ihre Wange.

Seine Berührung half, ihre Spannungen ein wenig zu lösen. Seine Stimme war sanft, aber fest, als er sagte: „Holly wird nicht versuchen, dir dein Kind wegzunehmen, Mädel. Aber es wird ein Problem sein, wenn du allein in diesem Cottage bleibst."

Ginas Herz schlug schneller. „Bedeutet das, du wirst mich dem MDA ausliefern?"

Er schüttelte den Kopf. „Nein. Aber ich denke, du solltest mit mir nach Lochguard kommen."

Der Clan Lochguard war der einzige Drachenwandler-Clan in Schottland. Gina hatte monatelang versucht, Informationen über sie zu finden, wusste aber immer noch nicht viel über sie, da die Einheimischen sie als Außenseiter betrachteten. Alles, was sie hatte, waren die Leckerbissen, die sie von ihrer Großmutter erfahren hatte, bevor sie vor ein paar Monaten gestorben war.

Sie wünschte, ihre Grandma wäre noch am Leben. Marjorie MacDonald hatte einige Drachenwandler in höchsten Tönen gelobt. Vielleicht war auch Lochguards Anführer dabei gewesen.

Aber ihre Großmutter war tot, und Gina musste die Situation selbst klären. Sie packte die Ampulle in ihrer Tasche fester, sammelte jede Kraft, die sie besaß, und machte ihre Stimme stark. „Ich stimme gar nichts zu, bis ich mit deinem Clanführer gesprochen habe."

„Du weißt aber schon, dass ich das MDA sofort anrufen und dich ihnen übergeben könnte."

„Und was dann? Ich könnte genauso einfach melden, dass du mich die letzten Wochen gestalkt hast. Die Einheimischen mögen sich nicht dafür interessieren, dass du auf menschlichem Land herumhängst, aber das MDA schon."

Als sie einander anstarrten, fragte sich Gina, ob sie zu weit gegangen war. Vor allem, da sie, wenn noch ein Schmerz käme, vollständig Fergus ausgeliefert wäre. Er konnte es ihr leicht heimzahlen.

Aber dann lächelte er, und ihre Ängste ließen nach, als er wieder sprach. „Ein Mädel, das sein Gehirn benutzt. Ich muss zugeben, das gefällt mir." Fergus wedelte mit dem Handy in seiner Hand. „Lass mich meine Schwägerin anrufen. Danach rufe ich meinen Clanführer an und sehe, was ich tun kann. Aber es ist allein Finn überlassen, ein Treffen abzulehnen. Das verstehst du, nicht wahr, Mädel?"

„Mein Name ist nicht ,Mädel'. Ich heiße Gina."

Fergus grinste. „Also gut, Gina. Dieselbe Frage."

Der Gedanke, unter den Regeln eines unbekannten Drachen-Clans zu leben, bekam ihr gar nicht. Der Drachenclan-Anführer von Clan BroadBay in Virginia hatte festgestellt, dass Ginas Kind zu BroadBay gehörte. Seine Lösung war, dass sie das Büro des US-Ministeriums für Drachenangelegenheiten in Washington aufsuchte, um einen Vertrag über die Übergabe ihres Kindes nach dessen Geburt zu unterzeichnen. Als Gina ihren Termin beim US-MDA verpasst hatte, hatte BroadBay einen Kopfpreis auf sie ausgesetzt.

Daraufhin hatte sie beschlossen, dorthin zu gehen, wo ihre Großmutter wohnte, in die Nähe von Loch Shin. Die Erinnerungen reichten weit, und obwohl sie ihre Geheimnisse für sich behielten, hatten viele Einheimische Gina ohne mit der Wimper zu zucken nach dem Tod ihrer Großmutter geholfen, sich dort niederzulassen. Eines der wenigen Dinge, die sie kürzlich erwähnt hatten, war, dass Lochguards Anführer, Finlay Stewart, jemand sein könnte, an den sie herantreten und mit dem sie zusammenarbeiten könnten. Soweit sie sagen konnte, war Clan Lochguard überhaupt nicht wie BroadBay.

Auch wenn es vielleicht nicht die beste Entscheidung war, würde Gina ein Risiko eingehen, um ihres Kindes willen. Sie konnte später immer noch ihre Optionen überdenken. „Ruf die Hebamme an."

Fergus gab die Nummer ein und hielt das Handy an sein Ohr. Gina hoffte nur, dass sie keine weitere schlechte Entscheidung getroffen hatte. Im letzten Jahr waren es zu viele gewesen.

Während er darauf wartete, dass Holly ranging, musterte Fergus Gina MacDonald. Für einen Menschen hatte sie ein ziemliches Rückgrat. Selbst mit den möglicherweise bevorstehenden Wehen behauptete sie sich, um zu bekommen, was sie wollte.

Er fragte sich, wie ein solches Mädel allein in der Wildnis Schottlands hatte landen können und schwanger mit einem Drachenwandler-Kind war.

Bevor er jedoch zu viel darüber nachdenken konnte, hörte er seine Schwägerin Holly: „Hallo?"

Fergus antwortete: „Holly, ich brauche deine Hilfe. Wie schnell kann Fraser dich an die Nordwestküste von Loch Shin bringen?"

„So sehr ich dir auch immer helfen möchte, ich brauche mehr Details als das, bevor ich mich zu irgendetwas verpflichte."

Er runzelte die Stirn, als er Ginas Gesicht auf Anzeichen von Schmerzen betrachtete. Zum Glück hatte das Mädel nicht wieder geschrien. „Ich habe hier eine Menschenfrau, die schwanger ist mit einem halben Drachenwandler-Kind. Sie hatte Schmerzen, und ich bin besorgt."

Holly klang verwirrt. „In Lochguard gibt es derzeit keine Menschen, die schwanger sind. Selbst in Stonefire gibt es nur eine, Samira James, und ich habe vor dreißig Minuten mit ihr und Dr. Sid gesprochen. Wer ist dieser Mensch?"

Fergus' Drache knurrte, und er schickte beruhigende Gedanken an sein Tier, während er seine Stimme senkte. „Wenn du mir überhaupt vertraust, Holly MacKenzie, heb dir deine Fragen für später auf. Ich weiß nur, dass der Mensch hochschwanger ist und Schmerzen im Unterleib hatte."

Holly antwortete: „Okay, aber ich werde Layla mitbringen. Sie ist gerade verfügbar."

Layla war Lochguards Ärztin im Praktikum. „Nein, nicht. Je weniger Leute beteiligt sind, desto besser. Ich rufe Finn jetzt gleich an, also beeil dich! Sag Fraser, es ist das weiße Cottage mit einem Hühnerstall dahinter. Daneben befindet sich ein Stapel Brennholz. Es gibt keine anderen Cottages in der Gegend mit diesen beiden Merkmalen."

„Okay, aber —"

Fergus beendete den Anruf. Gerade als er Finns Nummer wählen wollte, hielt Gina den Atem an. Er streckte eine Hand aus und berührte ihre weiche Wange. „Sag mir, was los ist, Gina."

„Schmerz." Sie schloss die Augen. Fergus streichelte ihre Wange, und sie lehnte sich in seine Berührung.

Er fragte sich, wie es wäre, eine eigene Frau zu haben, die dasselbe täte.

Er verdrängte diesen Gedanken und konzentrierte sich auf die Menschenfrau. „Atme weiter, Mädel! Hilfe ist unterwegs. Wenn sie fliegen, können sie in den nächsten fünf Minuten hier sein."

Gina stieß endlich die Luft aus. Sie öffnete die Augen und berührte seinen Arm mit der Hand. „Sie werden nicht versuchen, mir mein Baby zu nehmen, oder?"

Die Angst des starken Mädels ließ seinen Drachen knurren. *Sie sollte nie unglücklich sein. Kuschel sie fest. Unsere Berührung wird ihr helfen.*

Aber wir sind nackt.

Ist das jetzt wichtig?

Sein Drache hatte recht. Eine Frau in den

Wehen würde nicht an heißen Sex mit einem Drachenwandler denken. „Nein, sie werden das Kleine nicht nehmen, Gina. Ist der Schmerz vorerst vorbei?" Sie nickte, und er fuhr fort: „Dann lass mich dich in meinem Schoß halten, bis sie kommen. Aus welchem Grund auch immer, meine Berührung entspannt dich. Leugne es nicht."

Sie biss sich auf die Lippe. Sein Tier knurrte: *Lass sie nicht Nein sagen.*

Was ist denn bloß los mit dir? Ich bin nicht Fraser. Ich gebe den Wutanfällen meines Drachen nicht nach.

Das ist kein Wutanfall. Unsere Frau darf niemals Schmerzen haben, wenn wir es verhindern können.

Sie ist nicht unsere Frau. Ihr Mann könnte jederzeit kommen.

Sein Drache schwieg weiter. Das hieß, sein verdammtes Tier dachte sich einen Plan aus.

Als er merkte, dass Gina noch nicht geantwortet hatte, streichelte Fergus ihre Wange erneut mit seinem Daumen. „Komm schon, Mädel. Ich wette, du bist neugierig, wie es ist, all diese Muskeln um dich herum zu fühlen."

Wie auf ein Stichwort kniff sie ihre Augen zusammen. „Muskeln bedeuten nichts, wenn man ein Bastard ist. Ich kenne dich nicht gut genug, um das zu beurteilen."

Es lag ihm auf der Zungenspitze zu sagen, dass er kein Bastard war. Doch der besitzergreifende Drang seines Drachen, Gina zu halten, drang durch seinen Körper und entfachte die verborgene Sehnsucht seiner menschlichen Hälfte.

Fergus war es leid, nett zu sein, lehnte sich hinüber, legte seine Hände unter Ginas Achseln und manövrierte sie auf seinen Schoß. Bevor sie ein Geräusch von sich geben konnte, legte er seine Arme um sie und lehnte seine Wange an ihre.

Eine Sekunde lang verkrampfte sie sich. Dann lehnte sie sich gegen ihn. Fergus schmunzelte. „Hab ich's dir doch gesagt."

Sie wandte den Kopf, um ihm in die Augen zu sehen. „Nur, weil du mir hilfst, werde ich das einmal zulassen. Aber komm nicht auf dumme Ideen."

Sein Drache zischte. *Wir sollten sie festhalten können, wann immer wir wollen.*

Nicht jetzt, Drache.

Er ignorierte sein Tier und erfreute sich an der Hitze und dem Duft des Menschen in seinem Schoß. Es erinnerte ihn zum Teil daran, warum er eine Gefährtin wollte – damit er diese Art von Nähe jeden Tag haben konnte.

Aber Gina gehörte ihm nicht und konnte es wahrscheinlich auch nie. Er musste sie vergessen und sich auf die Sicherheit seines Clans konzentrieren. Es gab zu viele unbekannte Faktoren bei Gina; sie konnte eine potenzielle Bedrohung für Lochguard sein. Nicht, dass er das glauben wollte.

Mit weiter unbeschwertem Ton antwortete er: „Du solltest dir mehr Sorgen um das MDA machen. Oder darüber, zum Teufel, dich mit meinem Clan-Führer zu treffen."

„Genau. Und deshalb solltest du mit ihm über

dein Handy sprechen, anstatt mich in deinen Armen gefangen zu halten."

Er sollte Finn sofort anrufen, aber stattdessen sagte er: „Ich halte dich gefangen?" Er zog sie fester an seinen Körper und genoss die Weichheit ihres Pos an seiner Scham. „Dann sollte ich vielleicht anfangen, die Situation auszunutzen."

„Das würdest du nicht wagen."

„Hey, du bist diejenige, die mich hier als Bösewicht darstellt."

Gina öffnete den Mund, um zu antworten, als das Baby gegen seinen Arm trat. Eine Sehnsucht, die er jahrelang verborgen hatte, Vater werden zu wollen, überflutete seinen Körper. Er bewegte seine Hand an dieselbe Stelle, und das Kleine trat wieder.

Er erwartete, dass Gina seine Hand wegschob, aber stattdessen legte sie ihre warmen Finger über seine. Ginas Stimme füllte den Raum. „Merkwürdig. Er war sonst so ein ruhiges Kind. Aber bei dir zappelt er rum und macht Ärger."

Fergus hatte Angst, sich zu bewegen, um den Zauber nicht zu brechen, und hielt seinen Ton neutral. „Vielleicht spürt er einen anderen Drachen."

Fergus sah Gina in die Augen. Das Mädel musterte seinen Blick, während es den eigenen neutral hielt. Zum ersten Mal hatte Fergus die Gelegenheit, ihre goldgefleckten grünen Augen zu bewundern.

Diese Augen enthielten Geheimnisse, die er plötzlich untersuchen wollte.

Er verwarf die Idee als nichts anderes als seine Ausbildung zum Informationsanalytiker. Fergus MacKenzie lebte, um die Wahrheit herauszufinden, damit er seinem Clan helfen konnte. Sein Gehirn war so verdrahtet, dass es immer Fragen stellte und Antworten verlangte. Nichts weiter.

Und sicherlich nicht, weil er jeden Morgen mit Gina MacDonald an seiner Seite aufwachen wollte.

Sein Drache summte. *Doch, wir sollten sie jeden Tag haben.*

Willst du mir verdammt nochmal vielleicht sagen warum?

Du bist intelligent genug, es selbst herauszufinden.

Die einzig vernünftige Antwort auf das Verhalten seines Drachen erschreckte Fergus zu Tode. Gina trug das Kind eines anderen Drachenwandlers. Nicht irgendeines Drachenwandlers, sondern wahrscheinlich eines Mannes aus einem der weniger stabilen amerikanischen Clans.

Lochguard hatte schon genug Probleme damit, Drachenjäger, Drachenritter und alte Verräter, die aus dem Clan geworfen wurden, zu bekämpfen. Finn brauchte keinen neuen Feind.

Und genau das würde passieren, wenn er Gina den Hof machte.

Nein, er würde schon eine Frau finden. Eine, die ihn wollte und für seinen Clan keine Gefahr darstellte. *Was hältst du davon, Drache?*

Sein Tier schwieg, was nie ein gutes Zeichen war.

Fergus' Worte wiederholten sich immer wieder in Ginas Kopf. *Vielleicht spürt er einen anderen Drachen.*

In den letzten acht Monaten war es darum gegangen, ihr Kind von Travis und Clan BroadBay fernzuhalten. Aber war es wirklich das Beste? Ihr Sohn würde Hilfe von den Drachenwandlern brauchen; nur sie konnten ihm beibringen, wie er wandelte und sein inneres Tier kontrollierte.

Dann trat ihr Sohn wieder, und Gina lächelte. Sie hatte die richtige Entscheidung getroffen. BroadBay mochte voller Drachenwandler sein, aber sie würden ihrem Jungen beibringen, Menschen wie Feinde zu behandeln, die nur Spielzeuge sind. Gina würde eher sterben, als dass sie das zuließe.

Trotzdem war da noch das Problem mit der Erziehung ihres Sohnes. Der Gedanke an ihr Baby half dabei, den Zauber von Fergus' warmen, festen Muskeln an ihrem Rücken zu brechen. Oder das Gefühl seiner großen Hand über ihrem Bauch. „Vielleicht solltest du deinen Anführer anrufen, Fergus."

Fergus nahm sofort seine Hand von ihrem Bauch, und sie hätte fast sein Handgelenk gepackt, um sie zurückzulegen. Für den Bruchteil einer Sekunde war es gewesen, als hätte sie einen Ehemann, der sich um ihr Baby kümmerte.

Sie verkrampfte die Finger, und die Realität wusch über sie. Die meisten Männer wollten spüren, wie ihr eigenes Kind im Bauch trat. Außerdem kannte sie Fergus kaum, geschweige denn, dass sie einen Anspruch auf ihn hatte.

Das undeutliche Sprechen des Schotten streichelte ihr Ohr. „Das werde ich, aber dann werde ich versuchen, deinen Sohn wieder zum Tanzen zu bringen. Wenn ich ihn ermüde, macht er vielleicht ein Nickerchen und ruht sich aus."

Gina bekam feuchte Augen. Fergus schien die Art Mann zu sein, die sich um eine schwangere Frau kümmerte. Verdammt, er würde sie wahrscheinlich wie einen Schatz hüten. Warum konnte sie nicht jemanden wie ihn statt Travis Parker kennengelernt haben?

Und doch kannte sie die Antwort. Bevor sie schwanger wurde, war Gina leichtsinnig gewesen. Eine einzige kleine Herausforderung von ihrer Mitbewohnerin hatte das ganze Chaos verursacht.

Vergiss das ‚Was wäre wenn', Gina. Du kannst die Vergangenheit nicht ändern, und dein Sohn braucht dich, damit du für ihn kämpfst. Das ist alles, was zählt.

Sie atmete tief durch und wollte einen Kommentar abgeben, aber Fergus drückte eine Taste auf seinem Handy und legte es sich ans Ohr. Einen Moment später sprach er. „Nein, Finn. Ich kann dich nicht nachher anrufen. Es ist etwas vorgefallen." Fergus erläuterte kurz Ginas Situation und fügte hinzu: „Ich möchte sie nach Lochguard bringen. Aber sie wird nur dann kommen, wenn sie sich mit dir treffen kann."

Fergus runzelte die Stirn, und Gina widerstand dem Drang, eine Hand zu heben und die Falten zu glätten. Zweifellos brüllte sein Clanführer ihn an. Ihr gefiel die Vorstellung nicht. Er wollte ihr doch nur helfen.

Fergus knurrte „Aye", bevor er das Gespräch beendete und das Handy weiter in seiner Hand hielt.

Obwohl seine Finger sich weiß färbten, so fest umklammerte er das Handy, wagte Gina eine Frage. „Ich glaube irgendwie nicht, dass er dich dazu beglückwünscht hat, eine schwangere Menschenfrau gefunden zu haben, also was hat er gesagt?"

Fergus' Gesicht entspannte sich, und ein kleiner Teil von Gina war zufrieden. „Ich schätze, es ist zu viel verlangt, dass du mich wie einen König behandelst, für alles, was ich für dich tue. Habe ich recht, Mädel?"

Er hatte absichtlich „Mädel" gesagt, anstatt ihren Namen zu verwenden. Sie hätte ihr Leben darauf verwettet. „Was würde dein Clanführer davon halten, wenn ich dich König der schottischen Drachen nenne?"

Fergus grinste, und Gina fühlte sich, als hätte ihr jemand in den Bauch geschlagen. „Das würde ihn unendlich wütend machen."

„Warum lächelst du dann?"

Fergus beugte sich vor und flüsterte: „Weil Finn mein Cousin ist, und ihn zu ärgern gehört zu meinem Job."

„Wenn du denkst, dass ich dich anders behandeln werde, weil du ein Verwandter des

Clanführers bist, steht dir eine Überraschung bevor."

Der heiße Atem des Drachenmanns tanzte über ihre Wange, als er sagte: „Ändere dich niemals, Gina MacDonald. Ich mag interessante Frauen, und du bist anders als jede andere, die ich je getroffen habe."

Sie runzelte die Stirn. „Sagst du das, um mir eine Freude zu machen und damit ich mich entspanne?"

Fergus hielt kurz inne und antwortete dann: „Du hast mich erwischt."

Gina schluckte ihre Enttäuschung herunter. Mit immer noch fester Stimme machte sie Ts. „Ich hasse falsche Worte und Plattitüden. Wenn du dich weiter mit mir gut stellen willst, dann machst du weder noch."

„Ich stelle mich also gut mit dir, aye? Ich hatte das Gegenteil angenommen."

„Ich habe nie gesagt, dass du es geschafft hast, gut bei mir anzukommen. Wenn du aber dahin aufsteigen möchtest, dann lüg' mich nicht an und sag' mir nicht, was ich hören will. Das hat mich überhaupt erst in diese Schwierigkeiten gebracht."

Sobald die Worte von ihren Lippen waren, bereute Gina sie. Je weniger Fergus von ihrer Vergangenheit wusste, desto besser.

Fergus warf das Handy zur Seite und legte seine Hand wieder auf ihren Bauch. Er rieb in langsamen Kreisen, und Gina vergaß alles außer seiner warmen, starken Berührung.

Sie konnte es sich nicht verkneifen und sagte: „Verdammt, was würde ich nicht für eine Massage geben."

Die Hand des Drachenmanns hielt inne. Gina durchforschte ihr Gehirn nach etwas, das sie sagen konnte, als jemand an die Tür klopfte.

Kapitel Drei

G ott sei Dank klopfte jemand an die Tür, sonst hätte Fergus vielleicht noch etwas Dummes getan, wie Gina eine Massage zu verpassen.

Ihren Bauch zu reiben war vielleicht auch schon etwas zu vertraut gewesen. Doch als Gina ihre Vergangenheit erwähnt hatte, hatten Angst und Wut in ihren Augen aufgeblitzt. Sowohl Mensch als auch Tier hatte das nicht gefallen.

Verdammt, Fergus wollte nur Ginas Schmerz lindern und sich um sie kümmern.

Sein Drache meldete sich zu Wort: *Wie wir es sollten. Warum du dich widersetzt, werde ich nie verstehen.*

Weil für mich, im Gegensatz zu dir, der Clan an erster Stelle steht.

Das sagst du jetzt, aber du wirst deine Meinung ändern. Wart' es nur ab.

Fergus würdigte sein Tier keiner Antwort und hob seine Stimme. „Wer da?"

Gina brummte: „Ich sollte diejenige sein, die

fragt", bevor die Stimme seines Zwillingsbruders durch die Tür dröhnte: „Wir sind es. Jetzt lass uns rein! Es ist verdammt kalt hier draußen. Ganz zu schweigen davon, dass ich glaube, die Schafe sind nicht erfreut über meine Landung. Ich möchte lieber von ihnen weg, bevor sie über den Zaun springen."

Fergus schüttelte den Kopf. „Immer du und die verdammten Schafe. Komm einfach rein. Es ist offen."

Er nahm seine Hand von Ginas Bauch, die Tür öffnete sich, und sein Zwillingsbruder zeigte sich mit einem langen Schottenrock um die Taille, der wie eine schlechte Entschuldigung für einen Kilt aussah. Bevor er die Beinahe-Nacktheit seines Bruders kommentieren konnte, füllte Ginas Stimme den Raum. „Es gibt zwei von euch?"

Fraser grinste und zwinkerte. „Aye. Aber ich bin der Schönere."

Holly stieß Fraser aus dem Weg und schüttelte den Kopf, wobei sich dunkle Haarsträhnen aus ihrem Knoten lösten. „Nicht jetzt, Fraser."

Hollys dunkle Augen blickten auf Gina, die auf Fergus' Schoß saß, und sie eilte auf sie zu.

Fergus widersetzte sich dem Drang, Gina an sich zu ziehen und seinen Bruder anzuknurren. Stattdessen wartete er darauf, dass Holly sich hinhockte, und konzentrierte sich dann wieder auf Gina. Das Mädel hatte sich verkrampft, als Holly vor ihr in die Hocke gegangen war. Seine arme

Menschenfrau fürchtete, dass jemand ihr ihr Kind wegnahm.

Moment, Gina war nicht seine Frau. Er sollte sich besser nicht noch einmal versprechen.

Holly lächelte. „Hallo. Ich bin Holly MacKenzie." Sie winkte Fraser zu. „Und das ist mein Gefährte, Fraser. Wie heißt du?"

Gina antwortete: „Gina."

Fergus fiel auf, dass sie ihren Nachnamen weggelassen hatte.

Holly nahm Ginas Handgelenk, aber die zog ihren Arm weg. „Warum sollte ich dir vertrauen?"

Fergus antwortete vor Holly: „Weil ich ihr vertraue, Gina. Reicht das?"

Gina wandte den Kopf, um seinem Blick zu begegnen. Fergus bemühte sich, weiter nett und geduldig dreinzublicken. Er wollte ihr keine Angst einjagen.

Schließlich antwortete Gina: „Okay."

Holly warf ihm einen fragenden Blick zu, bevor sie sich wieder auf die schwangere Frau konzentrierte. „Okay, Gina. Hast du noch Schmerzen, Mädchen?"

Gina schüttelte den Kopf, sodass ihr Haar Fergus' Brust kitzelte. „Nein. Aber wenn es nach demselben Muster abläuft, werden die Schmerzen jede Minute wieder einsetzen."

Holly nickte. „Gut, dann bringen wir dich ins Bett." Ihr Blick wechselte zu Fergus. „Du musst sie tragen."

Einer von Fergus' Mundwinkeln zuckte nach

oben. „Ich glaube, ich muss Gina zuerst um Erlaubnis fragen."

Hollys Augenbrauen zogen sich zusammen, als sie von Fergus zu Gina und wieder zurück blickte. Glücklicherweise schwieg der Mensch lange genug, dass Gina sagen konnte: „Nur dieses eine Mal, Fergus. Ich schwöre, es ist das letzte Mal."

Er schmunzelte. „Red dir das nur weiter ein, Mädel. Tief im Innern liebst du es, von mir getragen zu werden."

Gina hob den Mittelfinger, und Fergus lachte. Sie war ganz schön temperamentvoll!

Holly stand auf und bückte sich, um Ginas Hände zu nehmen. Sie sagte, als hätte sie Gina und Fergus gar nicht gehört: „Gut, dann bringen wir dich erst einmal auf die Beine."

Eine Sekunde später stand Gina da und enthüllte einen splitterfasernackten Fergus. Fraser knurrte von der anderen Seite des Raumes aus. „Verdammt, Fergus. Warum bist du nackt? Du weißt, ich mag es nicht, wenn du in der Nähe meiner Gefährtin nackt bist."

Fergus ignorierte seinen Zwilling. Er stand auf, hob Gina von den Füßen und wandte sich von seinem Bruder ab. „Wo ist dein Schlafzimmer, Mädel?"

Ihre Antwort war monoton. „Den Flur hinunter. Erste Tür links."

Sein Drache schnaubte. *Ich mag sie nicht so distanziert. Wir sollten den anderen sagen, sie sollen verschwinden.*

Während Fergus den Flur entlangging, antwortete er: *Sei nicht albern. Gina braucht Hollys Hilfe. Wenn alles gut geht, kommt Gina mit uns nach Lochguard.*

Sein Drache hielt kurz inne, bevor er antwortete. *Okay. Dann sag Holly, dass sie sich beeilen soll, damit wir sie nach Hause bringen können.*

Die Tür zum Zimmer auf der linken Seite war offen. Fergus trat ein. Schwaches Licht drang durch die Fenster, und beleuchtete Kleidung, die überall am Boden verstreut lag. Er ging vorsichtig durch das Chaos. „Nur gut, dass meine Mutter nicht hier ist, sonst hättest du was dafür zu hören bekommen, dass dein Zimmer solch ein Saustall ist." Gina zwickte ihn in den Nacken, und er schrie auf. „Was um alles in der Welt sollte das?"

„Das war dafür, dass du mein Zimmer kritisiert hast. Es gehört mir, und ich kann damit tun, was ich will."

Fergus trat eine Stretch-Leggings zur Seite. „Aye, das kannst du. Aber denk daran, ich versuche, dich nicht fallen zu lassen."

Gina murmelte: „Ich hätte auch gehen können, wenn ich gemusst hätte."

Fergus legte Gina vorsichtig auf das ungemachte Bett. „Kneif' mich weiter oder tritt mir hinten ins Knie, und vielleicht musst du es das nächste Mal tun."

Während er in Ginas Augen starrte, wurde ihm klar, dass er sich über das auf einem Bett liegende Mädel beugte. Der Drang, sich neben sie zu legen und sie an sich zu ziehen, war stark. Ihm gefiel die

Vorstellung nicht, dass Gina MacDonald allein in dem riesigen Bett schlief.

Nicht nur das, die geröteten Wangen und die tiefgrünen Augen des Menschen brachten sowohl Mensch als auch Tier dazu, viel mehr tun zu wollen, als sie nur herumzutragen.

Gina hielt den Atem an, und sein Tier knurrte. *Sie will uns auch. Küss sie. Denk nicht. Tu es einfach!*

Das Verlangen seines Drachen pumpte durch seinen Körper, und Fergus bewegte seinen Kopf ein winziges bisschen näher an Ginas Gesicht. Er warf einen Blick auf ihre rosa Lippen und dachte daran, sie zu küssen. Sicher würde ein Kuss niemandem wehtun oder seinen Clan gefährden. Als er wieder in Ginas Augen blickte, waren sie voller Hitze. Ihr Herz hämmerte ebenfalls in der Brust.

Er hob eine Hand und berührte ihre Wange. Gerade, als er seinen Kopf neigte, um sie zu küssen, räusperte sich Holly hinter ihm.

Es war, als wäre kaltes Wasser über seinen Körper gespritzt worden. Was zum Teufel tat er denn, dass er beinahe eine Menschenfrau geküsst hätte? Nicht nur das, sondern auch noch eine Schwangere, die das Kind eines anderen trug! Es war ja nicht so, als hätte er sie zu seiner Gefährtin nehmen können. Täte er das, könnte es das MDA verärgern und die Chancen seines Clans auf ein weiteres weibliches Opfer im kommenden Jahr beeinträchtigen. Und Lochguard brauchte dringend neues Blut.

Wie immer musste er zuerst an seinen Clan denken und dann an seinen Schwanz.

Sein Drache brüllte: *Sie kann Teil des Clans werden! Küss sie, und kümmere dich um sie! Ich will sie.*

Nein.

Fergus trat beiseite und wich Hollys Blick aus. „Kümmere dich um sie."

Ohne ein weiteres Wort marschierte er in den Flur. Als er das Wohnzimmer erreichte, öffnete Fraser den Mund, um eine Frage zu stellen, aber Fergus schnitt ihm das Wort ab. „Nicht jetzt, Fraser."

Fergus musste seinen Kopf freibekommen, und zwar ohne die verdammten Fragen seines Zwillings. Und der einzige Weg, das hinzubekommen, war, nach draußen zu gehen und sich neben die Schafgehege zu stellen.

Er ging zur Tür hinaus und fuhr sich mit den Händen durchs Haar.

Verdammt! Als wenn sein Tier, das in seinem Kopf brüllte, nicht schon schlimm genug war, schlug sein Herz auch noch doppelt so schnell. Selbst ohne den Geruch des Mädels, der ihn umgab, oder ihre verführerischen Lippen direkt vor sich, konnte Fergus nur daran denken, den Menschen an sich zu ziehen und zu küssen.

Allein der Gedanke an Fraser im Raum mit Gina ließ seinen Drachen knurren. *Sie gehört uns. Geh wieder rein und beanspruche sie, bevor es zu spät ist!*

Verdammt, er wollte Ja sagen und wieder

hineineilen. Aber im Gegensatz zu seinem Tier hatte Fergus Verantwortung zu tragen. *Ich kann nicht.*

Du würdest das Wohlergehen des Clans vor das stellen, was wir beide seit Jahren wollen?

Fergus hatte sich so lange nach seiner eigenen Frau gesehnt. Und nach den Reaktionen seines Drachen zu urteilen, war es durchaus möglich, dass Gina seine wahre Gefährtin war.

Aber wäre das Schicksal so grausam, ihm eine Frau zu geben, die er nicht haben konnte?

Sie könnte uns gehören, sagte sein Drache.

Für den Bruchteil einer Sekunde spielte Fergus mit der Idee, ins Haus zurückzugehen. Dann erinnerte er sich an das letzte Mal, dass sein Clan von einem Feind angegriffen worden war. Seine Schwester war schwer verletzt worden und hatte über einen Monat lang im Rollstuhl gesessen. Beim nächsten Mal könnte es seine Mutter sein, die verletzt wurde, oder sein Cousin Finn.

Sein Tier meldete sich wieder zu Wort: *Sprich mit Finn und finde einen Weg. Diese Chance sollten wir uns nicht entgehen lassen.*

Fergus rieb sich die Hände vor und zurück durch die Haare und versuchte, sich einfallen zu lassen, was zu tun war. Konnte er das Risiko eingehen und alles bekommen, was er sich je gewünscht hatte? Er durchforschte sein Gehirn und versuchte, eine Lösung zu finden.

Gina sah Fergus' festen Arsch, als er aus dem Zimmer stürzte.

Sie war sich ziemlich sicher, dass Fergus sie hatte küssen wollen, doch es gab eine Million Gründe, warum sie ihn hätte wegstoßen sollen, als er sich so nahe über ihren Körper gebeugt hatte. Da war erstens ihr Sohn, an den sie denken musste. Da war außerdem das winzige Problem, dass sie nicht am Menschenopferprogramm teilnahm, was bedeutete, dass es illegal war, sich mit einem Drachenwandler zu paaren.

Nicht, dass sie sich mit Fergus paaren wollte. Natürlich nicht. Das letzte Mal, als sie sich mit einem Drachenmann gepaart hatte, war ihr das Herz gebrochen worden. Gina weigerte sich, das Gleiche zweimal durchzumachen.

Hollys Gesicht bewegte sich in ihre Sichtlinie. Die dunklen Augen der Frau musterten ihre eine Sekunde lang, bevor sie sagte: „Dreh dich auf die linke Seite, und dann kannst du mir von deinen Schmerzen erzählen, während ich anfange, dich zu untersuchen."

Erleichtert wegen der Ablenkung hätte sie beinahe geseufzt. Die Hebamme würde sie nicht nach Fergus fragen. „In den letzten Wochen waren sie unregelmäßig. Aber die heutigen waren wirklich schlimm."

Holly hob Ginas Hand, nahm die Haut ihres Fingergelenks zwischen Daumen und Zeigefinger, zog daran und beobachtete, wie ihre Haut nur langsam in ihre Ausgangsposition zurückkehrte. Sie sah Gina erneut in die Augen. „Wie weit bist du?"

„Etwa acht Monate."

Holly nahm Ginas Handgelenk und sah dabei auf die Uhr an ihrem Arm. Kurze Zeit später ließ sie sie los. „Mir gefällt der ‚etwa'-Teil in deiner Antwort nicht. Ich muss dich nach Lochguard bringen, damit der Arzt eine gründliche Untersuchung durchführen kann." Gina zögerte noch, wie sie darauf antworten sollte, als Holly weiter sagte: „Du wirst in Sicherheit sein, Mädchen. Ich weiß nicht, wie die Drachenclans in Amerika sind – ich nehme an, dass der Vater deines Kindes dort lebt, wenn ich von deinem Akzent ausgehe – aber Lochguard wird alles tun, um seinen Clan oder einen Gast auf unserem Land zu schützen. Finn wird die endgültige Entscheidung über dein Schicksal treffen, aber nicht, ohne mit dir zu sprechen und alle Optionen abzuwägen."

Gina spielte mit ihrem Bettlaken. Tief im Inneren wollte sie nichts mehr als wieder Teil einer Gemeinschaft sein. Die Monate der Beinahe-Isolation, der Flucht und des Versteckens hatten ihren Tribut gefordert. Schließlich war Gina, bevor sie Travis Parker kennengelernt hatte, ein Semester davon entfernt gewesen, ihren Bachelor-Abschluss in Marketing zu machen. Ihr Leben war voller Abende mit Freunden und Lerngruppen gewesen, die mehr gesellige Treffen waren als sonst etwas. Sie hatte auch zwei Mitbewohner gehabt, die ihre besten Freunde waren. Das alles für ihr Kind aufzugeben, war die schwierigste Entscheidung ihres Lebens gewesen.

Mit Lochguard hatte Gina vielleicht eine Chance, zu etwas dazuzugehören. Und selbst wenn die meisten Drachenwandler sie meiden würden, hätte sie Fergus. Er könnte ihr vielleicht auch helfen, Melanie Hall-MacLeod vom Clan Stonefire in England zu kontaktieren. Melanie war immer noch ihre beste Option auf eine glückliche Zukunft; diese Frau hatte so viel für die Drachenwandler getan, und das machte Gina Hoffnung, Melanie würde auch ihr helfen.

Holly nahm ihre Hand und drückte sie. „Wenn schon sonst nichts, denk wenigstens an das Kleine. Meine Aufgabe ist es, dafür zu sorgen, dass ihr beide gesund seid, aber das kann ich nicht von diesem Cottage aus tun, Gina."

Gina legte ihre Hand über den Bauch und nickte. „Ich werde es für das Baby tun. Aber wenn ihr versucht, ihn mir wegzunehmen, werde ich alles in meiner Macht Stehende tun, um ihn zurückzuholen."

Lächelnd drückte Holly wieder ihre Hand. „Ein Mädel mit Rückgrat! Du wirst auf jeden Fall gut zu Lochguard passen." Gina runzelte die Stirn, aber Holly sprach weiter, bevor sie etwas sagen konnte. „Wir werden abwarten und sehen, ob die Schmerzen anhalten. Aber soweit ich das beurteilen kann, hast du Braxton-Hicks-Kontraktionen, weil du dehydriert bist und wahrscheinlich auch ein bisschen gestresst. Sobald wir ein wenig Wasser in dein System bekommen, werden wir sehen, ob wir dich hier wegbringen können. Klingt das gut?"

Gina gefiel es, dass Holly sie fragte, anstatt ihr etwas zu befehlen. „Klingt gut."

„In Ordnung." Holly drehte den Kopf und hob die Stimme. „Fraser, ich brauche deine Hilfe!"

Zwei Sekunden später klopfte jemand an die Tür. Eine Stimme, die sich abgesehen vom Tonfall sehr nach Fergus anhörte, drang durch die Tür. „Seid ihr beide angezogen? Nicht, dass es mich stört, wenn du es nicht bist, Holly. Ich würde es sogar vorziehen, wenn du nackt arbeiten würdest."

Gina schnaubte, und Holly seufzte. Leise sagte sie zu Gina: „Ich entschuldige mich im Voraus für Fraser. Sein Lebenssinn besteht darin, mich zu nerven."

Frasers Stimme dröhnte durch den Raum. „Das hab' ich gehört, Honey. Darf ich jetzt reinkommen?"

„Beeil dich!"

Fraser stürmte mit einem Grinsen in den Raum und blieb an Hollys Seite stehen. Als Fraser einen Arm um die Frau legte, schoss ziepender Neid durch Ginas Körper. Einmal hatte sie gedacht, sie hätte dasselbe mit Travis.

Nein! Sie würde nicht an dieses Arschloch denken. Stattdessen sah sie zu Fraser. Seine blauen Augen hatten den gleichen Farbton wie Fergus', aber dessen Freundlichkeit vermischt mit einem stählernen Ausdruck fehlte. Frasers Blick war eher einer voller Humor und Neugier.

Fraser meldete sich zu Wort. „Hallo, Gina. Ich würde dich ja fragen, warum du vorhin auf dem Schoß meines Bruders gesessen hast, aber ich möchte mich nicht Hollys Zorn stellen, wenn du dich dann meinetwegen unwohl fühlst." Er streichelte Hollys Wange. „Wobei brauchst du Hilfe, Honey?"

Gina sollte sich auf die Zunge beißen, aber sie platzte heraus: „Ich dachte nicht, dass ihr Schotten ‚Honey' als Kosewort benutzt. Zumindest kam das in keiner der Fernsehsendungen vor, die ich mir angesehen habe."

Fraser antwortete: „Aye, nun ja, bei Holly ist das anders. Wenn du lange genug hierbleibst, erzähle ich dir, wie ich dieses Mädel zu meiner Gefährtin gemacht habe."

Holly versuchte, die Stirn zu runzeln, aber am Ende lächelte sie. „Darüber reden wir später. Im Moment müssen wir einen Weg finden, Gina nach Lochguard zu transportieren." Holly blickte zu Gina. „Ich hab' hinten ein Auto gesehen. Funktioniert es?"

Gina nickte. „Ja. Ansonsten müsste ich überall hinlaufen, und der nächste Laden ist Stunden zu Fuß entfernt."

Holly tätschelte Frasers Brust. „Deinem Fahrstil traue ich nicht, also werde ich fahren." Fraser tat enttäuscht, und Gina schnaubte. Holly zwinkerte Gina zu, bevor sie ihrem Mann antwortete: „In der Zwischenzeit kannst du etwas Wasser holen und sicherstellen, dass Fergus okay ist. Einer von euch kann vorausfliegen und der andere mit uns im Auto fahren. Ich lasse das euch beide entscheiden. Versucht nur, euch dabei nicht in die Haare zu kriegen."

„Sich in die Haare kriegen?", wiederholte Gina.

Holly kam Fraser mit der Antwort zuvor. „Ach, warte einfach ab. Vielleicht triffst du die ganze Familie auf einen Schlag und wirst noch darum betteln, wieder in dieses Cottage zurückkehren zu dürfen, um etwas Ruhe und Frieden zu haben."

Fraser drückte die Taille seiner Frau. „Hey. Du gehörst jetzt auch zu uns. Und du weißt, dass du es liebst." Er lehnte sich näher zu ihr und flüsterte laut: „Genau wie du mich liebst. Du würdest ohne mich verkümmern und sterben, Honey. Das weißt du."

Gina blinzelte. Und sie hatte gedacht, Fergus' Necken wäre schlimm. Aber Frasers würde sie in den Wahnsinn treiben, wenn er so weitermachte. Gina hatte keine Ahnung, wie Holly tagtäglich damit klarkam. Sie musste den Drachenmann wirklich lieben.

Holly gab Fraser einen schnellen Kuss und ließ ihn los. „Geh. Und vergiss das Glas Wasser nicht."

„Ja, Ma'am."

Fraser verließ den Raum, und Holly nahm das Stethoskop von ihrem Hals. „Hören wir uns kurz den Herzschlag deines Sohnes an."

Gina brannte vor Fragen, aber sie schaffte es zu schweigen, während Holly sie untersuchte. Vielleicht, nur vielleicht, würde Lochguard ihr die Antworten geben, die sie suchte. Nicht nur das, tief im Innern hoffte sie auch, dass sie ihr ein Zuhause anbieten könnten. Gina hatte es satt, wegzulaufen.

Kapitel Vier

Fergus packte die Zaunpfähle und starrte auf das unruhige Wasser des Lochs. Er hatte immer gerne auf der kleinen Insel mitten im Wasser gesessen, um die Einheimischen zu beobachten. Ob Autos, die Straße hinunterfuhren, Menschen, die ihre Nachbarn besuchten, oder das Scheren der Schafe, Fergus war immer darauf bedacht gewesen, niemanden zu erschrecken. Die alltäglichen Handlungen der Menschen faszinierten ihn.

Sein Interesse lag zum Teil an seiner Liebe zu den alten Menschengeschichten der Highlands. Aber es war auch, weil er immer nach einer Frau Ausschau gehalten hatte, die seine wahre Gefährtin sein könnte.

Trotz seiner jahrelangen Suche hatte er sie nie gefunden. Nun, es sei denn, das Verhalten seines Drachen signalisierte ihm, dass er es getan hatte.

Sein Drache brüllte. *Warum zweifelst du an mir? Ich*

habe versucht, nett deswegen zu sein, aber ich bin fertig. Mach dich an sie ran, oder ich übernehme die Kontrolle!

Provozier' mich nicht, Drache. Ich bin nicht in der Stimmung.

Sein Tier zischte. *Sie ist unsere beste Chance auf Glück. Verschwende das nicht!*

Fergus schlug mit der Faust gegen den Zaunpfahl. *Das kann nicht sein!*

Sein Drache meldete sich wieder zu Wort. *Sie ist es. Du bist der Romantiker, der von nichts als einer Familie träumt. Mein Instinkt ist es, sie zu vögeln und zu beanspruchen. Wenn du sie zuerst umwerben willst, dann hör auf, die Wahrheit zu leugnen, oder wir machen es auf meine Art.*

Fergus knurrte. *Hör auf, mir zu drohen und denk mal kurz nach. Wir wissen sehr wenig über das Mädel. Sie läuft vor etwas davon, und jemand will ihr Kind. Wenn wir sie beanspruchen, gefährdet sie den Clan. Willst du, dass Mutter oder sonst jemand verletzt wird, nur, weil du dich paaren willst?*

Ihnen wird nichts passieren. Finn ist ein starker Anführer. Er wird es schon hinbekommen.

Bevor Fergus antworten konnte, rieb sich etwas Pelziges an seinen Beinen. Als er hinunterblickte, starrte ein Paar gelber Katzenaugen mitten in einem schwarzen Gesicht ihn mit Neugier an.

Dann miaute die Katze, und seine Wut ließ einen Bruchteil nach. Fergus hatte schon immer eine Schwäche für Katzen gehabt; nur die Allergie seiner Schwester hatte ihn davon abgehalten, eine zu haben. Um seinen Drachen unter Kontrolle zu halten, lächelte Fergus das kleine Tier an. „Na, wen haben wir denn hier?"

Die Katze miaute wieder, und Fergus bemerkte das Halsband. „Gehörst du Gina?"

Als ob es ihn verstehen würde, bewegte das haarige Tier seinen Schwanz. Fergus senkte langsam seine Hand und bot sie der Katze zum Schnuppern an. Die nasse, schwarze Nase kitzelte seine Fingerspitzen. Er bewegte sich wieder langsam, kraulte die Katze hinterm Ohr, und sie schnurrte.

Fergus wollte das kleine Tier schon hochheben, als die Haustür aufkrachte. Die schwarze Katze lief davon. Wenn das Tier tatsächlich Gina gehörte, müsste Fergus es später suchen gehen.

Sein Drache befreite sich und sprach wieder. *Und warum das?*

Halt die Klappe, Drache!

Fergus sah sich um und entdeckte Fraser. Großartig! Nach dem Funkeln in den Augen seines Zwillings zu urteilen, wollte er Fergus wegen des Menschen aufziehen.

Sein Drache knurrte. *Wenn er etwas Schlechtes über Gina sagt, dann schlag ihm ins Gesicht.*

Fergus räusperte sich und begrüßte seinen Bruder. „Wie geht's Gina?"

Fraser neigte den Kopf. „Bist neugierig auf das Mädel, was?"

Er knurrte. „Fraser!"

Fraser streckte seine Arme aus und zuckte mit den Schultern. „Was? Davon ausgehend, dass sie in deinem nackten Schoß saß, denke ich, wir sind über deine ‚Ich muss jeden beschützen, weil ich ein ehrenwerter Mann bin'- Entschuldigung hinaus, Bruder."

Fergus hielt seinen Ton neutral. „Ich hab' auf dem Hügel in der Nähe gesessen und gesehen, wie sie sich vor Schmerzen krümmte. Ein Arschloch wie du mag ja vielleicht wegsehen, aber ich wollte dem Mädel nur helfen."

Sein Zwillingsbruder verschränkte die Arme vor der Brust. „Dein erzwungener ‚neutraler' Ton mag bei Fremden funktionieren, aber nicht bei mir. Was hast du mich noch gefragt, nachdem du mich vor ein paar Monaten geschlagen hast, weil ich geheim gehalten habe, dass Holly meine wahre Gefährtin ist? Ich solle einfach ehrlich sein? Ich versuche es verdammt nochmal, und du musst es auch versuchen."

Frasers Drache meldete sich zu Wort. *Er hat recht. Sag es ihm. Dann wird Fraser sich von Gina fernhalten und uns sie beanspruchen lassen.*

Obwohl er nicht zugestimmt hatte, überhaupt jemanden zu beanspruchen, hielt Fergus eine Sekunde inne und musterte seinen Zwilling. In ihren 29 Jahren war Fraser immer in der Lage gewesen, die wichtigsten Geheimnisse für sich zu behalten, wenn er darum gebeten wurde.

Sein Tier schnaubte. *Erzähl es ihm einfach. Fraser wird dir dasselbe sagen wie mir – du sollst dich beeilen und Gina beanspruchen.*

Fraser hob eine Braue. „Bist du fertig mit dem Gespräch mit deinem Drachen? Ich möchte wirklich wissen, was los ist, und du weißt, wenn ich entschlossen bin, gebe ich nicht auf."

„Aye, aber ich kann widerstehen, solange es nötig ist. Deine Tricks funktionieren bei mir nicht."

Frasers Augen sahen plötzlich besorgt aus. „Ich möchte meine Tricks bei dir gar nicht anwenden, Fergus. Ich will wissen, wie ich dir helfen kann, wenn du es brauchst. Ist das Mädel deine wahre Gefährtin? Selbst wenn sie schwanger ist, könnte dein Drache die Anziehung noch spüren."

Fergus fuhr sich mit einer Hand durch die Haare und entschied sich, seinem Bruder zu vertrauen. „Ganz ehrlich? Mein Tier will sie genau jetzt beanspruchen. Aber es ist nicht so, als könnte ich das Mädel nach Hause bringen und sie umwerben. Sie ist schwanger mit einem Drachenwandler-Kind, Fraser. Und ich habe das Gefühl, dass sie vor dem Vater ihres Kleinen davonläuft."

Fraser dachte seinen Gedanken zu Ende. „Und Lochguard hat schon zu viele Feinde."

„Genau."

„Du bist ein Idiot, Fergus Roger MacKenzie."

Fergus blinzelte. „Pardon?"

„I-D-I-O-T. Idiot! Seit Jahren träumst du davon, deine Gefährtin zu finden. Ich weiß, du denkst, du hast es die meiste Zeit versteckt, aber ich bin dein bester Freund. Ich kenne dich besser als jeder auf der Welt." Fraser lehnte sich vor und musterte seine Augen. „Wenn Gina deine Chance ist, vermassele es nicht."

Fergus' Drache brüstete sich. *Er ist auf meiner Seite. Das sind zwei gegen einen.*

Das ist hier keine verdammte Demokratie.

Und doch begann ein Teil von Fergus zu denken, er könnte wenigstens versuchen, das Mädel zu umwerben.

Sein Drache knurrte. *Mehr als umwerben. Ficken, beanspruchen und beschützen.*

Als Fergus seinem Zwilling nicht antwortete, verdrehte Fraser die Augen. „Du bist immer so verdammt logisch. Ich weiß nicht, wie dein Drache es mit dir aushält."

„Himmel, danke, Bruder."

Fraser ignorierte ihn. „Es kann nicht schaden, mit Finn zu sprechen. Wenn man bedenkt, was er für seine Gefährtin Arabella und für meine Holly getan hat, könnte er vielleicht auch etwas Magie für dich wirken lassen. Alle MacKenzie-Männer verdienen Liebe."

„Finn ist ein Stewart, kein MacKenzie."

Fraser schüttelte den Kopf. „Fang nicht damit an, Fergus. Du weißt, was ich meine: Jeder, den wir lieben, sollte das Geschenk eines Gefährten haben. Ich bin sicher, dass selbst unsere sture Schwester irgendwann jemanden finden wird."

Als er in das seinem eigenen so ähnliche Gesicht starrte, flackerte Hoffnung in Fergus' Brust. Sein Zwilling könnte recht haben.

Sein Drache schnaubte. *Hörst du mir jetzt zu?*

Beim Drängen seines Tiers unterdrückte Fergus schnell seine Hoffnung und benutzte wieder seine

Logik. „Ich weiß nicht einmal, was das Mädel für mich empfindet. Sie kennt mich kaum."

Fraser grinste. „Dann umwirb und küss sie. Selbst wenn sie deine wahre Gefährtin ist, wird es keinen Paarungsrausch geben, solange sie schwanger ist oder stillt. Vielleicht hast du die seltene Gelegenheit, sie kennenzulernen, bevor du sie fickst."

„Du warst schon immer so romantisch."

„Verdammt richtig, das bin ich." Fraser verringerte den Abstand zwischen ihnen und packte Fergus' Schulter. „Du dachtest, Holly wäre deine letzte Chance, eine Gefährtin zu finden. Aber was, wenn du gerade noch eine Chance bekommst? Das Mädel mag dich offensichtlich, sonst hätte sie dich nicht in ihr Cottage gelassen, geschweige denn auf deinem Schoß gesessen und dich ihren Bauch berühren lassen."

„Das hast du gesehen?", fragte Fergus.

„Aye, durch das Fenster."

Bei jeder anderen Person hätte Fergus die Situation abgetan. Doch als er in Augen blickte, die genauso geformt waren wie seine, wollte Fergus nie wieder seinen Zwillingsbruder anlügen. „Ich werde zuerst bei Gina vorfühlen, bevor ich mit Finn rede. Ich will unserem Cousin kein neues Problem geben, das gelöst werden muss, wenn die Menschenfrau anders denkt als ich und mein Drache."

Fraser klopfte ihm auf die Schulter. „Guter Junge."

„Aber."

Fraser seufzte. „Ist das der Moment, wo du eine Million Vorbehalte hinzuzufügen hast, um alles schwieriger zu machen, als es sein muss?"

Fergus stöhnte. „Wir schreiben ja nicht alle aus einer Laune heraus die Vorsicht in den Wind."

„Ich werde dir das nur dieses eine Mal durchgehen lassen, da ich Holly versprochen habe, mich nicht mit dir in die Haare zu kriegen. Ich bin mir sicher, dich zu schlagen, würde mich auch in Schwierigkeiten bringen."

„Fraser", knurrte Fergus.

„Gut, gut. Ich werde mich benehmen. Beende einfach deinen verdammten Satz, damit wir wieder reingehen können. Es ist verdammt kalt hier draußen."

„Mein Vorbehalt ist, dass ich keine Einmischung möchte. Ich werde dich nicht bitten, die Informationen Holly vorzuenthalten, aber erzähl' es niemandem sonst, nicht einmal Mutter. Wenn einer von euch versucht, sich einzumischen, werde ich Finn und Arabella von dem riesigen Bärenklau erzählen, den du in ihrem Garten gepflanzt hast. Finn wird das gar nicht gut aufnehmen."

Bärenklau konnte einen schmerzhaften Ausschlag verursachen, wenn er an der Haut rieb und man dem Sonnenlicht ausgesetzt war.

Fraser kniff die Augen zusammen. „Du hast gesagt, dass du das vertraulich behandeln wirst."

Er zuckte die Schultern. „Dann misch' dich nicht bei Gina ein. So einfach ist das."

Ein Windstoß blies fast den Stoff um Frasers

Taille weg. „Schön. Können wir jetzt wieder reingehen?"

„Du bist so ein verdammter Schlappschwanz. Drachenwandler sollten hart sein."

„Ich bin hart, aber etwas Behaglichkeit ist doch nicht verkehrt. Wir leben nicht im verdammten Mittelalter."

Fergus zeigte über Frasers Schulter. „Oh nein. Einige Schafe sind über den Zaun gesprungen."

Fraser wirbelte herum. „Wo?"

Er lachte, und Fraser merkte, dass er ausgetrickst worden war. Fergus sagte: „Nur weil einer der Böcke dir seine Hörner in den Schwanz gestoßen hat, heißt das nicht, dass sämtliche Schafe hinter dir her sind. Angst vor den Tieren zu haben, ruiniert dein Alpha-Image."

Fraser zeigte ihm den Zwei-Finger-Gruß. „Ich gehe jetzt rein, mit dir oder ohne dich."

Sein Zwilling drehte sich um und stürzte ins Cottage. Fergus atmete einmal tief durch und folgte ihm.

Wie üblich hatte ein Gespräch mit Fraser dazu geführt, dass Fergus möglicherweise für Ärger sorgte.

Natürlich könnte Gina ihm sagen, er solle sich verpissen, und dann würde er Finn nicht belasten müssen.

Sein Drache zischte. *Nicht, bevor du sie wenigstens küsst. Einmal kosten, und du wirst dich nicht zurückhalten können.*

Du könntest es nicht, aber ich schon. Wenn sie Nein sagt, zwinge ich sie nicht.

Sie wird nicht Nein sagen.

Ich kann mich gerade nicht mit deiner Arroganz beschäftigen.

Fergus ignorierte seinen Drachen und betrat das Cottage. Wenn er vorhatte, zu sehen, ob Gina ihn nicht nur wollte, sondern auch die Mühe wert war, Finn um Hilfe zu bitten, dann würde er sich nicht zurückhalten. Es war an der Zeit, den Menschen zu umwerben und zu sehen, wie sie damit umging.

Als Gina an ihrem Glas Wasser nippte, sah sie, wie Holly etwas in ihr Notizbuch schrieb. Obwohl niemand ihr gesagt hatte, ob Holly ein Drachenwandler war oder nicht, sagte ihr Bauch, dass die Frau ein Mensch war. Das war vielleicht der beste Zeitpunkt, um zu fragen, wie Lochguard Menschen behandelte.

Bevor Gina etwas sagen konnte, blickte Holly mit einem Lächeln auf. „Ich merke, dass du mich beobachtest. Wenn du Fragen hast, Mädchen, kannst du ruhig fragen. Sobald die Zwillinge zurückkommen, bin ich mir nicht sicher, ob wir jemals einen Moment Privatsphäre haben werden."

Obwohl Gina in Hollys Worten einen Unterton hörte, ignorierte sie ihn. Nachdem sie ihr Wasser getrunken hatte, fragte sie: „Bist du ein Mensch?"

„Aye, bin ich. Ich bin vor etwas mehr als zwei

Monaten als Menschenopfer nach Lochguard gekommen."

Gina sollte versuchen, höflich zu sein und sich zu den größeren Fragen vorzuarbeiten, aber sie war noch nie gut darin gewesen, ihren Mund zu halten. Sie platzte heraus: „Bist du auch schwanger?"

Holly lächelte traurig. „War ich, aber ich habe das Kleine verloren."

„Das tut mir leid!"

Holly wedelte mit einer Hand. „Mach dir keine Sorgen darum. Wenn Fraser in dieser Angelegenheit mitzureden hat, werden wir in den nächsten zehn Jahren wahrscheinlich zehn Kinder haben, wenn Ausdauer gleich Schwangerschaft ist."

Ginas Wangen röteten sich. Manchmal hasste sie es, eine Rothaarige mit heller Haut zu sein. „Er ist also dein wahrer Gefährte?"

„Aye, das ist er." Holly hielt inne. Ihre Stimme war sanft, als sie weitersprach. „Wenn Finn dir erlaubt zu bleiben, kannst du jederzeit mit mir reden, wenn du es brauchst. Die MacKenzies sind anstrengend, und manchmal ist es schön, einfach nur mit einer Tasse oder einem Keks dazusitzen und menschliche Gesellschaft zu genießen."

Sie wollte gerade schon antworten, dass ihr das gefallen würde, als die Zwillinge ins Zimmer schlenderten. Ein kurzer Blick sagte Gina, dass beide Stoff um die Taille gewickelt hatten. Sie sah sofort in Fergus' Augen, und sein entschlossener Blick ließ sie zittern.

Gina räusperte sich und ignorierte die

Anziehung, die sie spürte. „Ich sehe, du brauchst Gesellschaft, um dich zu bedecken, Fergus."

„Aye, nun, Fraser hat gedroht, nackt herumzulaufen, wenn ich mich nicht bedecke. Und wenn du ihn sehen würdest, müsste ich ihm in den Arsch treten."

Fraser versetzte seinem Bruder einen Stoß. „Ist ja wohl eher so, dass ich in deinen treten müsste, weil du Holly wieder deine Kronjuwelen gezeigt hast."

Während die Zwillinge einander anknurrten, klatschte Holly in die Hände. „Genug, Jungs! Habt ihr euch entschieden, wer vorfliegt und wer mit Gina fährt?"

Fergus machte einen Schritt nach vorn. „Ich werde mitfahren."

Seine Worte hatten eine Art Dominanz, als ob Gina sanftmütig gehorchen sollte. „Vielleicht möchte ich, dass Fraser mit mir fährt. Er ist schließlich noch nicht in meinen persönlichen Raum eingedrungen."

Fergus knurrte. „Wenn er es ausprobiert, dann wird er es mit mir zu tun bekommen."

Holly runzelte die Stirn und blickte zu Fraser. Der nickte Richtung Flur. „Komm mal kurz her, Honey. Ich möchte mit dir über etwas sprechen, bevor ich nach Lochguard zurückfliege."

Hollys Blick ging zurück zu Gina. „Kommst du allein mit Fergus zurecht?"

Der antwortete, bevor Gina eine Chance hatte: „Natürlich wird sie das."

Sie nahm ein Kissen vom Bett und warf es auf Fergus. „Hör auf, für mich zu sprechen! Ich habe ein Gehirn und kann reden. Ich kann meine eigenen Entscheidungen treffen."

Seine Augen blitzten zu Drachenschlitzen und zurück. „In diesem Fall treffe ich die Entscheidung."

Sie registrierte kaum, dass Fraser Holly aus dem Zimmer zog und die Tür schloss. Gina rutschte bis zum Rand des Bettes, mit ihrem Glas Wasser noch in der Hand. Sie kniff die Augen zusammen und stand auf. „Was stimmt nicht mit dir? Wenn du vor deinem Bruder Macho und Alpha spielen willst, dann will ich wirklich nicht mit dir in einem Auto sitzen, wer weiß wie lange. Ich bin sicher, dass Fraser und Holly mich beschützen werden."

Fergus überwand die Distanz zwischen ihnen und lehnte sich zu ihrem Gesicht vor. „Ich bin der Einzige, der dich beschützen wird, Gina MacDonald."

Ihre Stimme war schwach, als sie fragte: „Und warum ist das so?"

Er fuhr über ihre Wange, und sie musste sich zusammenreißen, um sich nicht gegen seine Berührung zu lehnen. „Ich weiß, dass du die Anziehung zwischen uns spürst."

Ihre Augen huschten auf seine Lippen und wieder hinauf. „Anziehung führt nur zu Ärger."

Fergus hob seine andere Hand und berührte ihre Wange. „Ich werde den Bastard, der dir wehgetan hat, später jagen, Gina. Aber im Moment solltest du nicht an einen anderen Mann denken."

Sie sollte Fergus wegstoßen und Holly rufen. Stattdessen fragte sie: „Und warum?"

Fergus' Augen blitzten, und sie schluckte. Der räuberische Blick in seinen Augen schoss direkt zwischen ihre Schenkel.

Als er sich einen Hauch näher zu ihrem Mund vorbeugte, kitzelte die Hitze seines Atems ihre Lippen. „Weil du an mich denken solltest. Lass mich dich küssen, Gina MacDonald. Ich kann an nichts anderes als deine weichen, süßen Lippen oder deinen warmen Mund denken." Er streichelte ihre Wange mit seinen Daumen. „Küss mich und entscheide, was du mit mir machst."

Ihr Herz trommelte in der Brust. Angesichts Fergus' Berührung und seiner Hitze begann Gina zu vergessen, warum sie sich von dem Drachenmann fernhalten sollte. Er wollte sie. Nicht nur das, sondern dank ihm hatte sie vielleicht eine Zukunft, in der sie ihr Kind behalten konnte.

Ein Kuss wäre sicher nicht das Ende der Welt.

Bevor sie ihre Meinung ändern konnte, flüsterte Gina: „Okay."

Im nächsten Moment senkten sich Fergus' Lippen auf ihre. Seine warmen, festen Lippen ließen sie erschauern. Dann legte er eine Hand an ihren Rücken und zog ihren Körper näher, bis ihr Bauch seine Scham streifte. Die Hitze seines Körpers gegen ihren ließ Gina stöhnen, und Fergus schob seine Zunge in ihren Mund.

Mit jedem Schlag sehnte sie sich nach mehr.

Verdammt, sein Geschmack machte süchtig. Noch nie hatte ein Mann so gut geschmeckt.

Er drückte sie ein wenig fester, und sie spürte seinen harten Schwanz. Die Berührung machte sie nur feuchter.

Fergus grub eine Hand in ihre Haare, und küsste sie leidenschaftlicher. Ihre Knie wurden weich, und nur weil sie sich gegen seinen muskulösen Körper lehnte, ging sie nicht zu Boden.

Als sie merkte, dass sie noch das verdammte Wasserglas in der Hand hatte, warf sie es zur Seite, und es landete auf einem Klamottenhaufen. Sie packte Fergus' Haare, und der Drachenmann knabberte an ihren Lippen. Sie zog, und er tat es wieder.

Ihre Brustwarzen schmerzten, und sie bewegte sich, bis sie gegen seine Brust strichen. Der Stoff ihres Oberteils verstärkte nur die köstliche Reibung.

Knurrend zog Fergus eine Hand über ihre Taille und ihren Rücken und packte schließlich ihren Po.

Bilder davon, was seine großen, rauen Hände mit ihren Brüsten und zwischen ihren Schenkeln anrichten konnten, überfluteten ihren Geist.

Gerade als sie Fergus' festen Po greifen wollte, brachte ein Klopfen an der Tür sie zurück in die Realität. Sie unterbrach den Kuss, hob die Finger zu ihren Lippen und sah Fergus in die Augen. Sie waren voller Hitze und wechselten zwischen Drachenaugen und menschlichen.

Der Anblick weckte die Erinnerung an einen

anderen Drachenmann, der sie genauso angesehen hatte.

Sie war so ein Narr!

Gina kehrte ihm den Rücken zu, schloss die Augen und atmete tief durch die Nase. Sie musste das Problem mit Fergus beseitigen, bevor es sich in etwas Gefährliches verwandelte. Wenn er daran dachte, sie zu küssen und zu streicheln, in der Hoffnung, sie ins Bett zu bekommen, sollte er sich auf eine Überraschung gefasst machen. Gina MacDonald hatte nicht vor, zweimal getäuscht zu werden. Sie würde ihren Körper, geschweige denn ihr Herz, nie wieder einem Drachenmann anvertrauen.

Fergus berührte ihre Schulter, und sie zuckte zusammen. Seine Stimme war neutral, als sie die Luft füllte. „Was ist los, Mädel? Ist es wieder das Kleine?"

Sie wurde durch ein hartnäckigeres Klopfen und Frasers Stimme vor der Antwort bewahrt. „Mach die Tür auf, Fergus, oder ich fange an, die Gründe aufzulisten, warum du sie abgeschlossen hast!"

Mit einem Fluch nahm Fergus seine Hand herunter. Gina stieß einen Seufzer aus. Ohne Fergus' Berührung oder Anwesenheit in nächster Nähe begann ihr Gehirn wieder zu funktionieren. Das war auch gut, da sie sich einen Plan ausdenken musste, um Fergus MacKenzie und seine köstlichen Küsse weit weg von sich zu halten. Es war der einzige Weg, sich vor einer Wiederholung dessen zu schützen, was mit Travis Parker passiert war.

Kapitel Fünf

E r biss die Zähne aufeinander und ging zur Tür. Das Mädel hatte bei seiner Berührung gezuckt, und das gefiel ihm nicht.

Sein Drache meldete sich zu Wort. *Wir müssen ihre schlechten Erinnerungen löschen. Der amerikanische Clan hat ihr wehgetan. Wir müssen diese Erinnerungen durch gute ersetzen.*

Menschen, vor allem Frauen, sind anders als du, Drache. Sie brauchen Zeit, um wieder zu vertrauen.

Zeit ist das, was wir im Moment nicht haben. Wenn BroadBay das Kind will, ist es nur eine Frage der Zeit, bis sie sie finden.

Nicht sicher, wie er auf diese Aussage antworten sollte, schloss Fergus die Tür auf und öffnete sie. Er sah Fraser in die Augen. „Was zum Teufel willst du?"

Fraser grinste. „Meine Güte! Da ist aber jemand gereizt."

Fergus ballte die Finger zu einer Faust, und

überlegte, seinen Bruder zu schlagen. Aber Holly trat zwischen sie, bevor er handgreiflich werden konnte. „Fraser will gerade gehen und möchte nur Gina fragen, ob er Finn etwas ausrichten soll."

Ginas Stimme füllte den Raum. „Nicht nötig. Fraser fährt mit uns im Auto. Fergus kann vorausfliegen."

Fergus blinzelte und sah über ihre Schulter. „Was? Warum?"

Gina verschränkte die Arme vor der Brust und hob ihre Augenbraue. „Du hast mir nichts zu sagen. Ich bin weder deine Familie noch deine Frau. Ich weiß deine Hilfe dabei zu schätzen, Holly hierher zu bringen, aber jetzt ist es an der Zeit, dass du gehst."

Fergus hörte kaum, wie sein Zwilling einen Pfiff ausstieß, als er sich seinem Menschen zuwandte und die Augen zusammenkniff. „Ich lasse den flirtenden Bastard nicht zu dir ins Auto. Ich werde auf dem Rücksitz neben dir sitzen. Nur so kann ich dich beschützen."

„Ich bin sicher, dass Fraser mich auch beschützen kann. Es sei denn, du sagst mir, dass dein Bruder ein nutzloses Stück Scheiße ist, das nicht auf sich selbst aufpassen kann, geschweige denn auf andere?"

Fraser ging auf sie zu. „Hey, jetzt—"

Fergus unterbrach seinen Zwilling. „Nach dem, was gerade passiert ist, dachte ich, du willst, dass ich dich beschütze."

In der Sekunde, in der er das sagte, zeigte Ginas Gesicht kurz Überraschung. Dann zog sich ihr

Kiefer zusammen. Sein Drache brüllte in seinem Hinterkopf, um ihn zu stoppen, aber Fergus ignorierte sein Tier.

Holly kam an Ginas Seite und legte einen Arm um ihre Schultern. „Fergus, flieg voraus!"

Er knurrte und blickte zu seiner Schwägerin. Man musste ihr zugutehalten, dass sie nicht mal eine Augenbraue hob. „Nein."

„Ich bin die Hebamme, und du machst Gina Stress. Flieg' deinen Arsch voraus, oder ich werde sowohl Finn als auch Lorna in die Sache verwickeln."

Fergus wich nicht vom Fleck. „Ich bin kein Teenager. Ich habe keine Angst vor meiner Mutter."

Fraser legte eine Hand auf seine Schulter, und Fergus drehte den Kopf zur Seite. „Jetzt ist nicht der richtige Zeitpunkt, mich anzufassen, Bruder."

„Verdammt nochmal", brummte Fraser. „Flieg voraus, Fergus! Deinetwegen hat dein Mensch Angst und ist angepisst."

Gina meldete sich zu Wort: „Ich bin nicht sein Mensch."

Fraser nahm seinen Blick nicht von Fergus'. „Wenn du willst, was wir besprochen haben, dann geh. Ich schwöre beim Leben unserer Mutter, ich werde sie nicht anrühren."

Fergus' Drache knurrte. *Wir können Fraser nicht mit ihr allein lassen. Er könnte versuchen, Gina zu beanspruchen.*

Als er erwähnte, dass sein Bruder sich an Gina ranmachen könnte, hob sich der wütende Dunst ein kleines bisschen aus seinem Gehirn. *Er hat eine Gefährtin.*

Vielleicht kehrt er zu dem zurück, was die Drachen vor einem Jahrtausend taten, und nimmt sich mehrere Gefährtinnen.

Diese lächerliche Vermutung klärte seinen Kopf noch weiter. Fergus sah sich im Raum um. Alle starrten ihn an und warteten darauf, was er als Nächstes tun würde.

Was zum Teufel war bloß in ihn gefahren?

Bevor sein Drache seine Gedanken vergiften und ihn über den Rand drängen konnte, nickte Fergus kurz. „Ich werde vorausfliegen."

Mit einem letzten Blick auf Gina stürmte er aus dem Zimmer. Ihre Schwangerschaft verhinderte vielleicht einen Paarungsrausch, aber es war klar, dass sein Drache sie wollte. Er hatte gedacht, sie wollte ihn auch.

Vielleicht war er zu dominant gewesen. Fergus war immer der respektvolle und geduldige Zwilling gewesen. Das aus den Augen zu verlieren, konnte ihn das Mädel kosten.

Und, ja, nachdem Gina in seinen Mund gestöhnt und sich zur Unterstützung gegen ihn gelehnt hatte, stimmte er schließlich seinem Drachen zu. Gina war seine Frau und wahre Gefährtin. Nach all der Zeit hatte er sie endlich gefunden.

Aber der Kuss hatte sie erschreckt. Fergus musste mehr über den Bastardvater ihres Kindes herausfinden, damit er sich überlegen konnte, wie er mit der Situation umgehen sollte. Während Geduld normalerweise eine seiner Stärken war, ging sein Drache im Hinterkopf auf und ab. Das erinnerte ihn daran, was passieren könnte, wenn er zu lange wartete.

Sein Drache zischte. *Genau. Ich muss sie nehmen und beanspruchen. Sie gehört uns. Wir sollten sie von den anderen fernhalten.*

Dem stimme ich zu, doch ich brauche Zeit.

Beeil dich! Selbst ohne den Paarungsrausch will ich sie. Nein, ich brauche sie.

Fergus erreichte die Lichtung draußen und nahm den Stoff von seiner Taille. Als kalte Luft auf seine Haut strich, wog Fergus alle Optionen ab. Eine von ihnen würde ihm sicher einen Weg geben, Ginas Vertrauen zu gewinnen.

Nicht nur das, er würde mit Finn reden müssen. Geheimnisse hatten seine Familie vor zwei Monaten fast auseinandergerissen. Fergus war nicht bereit, das noch einmal zu riskieren. Die einzige Frage war, ob sein Clanführer in der Lage wäre, dem Menschen zu helfen oder nicht.

Trotz ihrer aufgesetzten Bravour donnerte Ginas Herz in ihrer Brust.

Sie war allein mit Holly und Fraser. Obwohl sie das wollte, fühlte sich das Zimmer ohne Fergus' Anwesenheit leerer an.

Er hätte sie niemals küssen dürfen. Tief in

ihrem Inneren gab sie zu, dass es der beste Kuss ihres Lebens war, sogar besser als mit Travis. Aber ein Kuss war nicht gleichbedeutend mit Fürsorge und Liebe, sondern nur Lust. Genau wie bei Travis, würde Fergus sie am Ende wegwerfen.

Oder nicht?

Holly berührte ihren Arm, und Gina sah der Frau in die Augen; der Blick der Hebamme war ruhig und gefasst. „Geht's dir gut?"

Nach einem tiefen Durchatmen nickte Gina. „Mir geht's gut. Ein wenig müde und besorgt wegen meiner Zukunft, aber gut. Gib mir fünf Minuten zum Packen, und wir können los. Oh, und wir müssen Coal finden."

Holly blinzelte. „Wer ist Coal?"

„Mein schwarzer Kater."

Fraser und Holly tauschten wissende Blicke aus und lächelten. Sie wollte gerade schon fragen, was los ist, als Coal in den Raum stürmte, als gehörte er ihm. Während ihr Kater sich an ihren Beinen rieb, versuchte sie herauszufinden, wie er reingekommen war.

Gina ging vorsichtig in die Hocke, damit sie nicht das Gleichgewicht verlor und umfiel, hob Coal hoch und hielt ihn an sich. Als sie den Geruch des Katers und von draußen einatmete, begrüßte ein weiterer schwacher Duft ihre Nase.

Fergus. Er hatte ihren Kater hereingeholt.

Während Gina ihr Haustier streichelte, verblasste ihr Unbehagen. Coal hasste alle Männer in der Gegend und hatte mehr als ein paar gebissen.

Doch er hatte Fergus genug vertraut, um dem Drachenmann zu erlauben, ihn hochzuheben. Vielleicht war mehr an Fergus, als sie gedacht hatte. Schließlich hatte er, bevor Holly und Fraser angekommen waren, ihr den Bauch gerieben und über ihren Sohn geredet.

Die einzige Frage war, ob sie ihr Herz riskieren wollte, indem sie versuchte, den echten Fergus MacKenzie kennenzulernen, oder nicht.

Holly räusperte sich. „Ich kann den Katzenkäfig holen, während du packst."

Gina verdrängte die Gedanken an einen gewissen Drachenmann und lächelte. „Oh, nicht nötig. Coal fährt gern Auto."

„Pardon?", fragte Holly.

Gina drückte ihr Haustier an sich. „Er mag wie eine Katze aussehen, aber er verhält sich mehr wie ein Hund. Du wirst schon sehen." Sie küsste Coals Kopf und setzte das Tier auf das Bett. „Lass mich trotzdem noch ein paar Dinge zusammenwerfen, und wir können los. Aber Fraser, kannst du zum Schrank im Wohnzimmer gehen und dort die hölzerne Wiege suchen? Die gehörte meiner Großmutter, und ich möchte sie mitnehmen."

Fraser nickte und verließ den Raum.

Als sie allein waren, sagte Holly: „Wenn du jemals mit mir über Drachenwandlermänner reden willst: Ich bin da, Gina."

Gina sah Holly an. Die Hebamme war scharfsinniger, als sie ihr zugetraut hatte. „Das Einzige, was jetzt zählt, ist mein bevorstehendes

Treffen mit deinem Clan-Führer. Er ist derjenige, der über meine Zukunft entscheiden wird."

Holly öffnete den Mund, schloss ihn dann aber sofort. Während sie Kleider aus einer der Schubladen nahm, fragte sich Gina, warum Holly sich zurückhielt. Es widersprach allem, was sie bisher von ihr gesehen hatte.

Bevor sie sich überlegen konnte, wie sie unauffällig nachhaken konnte, kehrte Fraser mit der Wiege ihrer Großmutter in der einen Hand und einem Katzenkäfig in der anderen zurück. Coal knurrte beim Anblick des Käfigs, und Gina streichelte seinen Rücken. „Er mag den Käfig wirklich nicht. Aber wenn du ihn da reinbringen kannst, dann nehmen wir ihn so mit."

Hollys Stimme klang belustigt. „Aye, Fraser. Das ist eine gute Übung. Schließlich hast du mir zehn Katzen versprochen."

Fraser zwinkerte seiner Gefährtin zu. „Keine Sorge, Schatz. Das sollte einfach sein."

Gina blinzelte. „Zehn Katzen? Habe ich irgendetwas verpasst?"

Fraser ignorierte sie. Nachdem er die Wiege hingestellt hatte, machte er Klickgeräusche zu Coal. „Hier, Kätzchen. Du weißt, dass du mir helfen willst. Wir Männer müssen zusammenhalten."

Als der Drachenmann vorsichtig auf ihren Kater zuging und seine Finger ausstreckte, schnüffelte Coal eine Sekunde, bevor er seinen Kopf gegen Frasers Hand drückte. Der Anblick des großen, muskulösen Drachenmanns, der ihren Kater hinter den Ohren kraulte, brachte sie zum Lächeln. Coal war sehr wählerisch, wer ihn streicheln durfte, nicht, dass man es an seinem derzeitigen Verhalten hätte erkennen können. Konnte es sein, dass nicht alle Drachenwandler etwas zu verbergen hatten?

Fraser stellte den Katzenkäfig auf das Bett, öffnete die Tür und holte etwas daraus hervor. Als er es hochhielt, sah Gina, dass es ein Stück Käse war.

Fraser wedelte mit dem Stück und flüsterte: „Hier, Kätzchen, Kätzchen."

Coal bewegte die Nase, schnupperte in der Luft, und ging dann auf Fraser zu. Gina sah voller Ehrfurcht zu, wie Fraser ihren Kater schließlich in den Käfig trieb und ihn schloss. Fergus sah mit einem Grinsen auf. „Für mich sieht es so aus, als hätte er kein Problem."

Holly kicherte und rieb Frasers Arm. „Gut. Dann wüsste ich nicht, warum wir nicht ein oder zwei Katzen adoptieren können, wenn wir zurück sind." Er öffnete den Mund, um etwas zu erwidern, doch sie kam ihm zuvor. „Es sei denn, du zweifelst an deinen Fähigkeiten als Katzenflüsterer?"

Fraser richtete sich höher auf. „Natürlich nicht. Aber kümmern wir uns zuerst um Gina." Fraser sah Gina in die Augen. „Wir helfen dir, dich auf meinen Cousin vorzubereiten. Ein paar Tricks könnten deiner Sache bei ihm helfen."

Gina runzelte die Stirn. „Warum bist du daran interessiert, mir zu helfen? Du kennst mich kaum."

Fraser schüttelte den Kopf. „Die amerikanischen Bastarde müssen dir was angetan haben. Du solltest nur wissen, dass wir Schotten anders sind. Wir helfen gerne jemandem in Not.”

Sie spürte, dass es da etwas gab, dass er ihr nicht sagte. Aber ihr Baby trat und erregte ihre Aufmerksamkeit.

Okay, Kleiner. Danke, dass du mich daran erinnerst, was wichtig ist. Gina musste sich Gedanken um ihre Zukunft machen. Mit den MacKenzies umzugehen und ihre Geheimnisse zu klären, würde warten müssen.

Fergus nahm eines der Ersatzplaidtücher, die in der Wand des Hauptlandebereichs von Lochguard versteckt waren, und wickelte ihn um seinen Körper. Sobald er damit fertig war, ging er in Richtung Finns Cottage.

Sein Drache ging in seinem Hinterkopf weiter auf und ab. *Finn sollte besser zustimmen, oder ich werde ihn herausfordern.*

Finn wird alles tun, was er kann. Aber nicht einmal er wird etwas tun, um den Clan zu gefährden. Das ist das Beste, was wir hoffen können.

Sein Tier knurrte. *Warum bist du so ruhig? Gerade jetzt sitzt sie mit deinem Bruder in einem Auto. Bis sie unsere Gefährtin ist und in unserem Cottage wohnt, könnten die anderen versuchen, sie zu entführen.*

Dein Wunsch, das Mädel zu beanspruchen, wird sie noch abschrecken.

Aber ich will sie.

Aye, ich weiß. Aber versuchen wir es zuerst auf meine Art.

Sein Drache schnaubte. *Du musst gerade reden. Du hast es ziemlich schlimm am Loch vermasselt.*

Deinetwegen. Wenn du dich nur verdammt nochmal beruhigen würdest, könnte ich auch richtig denken.

Ich würde ja sagen, es war dein eigener heimlicher Wunsch, aber du würdest es leugnen. Also sage ich nur: Wenn ich in den nächsten Tagen keine Fortschritte sehe, werde ich es auf meine Art versuchen.

Fergus atmete tief durch und schüttelte kaum merklich den Kopf. *So weit wird es nicht kommen.*

Ich sehe, dass da jemand wieder Selbstvertrauen hat.

Fergus ignorierte seinen Drachen und steigerte sein Tempo.

Er ballte und löste seine Finger und war ungeduldig, seinen Plan in Gang zu setzen. Wenn Finn zustimmte, könnte Fergus genug Zeit haben, um das Mädel zu gewinnen, bevor das Kleine kam.

Natürlich rauschte das Bedürfnis seines Drachen, Gina zu ficken, weiter durch seinen Körper. Bei diesem Tempo würde er Finn mit einem harten Schwanz begegnen.

Da er, wenn er seinem Tier sagen würde, es solle damit aufhören, auf taube Ohren stoßen würde, stellte er sich einige der älteren Drachenfrauen in Bikinis vor, und sein Schwanz wurde wieder weicher. *Gut.* Er würde die Bilder für das nächste

Mal griffbereit halten, wenn er Gina sah. Sie könnten ihm helfen, das Verlangen seines Drachen besser zu zügeln.

Er näherte sich dem zweistöckigen Cottage mit den wuchernden Sträuchern davor. Als er an Finns Tür klopfte, setzte er einen neutralen Ausdruck auf.

Das vernarbte Gesicht von Arabella MacLeod, Finns schwangerer Gefährtin, begrüßte ihn. Nachdem sie ihn eine Sekunde genau betrachtet hatte, ging sie zur Seite und bedeutete ihm mit einer Hand einzutreten. „Finn wartet auf dich."

Fergus nickte. „Aye, ich nehme an, das tut er." Arabella sagte nichts, als er an ihr vorbeieilte, aber ihre Augen waren voller Fragen.

Finn öffnete gerade die Tür zu seinem Arbeitszimmer, als Fergus sich näherte. Die braunen Augen seines Cousins waren hart, was nie Gutes verhieß. „Beweg deinen Arsch hier rein, Fergus MacKenzie. Ich musste unser Meeting mit Bram und dem menschlichen Soldaten verschieben, und ich kann dir sagen, dass beide nicht glücklich darüber waren."

Finn zog sich in den Raum zurück, und Fergus folgte ihm und schloss die Tür hinter sich. „Du hast ihnen aber nichts von der Menschenfrau gesagt, oder?"

„Nein, natürlich nicht." Der Zorn in Finns Augen ließ ein wenig nach. „Fraser schrieb, dass es dem Mädel jetzt besser geht."

Fergus stieß einen erleichterten Seufzer aus.

„Das freut mich. Ich hab' sie nicht gern mit Schmerzen gesehen."

Finn presste seine Finger vor sich zusammen. „Das denke ich mir. Aber kommen wir auf den Punkt, Cousin. Ich brauche mehr Details als die Tatsache, dass Gina das Kind eines Drachenwandlers trägt und sich versteckt. Ich kann verstehen, dass du am Telefon vorsichtig sein wolltest, aber wenn ich über die Zukunft des Mädels entscheiden soll, brauche ich viel mehr Informationen."

Fergus' Drache knurrte, aber er ignorierte sein Tier. „Der Name des Mädels ist Gina MacDonald. Sie ist Amerikanerin und auf der Flucht, um ihr Kind zu behalten. Als ich sie das erste Mal traf, erwähnte sie den Clan BroadBay."

„Verdammt", knurrte Finn. „Ich hoffe, der Vater kommt nicht aus BroadBay."

Fergus nickte. „Wenn doch, kann ich ihr nicht vorwerfen, dass sie wegläuft. Ihr brutaler und narzisstischer Ruf eilt ihnen voraus. Die Frage ist nur, ob du ihr Schutz bieten und sie zum Bleiben einladen wirst."

„Ich denke, die größeren Fragen sind: Woher weißt du so viel über das Mädel, und warum hast du die Frau überhaupt beobachtet?"

Sein Drache meldete sich zu Wort: *Sag ihm die Wahrheit. Es wird Gina die größte Chance auf Sicherheit geben.*

Gib mir eine Chance, verdammtes Tier.

Finn verschränkte die Arme vor der Brust und

schwieg weiter. Fergus richtete sich auf und antwortete: „Mein Drache will sie."

Sein Cousin hob die Brauen. „Und woher weißt du das? Wenn sie schwanger ist, wird sie den Paarungsrausch nicht auslösen."

„Aye, aber mein Tier besteht darauf. Noch mehr, nachdem ich sie geküsst habe. Gerade du solltest die Bedeutung verstehen."

Finns Drache hatte die fast uneinnehmbare Arabella MacLeod gewollt. Nur durch Beharrlichkeit hatte Finn Arabellas Herz gewonnen. „Du hast deinen Drachen erwähnt, aber was ist mit der Menschenfrau? Ich werde sie nicht gegen ihren Willen hierbehalten, Fergus. Glaubst du, sie würde auch bei dir bleiben wollen?"

„Ich weiß es nicht, aber ich habe einen Vorschlag, wenn du ihn gerne hören würdest."

Finn deutete mit einer Hand. „Unbedingt. Je weniger Pläne ich ausarbeiten muss, desto mehr Zeit kann ich mit meiner Gefährtin verbringen."

„Ich hatte nicht vor, dich damit zu belasten, Finn. Ich hoffe, du weißt das."

Sein Clanführer lächelte. „Natürlich tue ich das. Unsere Drachen sind bestenfalls unberechenbar. Und wenn man bedenkt, dass du hier mit mir darüber sprichst, geht's dir bereits besser als deinem Bruder."

Fraser hatte das Geheimnis, dass Holly seine wahre Gefährtin war, für sich behalten und dadurch eine Menge Ärger verursacht. „Aye, ich denke, wir alle haben daraus gelernt." Finn nickte, und Fergus fuhr fort: „Ich bin mir nicht sicher, ob dir das in den vergangenen Jahren aufgefallen ist, aber ich habe menschliche Mythen über unsere Art gesammelt."

„Irgendwer hat es erwähnt, obwohl ich nicht sagen kann, dass ich dem allzu viel Aufmerksamkeit geschenkt habe."

„Du warst immer mehr daran interessiert, mit den Menschen in der Gegenwart zu sprechen, als etwas über die Vergangenheit zu erfahren, also kann ich es dir nicht verübeln."

Finn zuckte die Schultern. „Wir alle haben unsere Stärken. Deine zwanghafte Liebe zum Detail hat dem Clan öfter geholfen, als du weißt."

Fergus sammelte Informationen für Finn und die Lochguard-Beschützer. „Nun, es wird sich auch in diesem Fall als nützlich erweisen. Hast du je von den Drachenwächtern Schottlands gehört?" Finn schüttelte den Kopf, und Fergus erklärte es: „Damals, als die Menschen noch in Clans zusammenlebten, hatten Drachenwandler viel engere Beziehungen zu ihnen als heute. Die Menschen betrieben sogar ihr eigenes Opfersystem, indem sie die Töchter der Lairds mit einigen der Drachenwandler vermählten. Auf diese Weise würden die Drachen nicht versuchen, sie anzugreifen, sondern sogar dazu beitragen, die menschlichen Clans vor Eindringlingen zu schützen."

„So viel weiß ich. Komm zu dem Teil über die Wächter."

Fergus hasste es, gehetzt zu werden, aber Finn

war ein vielbeschäftigter Drachenmann. „Da es kein MDA gab, richteten die Lairds eine Art Schutz für ihre Töchter ein. Ein Drachenwandler fungierte als Wächter der Frau im ersten Jahr, in dem sie auf dem Land eines Drachenclans lebte. Sollte der Tochter etwas zustoßen, wurde der Wächter dafür verantwortlich gemacht und vom menschlichen Laird hingerichtet."

„Klingt nach einem tollen Job", sagte Finn gedehnt.

Fergus ignorierte Finns Bemerkung. „Die besten Wächter erfüllten ihre Pflicht ihr ganzes Leben lang. Sie verdienten sich in den Highlands den Ruf als Beschützer der Menschheit. Obwohl die Wahrheit etwas weniger brillant ist, war der Job wichtig. Es wurden nur diejenigen ausgewählt, die Geduld, einen starken Willen und einen angeborenen Wunsch zu beschützen besaßen."

„Und was haben die Wächter mit der weiblichen Person zu tun?"

Fergus richtete sich auf und antwortete: „Ich möchte die Praxis wieder einführen und Ginas Wächter sein. Im ersten Jahr garantiere ich ihre Sicherheit und passe auf sie und das Kleine auf. Am Ende des Jahres werden wir sehen, ob sie noch meinen Schutz benötigt."

Sein Clanführer musterte ihn eine Sekunde lang, bevor er schließlich antwortete: „Wie oft nahmen die Wächter der Alten ihre Aufgaben als Gefährten auf?"

„Nicht oft. Die Anführer waren damals nicht so

besorgt über wahre Gefährten und Glück, als vielmehr darüber zu überleben. Bündnisse waren oft wichtiger als die Liebe."

„Aye, aber wir leben im 21. Jahrhundert, Fergus. Du sagst, dein Drache will das Mädel, aber du willst es auch beschützen. Die wichtigste Frage ist, ob du sie vor dir selbst beschützen kannst."

Sein Drache knurrte. *Wir würden ihr nie wehtun.*

Fergus ballte die Finger zusammen und machte einen Schritt in Richtung Finns Schreibtisch. „Wenn ich spüre, wie mein Drache die Kontrolle übernimmt, werde ich es dir sagen. In diesem Fall würden sich bestimmt Faye und meine Mutter um sie kümmern. Faye mag keine Beschützerin mehr sein, sie hat aber die entsprechende Ausbildung."

„Ich bin sicher, das klingt fantastisch in deinem Kopf, aber was ist, wenn das Mädel dich ablehnt? Sie ist verletzt und öffnet sich vielleicht noch eine Weile nicht. Verdammt, vielleicht liebt sie den Vater ihres Kindes noch. Selbst wenn euch das Schicksal zu wahren Gefährten macht, besteht die Möglichkeit, dass Gina sich dagegen wehrt und dich ablehnt."

Nur durch Willenskraft konnte Fergus seinen Drachen in Schach halten, als er erwähnte, Gina könnte den Bastard noch lieben, der ihr wehgetan hatte. „Hast du dich dadurch von Arabella abhalten lassen?"

Finn lächelte liebevoll, zweifellos in der Erinnerung daran, wie er seine Gefährtin umworben hatte. „Guter Punkt, Cousin." Sein

Clanführer hielt eine Sekunde lang inne und fuhr fort: „Bevor ich überhaupt versuche, das MDA davon zu überzeugen, den Menschen langfristig hier leben zu lassen, möchte ich diese Gina MacDonald treffen und beurteilen, ob sie eine Bedrohung für den Clan ist. Wenn sie meine Überprüfung besteht, musst du den Menschen aber immer noch überzeugen, dich als ihren Vormund zu akzeptieren."

„Ich bin mir ziemlich sicher, dass ich sie überzeugen kann. Aber wenn ich das Mädel dazu überrede, zuzustimmen, könnte BroadBay versuchen, sie zurückzuholen. Kann der Clan mit einer weiteren Bedrohung umgehen?"

Finn wedelte mit einer Hand. „Du sorgst dich immer zu sehr um den Clan. Hierbei konzentrierst du dich jetzt auf Gina, und ich werde mich um BroadBay kümmern, wenn sie auftauchen." Sein Clanführer packte seine Schulter. „Du bist eines der am schwersten arbeitenden Clan-Mitglieder, Fergus, und bekommst dafür die wenigste Aufmerksamkeit. Du verdienst eine Chance, dein eigenes Happy End zu finden. Und nicht nur, weil du mein Cousin bist. Du bist ein feiner Mann, Fergus MacKenzie. Jede Frau könnte sich glücklich schätzen, dich zu haben."

Fergus war noch nie gut mit Lob umgegangen, also nahm er es nicht an. „Wann wirst du also eine Entscheidung treffen?"

„Bist du so darauf aus, die Frau für dich zu haben, Fergus?"

Er runzelte die Stirn. „Nicht jeder von uns denkt

nur mit seinem Schwanz. Sie ist allein und auf der Flucht. Ich wette, sie möchte wissen, was ihre Zukunft für sie und ihren Sohn bringt."

Finn seufzte dramatisch. „Du warst schon immer so logisch und edel, Fergus."

Fraser grinste und zwinkerte. „Nun, jemand musste es ja sein. Meine Mutter brauchte einen Verbündeten, der ihr bei den Aufgaben behilflich war, und du und Fraser hattet nicht vor, dies zu tun."

„Wir waren ein Haufen wilder Teenager, nicht wahr?" Finns Handy piepste mit einer Textnachricht. „Es tut mir leid, dass ich den Weg der Erinnerung hier unterbrechen muss, aber das ist wahrscheinlich Grant, der über Ginas Hintergrundüberprüfung sprechen möchte. Geh nach Hause und zieh dir was an. Ich werde dich wissen lassen, wann und wo du Gina triffst, nachdem ich mit ihr gesprochen habe."

Fergus nickte. „Okay, aber erschreck' den Menschen nicht zu sehr. Sie ist hochschwanger, und Arabella wird dir das Fell über die Ohren ziehen, wenn sie herausfindet, dass du eine schwangere Frau verängstigt hast."

„Hey, ich mache den Leuten keine Angst. Ich deute nur an, dass es in ihrem besten Interesse ist, sich zu benehmen."

Die Tür öffnete sich, bevor Fergus antworten konnte. Arabella stand in der Tür. „Grant hat mich so sehr belästigt, dass ich von der Couch aufstehen musste. Ruf ihn, Finn, damit ich ein Nickerchen machen kann."

Finns Gesichtsausdruck wurde besorgt, als er an die Seite seiner Gefährtin trat. „Geht's dir gut, Ara? Soll ich Dr. Inn rufen?"

Arabella seufzte. „Nein, zum zehnten Mal heute: Ich brauche den Arzt nicht."

Finn legte eine Hand auf die kleine Wölbung von Arabellas Bauch und flüsterte: „Kommt schon, Babys. Habt Nachsicht mit eurer Mum. Sonst bekommt sie schlechte Laune."

„Finn!", knurrte Arabella.

Nachdem Fergus Finns und Arabellas Hin und Her über die Drillinge schon mal gehört hatte, deutete er mit dem Kopf zur Tür. „Ruf mich an, wenn du fertig bist, Finn."

Sein Cousin nickte, und Fergus eilte aus dem Cottage. Das Einatmen der kühlen Winterluft rührte seinen Drachen. *Ich wünschte, er würde aufhören, Arabella übermäßig zu beschützen. Es irritiert mich wirklich.*

Fergus schnaubte. *Als ob du besser wärst. Wenn wir Gina von der Wächter-Idee überzeugen können, wirst du genauso beschützend sein.*

Vielleicht. Aber das wird keine Rolle spielen, denn dann wird sie uns gehören.

Nicht ganz, Drache. Sie zu schützen und sie für uns zu gewinnen, sind zwei verschiedene Dinge.

Wenn du meinst.

Trotz der möglichen Gefahr für seinen Clan und der sehr realen Chance, dass Gina ihm sagen würde, er solle sich verpissen, anstatt zuzustimmen, dass er ihr Wächter wurde, gab es einen kleinen Hoffnungsschimmer in seiner Brust. Der Gedanke, neben Gina in seinem Bett aufzuwachen und den Tritt eines Kindes unter seiner Handfläche zu spüren, sandte einen Ansturm von Wärme durch seinen Körper. Er hatte die Hoffnung, jemals eine eigene Familie zu haben, fast aufgegeben. Und jetzt könnte er eine haben.

Das Problem war, die eigenwillige Amerikanerin davon zu überzeugen, bei ihm zu bleiben.

Kapitel Sechs

G ina wartete im Sicherheitsgebäude des
Beschützers am Haupttor und versuchte, sich
dazu zu bringen, stillzusitzen.

Ja, sie war ein bisschen nervös davor,
Lochguards Clanführer Finlay Stewart zu treffen.
Aber von den gut gestählten, imposanten Gestalten
von Lochguards Beschützern umgeben zu sein,
brachte sie dazu, aus der Tür rennen und nie
wieder zurückblicken zu wollen. Nicht, weil sie sie in
zwei Hälften reißen konnten, ohne auch nur ins
Schwitzen zu geraten. Nein, weil es sie an Travis
und seine Freunde in den USA erinnerte.

Nein. Vergiss ihn.

Wenn nur Fergus endlich auftauchte, könnte sie
das tun. Doch der Drachenmensch war noch nicht
durch die Tür getreten, und sie zweifelte, ob er es
jemals tun würde oder nicht. Sie war immer noch
hin- und hergerissen zwischen ihrer Angst, dass er
sie benutzte, und dem Interesse an dem

Drachenmann, der ihren Kater ins Haus hatte locken können.

Gina beugte ihre Finger und wünschte sich, sie hätte jetzt ihr Haustier hier. Sie hatte Coal von einem Nachbarn adoptiert, kurz nachdem sie in Schottland angekommen war, aber der große schwarze Kater mit den goldenen Augen hatte ihr Herz schnell erobert. Schon in der ersten Nacht hatte er sich an ihren Rücken geschmiegt, als sie einschlief, und hatte geschnurrt. Ihre Hormone hatten sie dazu gebracht, zu weinen, und den Kater zum Trost zu kuscheln. Mit Coal wäre sie in Schottland nie ganz allein.

Da jedoch einer der Beschützer im Raum allergisch gegen Katzen war, war der Kater bei Fraser zu Hause. Holly hingegen stand an ihrer Schulter. Gina sah auf und lächelte. „Ist okay. Ich hatte keine weitere Kontraktion. Ich denke, in einem Sessel sitzen bekomme ich hin."

Holly runzelte die Stirn. „Ich mache mir nicht um das Sitzen Sorgen. Dich hier zu halten, verursacht unnötigen Stress. Ich werde später mit Finn reden müssen. Wenn das nicht gelingt, mit Arabella."

Gina senkte ihre Stimme und flüsterte: „Aber kannst du das tun? Wenn jemand Steven Roberts, den Drachenführer in Virginia, herausgefordert hätte, wäre er entsprechend bestraft worden."

Einer der Beschützer hörte auf, sein Tablet zu mustern, und begegnete ihrem Blick. Die dunkelbraunen Augen des Drachenmanns waren voller Hass. „Roberts ist ein richtiger Bastard und gibt Drachenwandlern einen schlechten Ruf. Vergleiche Finn niemals mit ihm."

Gina blinzelte. „Okay."

Holly drückte ihre Schulter und starrte den dunkelhaarigen Drachenmann an. „Lass sie in Ruhe, Shay. Wenn sie nur BroadBay kennt, dann sollten wir alles in unserer Macht Stehende tun, um ihre Meinung zu ändern. Sie anzublaffen wird nichts nützen."

Bevor der Mann antworten konnte, betrat ein großer, blonder Drachenwandler den Raum, und alle verstummten. Gina überlegte, ob sie aufstehen sollte oder nicht, als der Mann sie anlächelte. Die Freundlichkeit in seinen Augen half, ihre Anspannung zu lösen. Er hatte etwas Vertrautes an sich, aber sie konnte es nicht platzieren.

Der blonde Drachenmann blieb vor ihr stehen. „Tut mir leid, dass du warten musstest, Mädel. Wie wäre es, wenn du mit mir kommst, und wir können uns ein wenig unterhalten?"

„Du bist der Clanführer?", platzte Gina heraus.

„Aye, obwohl du nicht so überrascht deswegen klingen musst." Er senkte die Stimme. „Schließlich ist es viel einfacher, Fliegen mit Honig zu fangen als mit Essig."

Bevor sie sich zurückhalten konnte, fragte Gina: „Wovon zum Teufel redest du?"

Sie schlug sich die Hand vor den Mund und hielt den Atem an. Wenn sie dasselbe in Virginia getan hätte, wäre sie zurechtgewiesen oder aus dem

Land des Clans verbannt worden. Würde der schottische Anführer dasselbe tun?

Doch Finn zwinkerte ihr zu und streckte eine Hand aus. „Ich ziehe es vor, nicht um ein Thema herumzutanzen, und ich bewundere die Amerikaner dafür, dass sie dasselbe tun. Komm schon, Mädel. Wir werden uns unter vier Augen unterhalten."

Holly meldete sich: „Ich möchte mitkommen."

Finn schüttelte den Kopf. Holly öffnete den Mund, aber er kam ihr zuvor. „Du kannst vor der Tür sitzen, Holly. Wenn etwas passiert, schreie ich nach dir, aye?"

Holly sah aus, als wäre sie bereit, sich zu streiten, und Gina wollte nicht riskieren, Finn zu verärgern.

Gina stand auf und wandte sich der Hebamme zu. „Ist schon okay, Holly. Wenn Finn versucht, mir in irgendeiner Weise zu schaden, habe ich ein paar Moves drauf, um ihn aufzuhalten."

Belustigung tanzte in Hollys Augen. „Oh, aye? Eines Tages würde ich die gerne sehen."

Finn schnaubte: „Was ist bloß mit den Frauen, die mir seit einem Jahr in den Weg geworfen werden?"

Holly grinste ihn an. „Du liebst die Herausforderung, und ich denke, das Universum stellt dich auf die Probe."

„Aye, nun, lass uns sehen, ob ich diesen Test bestehe." Finn bot ihr seinen Arm. „Komm, Gina. Je früher wir uns unterhalten, desto eher können wir über deine Zukunft entscheiden."

Als sie den angebotenen Arm nahm, hielt Gina den Mund. Es gab keinen Grund, zu riskieren, etwas herauszuplatzen, das ihre Chancen ruinieren könnte.

Finn führte sie aus dem Raum, und Gina achtete darauf, ihr Kinn den ganzen Weg hochzuhalten. Obwohl ihr Magen nicht so brannte, wie bei Steven Roberts in Virginia, vertraute sie ihrem eigenen Bauch nicht mehr. Travis war ein guter Schauspieler gewesen, und sie wollte nicht wieder reingelegt werden.

Sobald sie und Finn endlich ein kleines Büro am Ende des Flurs betraten, ließ er ihren Arm los. Er deutete auf einen Stuhl, und sie setzte sich. Finn stützte seine Hüfte gegen den Tisch, bevor er anfing zu sprechen. „Also, Gina MacDonald. Sag mir, warum ich dir erlauben sollte, trotz des Risikos für meinen Clan hierzubleiben."

Sie ballte den Stoff ihres Stretch-T-Shirts im Tunika-Stil zusammen und hielt ihre Stimme aufrecht, während sie Finn ihre Situation erklärte. „Ich habe mit einem Drachenwandler geschlafen und bin schwanger geworden. Danach meldete er die Schwangerschaft dem MDA in Washington, D.C. Ich wurde aufgefordert, mein Kind freiwillig oder zwangsweise aufzugeben; ich durfte es nicht behalten. Da mir diese Optionen nicht gefielen, bin ich geflohen."

„Was bedeutet, dass du nie nach Amerika zurückkehren kannst. Zumindest nicht mit deinem Sohn im Schlepptau."

Sie nickte, da sie ihrer Stimme nicht zutraute, ruhig zu bleiben. Wenn sie nur daran dachte, dass sie nie wieder die Küste von Virginia oder den William & Mary-Campus sehen würde, schmerzte ihr das Herz.

Finn seufzte. „Es tut mir wirklich leid, dass dir das passiert ist. Wenn ein Lochguard-Drachenmann so etwas gemacht und eine Frau so ausgenutzt hätte, wäre er ins Exil gegangen oder schlimmer."

Gina wollte Finns freundlichen Augen glauben, aber sie brauchte weit mehr als das, um ihre Zukunft zu sichern. „Die Vergangenheit spielt keine Rolle. Ich muss wissen, ob mein Sohn und ich hier willkommen sind."

„Aye, das weiß ich. Dein vorläufiger Hintergrundcheck war in Ordnung. Wenn der Rest deiner Geschichte stimmt, musst du dich beweisen und zum Clan etwas beitragen, bevor ich hier eine langfristige Zukunft garantieren kann."

Sie runzelte die Stirn. „Aber ich bin kein Drache. Wie kann ich zu einem Drachenwandler-Clan beitragen?"

Belustigung färbte Finns Antwort. „Auch Menschen haben ihren Nutzen. Holly ist ein Mensch, und sie leitet fast die Show, wenn es um Schwangerschaften und Entbindungen geht. Ich bin mir sicher, uns wird etwas einfallen."

Sie nickte mit dem Kopf. „Und? Was noch? Die Nachrichten über die Angriffe auf Lochguard im letzten Jahr haben die USA erreicht, und ich kann mir vorstellen, dass ihr niemandem so leicht trauen könnt, selbst wenn es eine schwangere Frau ist."

Finn schmunzelte. „Cleveres Mädel. Auch das wird hilfreich sein." Der Gesichtsausdruck des Drachenmanns wurde ernst. „Vertrauen braucht Zeit, wie du sicher weißt." Gina nickte, sie hatte nichts anderes erwartet. „Gut, denn das könnte es leichter machen, den nächsten Teil zu akzeptieren."

Eine böse Vorahnung sammelte sich in ihrem Bauch. „Was beinhaltet der nächste Teil?"

„Wenn du bleiben willst, musst du Fergus MacKenzie als deinen Vormund akzeptieren."

Sie runzelte die Stirn. „Was? Wie einen Adoptivvater?"

Finn schnaubte. „Nein, nicht auf die menschliche Art. Er wird dein Wächter sein und dich beschützen. Du wirst größtenteils seiner Verantwortung unterstellt."

„Wie ein Bodyguard? Wenn das bedeutet, dass ich jeden seiner Befehle befolgen muss, dann werde ich es vielleicht doch am Loch Shin versuchen."

Finn schüttelte den Kopf. „Da ist es nicht sicher für dich. Und vertrau mir, wenn BroadBays Anführer entschlossen ist, dein Kind zu bekommen, dann wird er einen Weg finden. Ich habe Roberts noch nie persönlich getroffen, aber ich habe genug gehört, um für den Ozean zwischen uns dankbar zu sein."

„Woher weißt du von BroadBay? Ich habe den amerikanischen Clan nie namentlich erwähnt."

„Fergus."

Gina legte ihre Hände über den Bauch und lehnte sich zurück in ihren Stuhl. Wäre sie wieder in den USA, würde sie den Worten des Clanführers nur zustimmen, anstatt eine Gegenreaktion zu riskieren. Doch als sie den freundlichen, aber stählernen schottische Anführer studierte, beschloss Gina, es zu wagen und ihre Meinung zu äußern. „Versichere mir, dass ich nicht jedes seiner Worte befolgen muss, und ich werde dem vorerst zustimmen."

Finn hob eine Braue. „Vorerst?"

Sie lächelte langsam. „Fergus könnte es sich nach ein paar Tagen mit mir anders überlegen."

Schmunzelnd streckte Finn eine Hand aus, und sie nahm sie. Er fügte hinzu: „Mach ihn fertig, Gina MacDonald. Aber ich warne dich: Fergus ist einer der hartnäckigsten, geduldigsten Männer, die ich kenne. Er wird höchstwahrscheinlich nicht aufgeben, wenn er nicht tot ist."

„Nun, das macht es umso lustiger. Ich mochte Herausforderungen schon immer."

Finn lachte schallend. „Ich hoffe, dass alles mit dir klappt, Mädel, denn ich glaube, meine Gefährtin könnte dich mögen."

Das Wort „Gefährtin" ernüchterte sie. Aber sie verbarg es schnell hinter einem Lächeln. „Was kommt dann als Nächstes, Mr. Stewart?"

„Nenn mich Finn, Mädel, und du hast doch schon gemerkt: Wir duzen uns hier alle." Er deutete auf die Tür. „Es wird Zeit, Fergus zu treffen. Er wird dich in dein neues Zuhause bringen, und du kannst dich dort einleben."

Ihr Herz pochte heftiger. „Ich muss aber nicht mit ihm zusammenleben, oder?"

„So sehr Fergus es auch lieben würde, nein. Ihr werdet Nachbarn mit zwei getrennten Häusern sein."

Sie stieß einen Atem aus. Fergus' Nachbarin zu sein, war immer noch gefährlich, aber sie könnte es mit Wänden und Abstand dazwischen schaffen.

Fergus ging in dem kleinen Raum auf und ab. Finn hatte ihm eine SMS geschickt und ihn gebeten, im Konferenzraum des Beschützer-Hauptquartiers zu warten. Das war vor zwanzig Minuten gewesen.

Sein Drache schnaubte. *Ich will Gina sehen. Finn braucht zu lange.*

Bevor er antworten konnte, öffnete sich die Tür. Sein Zwillingsbruder stand darin mit einem Katzenkäfig. „Hey, Fergus. Ich dachte, du könntest etwas Gesellschaft brauchen."

Ein leises Miauen kam von der Transportbox. Fergus zeigte darauf. „Warum zum Teufel trägst du eine Katze mit dir herum? Ich nehme an, es ist Ginas, aber das arme Biest muss Angst haben."

Fraser zuckte mit einer Schulter. „Nicht wirklich. Er ist ein mutiger Kerl."

„Vergiss den Kater für eine Sekunde. Warum bist du wirklich hier?"

„Finn bringt Gina in Kürze her, und ich musste die Katze bringen, bevor ihr beide in eure neuen Häuser geht."

Fergus runzelte die Stirn. „Häuser, Plural?"

Fraser nickte. „Aye, ihr werdet euch die alte Sinclair-Anlage teilen. Ein Haus für jeden von euch. Ich bin mir sicher, Mutter wird begeistert sein. Wenn du aus dem Weg bist, wird sie die Freiheit haben, Ross mehr zu verhätscheln."

Ross Anderson war Hollys Vater und Lochguards menschlicher Dauergast. „Ich dachte, du hasst die Vorstellung dass Mutter mit Ross zusammenkommen könnte?"

Fraser zuckte die Schultern. „Falls sie zusammenkommen, kann ich mir den Gesichtsausdruck der Leute ansehen, wenn ich ihnen sage, dass ich meine Stiefschwester geheiratet habe."

Er seufzte. „Und Holly ist dabei?"

„Nicht wirklich. Aber ich bin sicher, dass ich so meine Wege habe, sie zu überzeugen."

Fergus hob eine Hand. „Ich brauche nichts über deinen magischen Schwanz zu hören."

„Bist du dir sicher? Er ist wirklich spektakulär. Ich könnte sogar sagen, dass es der Neid aller Männer in Lochguard ist."

„Sei dankbar, dass du Holly hast, Bruder, denn ich glaube nicht, dass es noch eine Frau gibt, die dein nervtötendes Verhalten ertragen kann."

„Nervtötend? Ich betrachte es lieber als charmant. Und Holly liebt alles an mir."

Bevor Fergus antworten konnte, erfüllte Finns Stimme den Raum hinter Fraser. „Tut mir leid, dass ich euer so wichtiges Schwanzgespräch unterbreche, aber ich habe hier eine Frau, die unbedingt ihre Zukunft kennenlernen möchte."

Fergus' Drache brüllte. *Das ist Gina!*

Fergus drückte Fraser zur Seite, reckte den Hals und sah in Ginas grüne Augen. Der Blick der Frau war unleserlich. Da er merkte, wie alle zuhörten, nickte Fergus. „Hallo, Mädel."

Beim Begriff „Mädel" wurden ihre Lippen ganz schmal. Er fiel ihm schwer, nicht zu lachen.

Holly schob sich vor Gina und zeigte auf Fraser. „Fraser, hör auf, darüber zu reden, wie charmant du bist, und bring den verdammten Kater hierher." Sie sah Fergus an. „Wir warten den Flur runter, um euch etwas Privatsphäre zu geben."

Fraser seufzte. „Und ich freue mich darauf, lauschen zu können."

Fergus schlug seinem Bruder auf den Arm. „Raus hier! Und wenn ich herausfinde, dass du zugehört hast, werde ich dich in Drachenform herausfordern und gewinnen."

Sein Bruder öffnete den Mund, doch Finn kam ihm zuvor. „Alle raus! Gina sieht blass aus, und wenn Arabella erfährt, dass wir sie haben stehen lassen, während ihr euch streitet, wird sie mich einen Kopf kürzer machen. Und nicht nur das, Tante Lorna wird auch ein oder zwei Dinge zu sagen haben."

Holly nickte. „Aye, sie hat den Holzlöffel immer griffbereit."

Anstatt darauf hinzuweisen, er sei neunundzwanzig Jahre alt und habe keine Angst vor seiner Mutter, reichte Fergus Gina die Hand. Es war an der Zeit, das Vertrauen der Frau zu gewinnen. „Kommst du, Gina? Wir haben viel zu besprechen."

Sie straffte ihre Schultern, ging einen Schritt auf ihn zu, nahm aber nicht seine Hand. „Ich komme, aber ich will, dass Coal bei mir bleibt. Er hatte für einen Tag genug Stress."

Fraser nahm den Katzenkäfig hoch. „Ich würde ihm mehr Anerkennung zollen, Gina. Er ist braw."

„Braw?", wiederholte Gina, als sie den Käfig aus Frasers Hand nahm. „Ich habe keine Ahnung, was das heißt."

Fraser deutete auf Fergus. „Mein Bruder kann es dir erklären. Dem Blick in Finns Augen nach zu urteilen, sollte ich lieber gehen, sonst wird mir noch irgendeine Scheißaufgabe aufs Auge gedrückt."

Finn nickte. „Gut, dass du es bemerkt hast." Sein Cousin sah ihn an. „Warte nicht zu lange, Fergus. Ich möchte, dass der Mensch sich innerhalb der nächsten halben Stunde hinsetzt und die Füße hochlegt."

Finn und die anderen verließen den Raum. Als sich die Tür schloss, ging Gina geradewegs zu dem Tisch auf der anderen Seite des Raumes. Das Mädel stellte das Ding auf den Tisch und schnurrte ihrem Kater etwas zu.

So, wie sie den Po nach hinten ausstreckte und

sich vornüber beugte, wollte er sich nur hinter sie stellen und sie mit seinem Körper bedecken. Sein Drache knurrte und zeigte kurz ein Bild von ihrem Schwanz, der in und aus ihrer Frau pumpte.

Sie gehört nicht uns, sagte Fergus.

Dann beeil dich und überzeuge sie.

Er räusperte sich, um ihre Aufmerksamkeit zu erregen, aber Gina ignorierte ihn, um die Tür der Box zu öffnen und ihr Haustier herauszuholen. Mit Coal über einer Schulter drehte sie sich zu ihm und hob ihre Augenbrauen. „Und? Du sagtest, wir haben viel zu besprechen, also fang an zu reden."

Als er einen Schritt auf Gina zuging, hielt er sich davon ab, eine Hand auszustrecken, um sie zu berühren. „Wie wäre es, wenn du mir stattdessen zuerst erzählst, was Finn gesagt hat."

Während Gina ihr Haustier streichelte, fragte sich Fergus, wie es sich anfühlen würde, wenn ihre Hände das mit ihm machten.

Zum Glück unterbrach ihre Stimme den Gedanken, bevor er noch weiter ging. „Du weißt also doch nicht alles. Wenn man bedenkt, wie du mich vorhin gerne herumkommandiert hast, hatte ich gedacht, du hättest sämtliche Antworten."

Die verantwortungsvolle Hälfte von Fergus hätte die Spitze nicht beachtet und sich auf das größere Problem konzentriert. Er würde nie Ginas Vertrauen gewinnen, wenn sie sich nur stritten. „Hör zu, das mit vorhin tut mir leid. Ich bin mir nicht sicher, wie viel du über Drachenwandler weißt, aber wir beschützen gern."

„Ich habe nicht gesehen, dass du dich bei Holly so benommen hast."

„Ich überlasse die Überfürsorglichkeit ihr gegenüber meinem Bruder."

Etwas, das er nicht lesen konnte, blitzte in ihren Augen auf, aber es wurde schnell durch eine beiläufige Gleichgültigkeit ersetzt. „Die Natur des Drachenwandlers oder irgendeine andere Ausrede ist mir egal. Ich bin kein Besitz, den man weitergeben kann, Fergus MacKenzie. Wenn wir jemals miteinander auskommen wollen, solltest du daran denken."

Sein Drache meldete sich zu Wort: *Wir werden viel mehr tun, als miteinander auszukommen.*

Nicht jetzt!

Gina neigte den Kopf. „Deine Augen haben geblitzt. Was wollte dein Drache?"

Sein Tier meldete sich wieder. *Ich will dich behalten, das wollte ich.*

Fergus reagierte nicht auf seinen Drachen. „Glaub mir, das willst du nicht wissen."

Gina trug immer noch ihren Kater und machte einen weiteren Schritt auf ihn zu. Der Duft nach Frau und Heidekraut traf ihn. Sein Drache knurrte: *Halte sie gegen unseren Körper. Ich möchte mir ihren Duft merken.*

Ginas Stimme war leiser, als sie antwortete: „Sag es mir, Fergus. Betrachte es als Zeichen des guten Willens, mich in Zukunft besser zu behandeln."

Als sie einander in die Augen starrten, tanzte ihm ein Knistern über die Wirbelsäule. Bevor er sich zurückhalten konnte, schloss Fergus die Distanz zwischen ihnen. Er stand so nah, dass er von ihrem Geruch umgeben war. Die Hitze ihres Körpers erwärmte seine Brust durch seine Kleidung. Wenn er sich zwei Zentimeter näher beugte, würde ihr Bauch gegen seine Scham drücken.

Tu es, knurrte sein Drache.

Verloren in den Tiefen von Ginas goldfarbenen grünen Augen hörte er kaum seinen Drachen. Er konzentrierte sich auf Ginas erhöhte Herzfrequenz. Dann weiteten sich ihre Pupillen, was ihn verlockte, sie an sich zu ziehen.

Er hob eine Hand an ihre Wange und erwartete, dass sie davoneilen würde. Und doch trennte sie ihre Lippen und hob ihren Kopf einen Bruchteil. „Sag es mir, Fergus."

Die Hitze ihres Atems an seinem Kinn ließ seinen Schwanz hart werden. Gina konnte es sicher fühlen, wie er gegen sie drückte, aber es war ihm egal. Ein pulsierendes Bedürfnis, das Mädel zu brandmarken, überflutete seinen Körper.

Er musste Gina MacDonalds Vertrauen gewinnen – und zwar bald –, damit er sie zu seiner Frau machen konnte.

Vorhin, als Gina auf Fergus' Schoß am Loch Shin gesessen hatte, hatten ihre Schmerzen ihre ganze Aufmerksamkeit beansprucht. Doch jetzt gab es nichts, was sie von der Hitze seines Körpers hätte ablenken können, oder von seinem harten Schwanz, der gegen sie drückte.

Seine blitzenden Pupillen sollten sie daran erinnern, warum sie den Drachenmann wegstoßen sollte. Und doch, als Fergus ihre Wange streichelte, wollte sie sich nur an seine Brust lehnen und ihn bitten, sie zu halten.

Als sich ihre Lippen trennten, wollte sie gerade ihren Kopf heben, als Coal in ihr Ohr miaute. Das Geräusch riss sie aus dem Moment, und sie trat fünf Schritte zurück.

Fergus ballte die Finger zusammen, die ihre Wange gerade noch gestreichelt hatten. Sie wartete, um zu sehen, ob er wieder näherkommen würde. Der unverantwortliche Teil ihres Gehirns sehnte sich danach, von dem Drachenmann geküsst zu werden.

Fergus wandte sich von ihr ab und blieb eine Sekunde still. Ein Rausch der Enttäuschung drückte ihr Herz, und sie legte ihren Kopf an Coals Rücken. Fergus' Ablehnung sollte sie glücklich machen. Das sollte es wirklich. Sie brauchte keine weiteren Komplikationen in ihrem Leben. Besonders nicht die Art, die einen Drachenwandler involvierte, der glaubte, sie könnte seine Gefährtin sein.

Doch seine Berührung erinnerte Gina an das, was sie vielleicht nie hatte – einen Mann, den sie den ihren nennen konnte, und einen Vater für ihren Sohn.

Die Stimme des Drachenmanns war belegt, als

er endlich etwas sagte. „Die Antwort auf deine Frage ist, dass mein Drache dich will, Gina MacDonald." Fergus sah über seine Schulter, und sie atmete tief durch bei der Hitze seines Blicks. „Obwohl ich weiß, dass dein Körper mich auch will, werde ich warten."

Ihre Stimme klang in ihren eigenen Ohren erstickt. „Warum?"

Er drehte sich um. „Weil ich, wenn du in Lochguard bleiben willst, dein Wächter bin. Es ist wichtiger, dich und das Baby zu beschützen, als die lustvollen Gedanken meines Drachen zu befriedigen." Er ging einen Schritt auf sie zu, und ihr Herz pochte schneller. „Du hast von mir nichts zu befürchten, Mädel. Das verspreche ich dir. Ich finde schon einen Weg, es zu beweisen."

So verlockend es auch war, zu sagen, dass sie die lustvollen Gedanken seines Drachen unbedingt ausleben wollte, Gina durfte nicht mehr nur an sich denken.

Trotzdem musterte sie Fergus' Gesicht und versuchte herauszufinden, ob er aufrichtig war. Nach allem, was sie wusste, nahmen sich Drachenwandler, was sie wollten, scheiß auf die Konsequenzen. Konnte es sein, dass trotz der Gerüchte und Porträts in den Medien nicht alle Drachenclans sich so verhielten?

Sie räusperte sich, und ihre Stimme hörte sich viel ausgeglichener an, als sie antwortete: „Ich bin gespannt, wie du das beweisen willst. Drachenmenschen neigen dazu, mit ihren

Schwänzen zuerst und mit ihren Köpfen später zu denken."

Fergus' Augen blitzten, und sie hielt den Atem an. Jetzt war es an der Zeit, den Drachenmann zu testen, solange Finn und die anderen in der Nähe waren, um sie zu retten, falls sie schrie. Und selbst wenn sie nicht halfen, hatte sie die Ampulle mit gemahlenen Alraunwurzeln und Immergrün in ihrer Tasche. Die junge Wache, die sie durchsucht hatte, hatte ihrer Geschichte geglaubt, das sei ein Kräutertee, um bei Schwangerschaftsproblemen zu helfen.

Einer von Fergus' Mundwinkeln zuckte nach oben. „Ich habe eine Idee. Wie wäre es, wenn ich dich heute Abend zum Haus meiner Mutter bringe, damit du dich eingewöhnen kannst? Meine Mutter kann für dich kochen und dir ein paar Tipps über den Clan geben. Bei ihr und meiner jüngeren Schwester solltest du dich sicher genug fühlen. Aber dein Kater muss dann über Nacht bei Fraser bleiben. Meine Schwester ist extrem allergisch."

Gina hatte eine Drachenwandlerin schon mal gesehen, aber noch nie mit einer gesprochen. Vor Travis war sie fasziniert von allem gewesen, was Drachenwandler anging, und hatte sich sogar dem Fanclub an ihrem College angeschlossen. Sie war neugierig gewesen, wie sie sich verhielten. Ihr Plan, Fergus zu irritieren und ihn zu vertreiben, konnte einen Tag warten, wenn es bedeutete, dass sie etwas von ihrer Liste derjenigen Dinge abhaken könnte, die sie tun wollte. Schließlich verbrachte sie vielleicht den Rest ihres Lebens in Lochguard, und sie brauchte alle Informationen, die sie bekommen konnte.

Sie nickte und rückte den Kater an ihrer Schulter zurecht. „Okay, aber nur für heute Nacht. Wenn deine Familie so ist wie du und dein Bruder zusammen, bin ich mir nicht sicher, ob ich mehr als einen Tag dort verbringen könnte, bevor ich anfange, jemanden zu treten."

Fergus grinste. „Fühl dich frei, meine Schwester zu treten, obwohl ich an deiner Stelle auf meine Mutter aufpassen würde. Sie musste drei Teufelsbraten und einen unwilligen Neffen aufziehen. Sie wird deinen nächsten Schritt fünf Minuten voraussagen, bevor du überhaupt daran denken kannst."

Gina sollte wirklich ihren Mund halten, aber sie konnte nicht widerstehen zu sagen: „Du verhältst dich anders, wenn du in der Nähe deines Bruders bist oder über deine Familie redest. Sie sind viel weniger spießig."

Seine Augen blitzten wieder, und Fergus' Grinsen verblasste. „Wir können später über meine Spießigkeit diskutieren. Jetzt sollte ich dich nach Hause bringen und dir etwas zu essen holen. Du bist blasser, als ich es mag, Mädel."

Sie öffnete den Mund, um zu antworten, und ihr Magen knurrte. *Danke, dass du mich verrätst, Körper.*

Fergus trat an ihre Seite und legte eine Hand an ihren Rücken. Sie hob ihren Kopf und starrte in Fergus' dunkelblaue Augen. Verdammt, der Mann war attraktiv! Es war gut, dass sie in der Nähe seiner Familie sein würde. Sie sollte in der Lage sein, zu widerstehen, ihn vor seiner Mutter erneut zu küssen.

Nicht, dass sie ihn jemals wieder küssen sollte.

Sie wedelte mit der Hand. „Ist keine große Sache. Noch eine halbe Stunde bringt mich nicht um."

„Vielleicht nicht, aber es wird meinen Drachen in den Wahnsinn treiben", erklärte er und nahm den Käfig. „Lass uns die kleine Bestie wieder in den Käfig stecken. Je eher wir gehen, desto eher kann meine Mutter dir was zu essen geben."

Als sie und Fergus einander anstarrten, wollte sie wissen, warum er sich so sehr sorgte. Selbst wenn sein Drache sie wollte, ging es nur um Sex. Travis hatte ihr das erklärt.

Hör auf, ihn mit dem Bastard zu vergleichen! In Anbetracht von Travis' Tricks war es sehr wahrscheinlich, dass er sie angelogen hatte. Fraser und Holly waren Gefährten, und da war viel mehr als nur Lust.

Fergus schüttelte den Käfig. Gina streichelte ihren Kater ein letztes Mal, bevor sie Coal in das Ding manövrierte.

Der Drachenmann beugte seinen Kopf und verriegelte die Käfigtür. Der Duft von etwas Wildem und Männlichem füllte ihre Nase. Verdammt, er roch gut. Die Erinnerung an seinen warmen, besitzergreifenden Kuss erfüllte ihren Geist, und sie zitterte.

Sie schüttelte den Kopf, um ihn klar zu bekommen. Wäre es die beste Idee, die erste Nacht mit Fergus im selben Haus zu verbringen? Alles, was nötig war, war ein Hauch von seinem Duft, und sie sehnte sich nach seiner Berührung. Wenn er sie noch mal küsste, würde sie sich wahrscheinlich ausziehen und ihm ihren Körper anbieten.

Dann trat ihr Sohn, und Evie legte eine Hand auf ihren Bauch. *Willst du mir etwa sagen, dass du Fergus dahaben willst?* Ihr Baby trat noch einmal, und sie lächelte.

„Warum lächelst du?", fragte Fergus.

Sie atmete tief durch und sah wieder in seine dunkelblauen Augen. „Mein Sohn tritt wieder. Ich vermute, er übt für den Fall, dass dein harter Schwanz ihm zu nahekommt."

Schmunzelnd bewegte Fergus seine Hand, bis sie einen Zentimeter von ihrem Bauch entfernt war. „Darf ich?"

Dem Drachenmann zu erlauben, sie zu berühren, war aus vielen Gründen eine schlechte Idee. Doch bevor sie sich selbst davon überzeugen konnte, warum, nickte sie. „Klar."

In der Sekunde, als Fergus' große, warme Hand ihren Bauch berührte, trat ihr Sohn wieder. Fergus beugte seinen Kopf vor und flüsterte: „Er ist bereits ein starker Kerl. Ich kann es kaum erwarten, zu sehen, wie er ist, wenn er hier ist und tritt. Ich wette, er wird schwierig sein."

„Solange er nicht wie sein Vater ist, kann er sein, wie er will."

Fergus bewegte seine Hand von ihrem Bauch an ihren Rücken, und rieb in langsamen Kreisen. Trotz seiner sanften Berührung entging ihr nicht der Stahl in seiner Stimme, als er sagte: „Mit dir als seine Mum wird er ein guter Junge sein. Vielleicht ein bisschen stur, aber ein guter Junge. Da habe ich keinen Zweifel."

Als sie Fergus in die Augen starrte, sah sie nichts als Wahrheit in ihnen. Er kannte sie kaum, aber er hatte so viel Vertrauen in sie.

Sie blinzelte Tränen weg, räusperte sich und flüsterte: „Danke."

Ihr Drachenmann öffnete den Mund, schloss ihn dann aber wieder. Er trat von ihr weg und bot ihr seinen freien Arm an. „Lass mich dich nach Hause bringen."

Nach Hause. Das war nichts, was Gina seit fast vier Monaten gehabt hatte, als ihre Eltern sie nach Schottland geschickt hatten. Das Cottage ihrer Großmutter war schön gewesen, aber es hatte ihr nie das Gefühl von Sicherheit oder Komfort geboten, das sie mit einem Zuhause assoziierte, vor allem nach dem Tod ihrer Großmutter. Würde Gina es in Lochguard finden, vorausgesetzt, sie könnte bleiben?

Mehr als auf der Flucht zu sein oder sich in einem fremden Land zu verstecken, hasste Gina die Ungewissheit. Wenn sie Fergus' Mutter und Schwester für sich gewinnen könnten, würden sie vielleicht ein gutes Wort bei Finn einlegen, damit sie endlich ein Zuhause hatte. „Und was ist mit Holly und Fraser? Werden sie da sein?"

„So sehr ich mir auch wünschte, ich könnte meinen verdammten Bruder fernhalten, er findet immer einen Weg, sich reinzuschleichen."

Gina hörte die Liebe in Fergus' Worten. „Wenigstens hast du einen Bruder, der dich nerven kann. Ich habe nur eine Schwester."

„Frauen können schlimmer sein, und ich bin sicher, dass deine Eltern mit dir als Kind alle Hände voll zu tun hatten."

„Was deutest du da an, Fraser MacKenzie?"

Er zuckte die Schultern. „Oh, nur, dass dein Mund wahrscheinlich ein paarmal mit Seife ausgespült wurde, weil du Widerworte gegeben hast. Habe ich recht?"

Sie hielt an und stöhnte schließlich. „Vielleicht." Fergus lachte, und der Anblick des großen, muskulösen Drachenmanns brachte sie zum Lächeln. „Seife ist aber besser als ein wunder Hintern."

„Aye, nun, Mutter hat immer noch den berüchtigten Löffel. Ich wäre vorsichtig. Selbst wenn du schwanger bist, könnte sie dir möglicherweise ein paar leichte Schläge verpassen, wenn du aus der Reihe tanzt."

Sie straffte die Schultern. „Deswegen mache ich mir keine Sorgen. Im Vergleich zu dir und Fraser bin ich ein Engel."

Fergus schnaubte. „Vielleicht ein Engel mit einem Biss."

Sie schlug ihm auf den Arm. „Hat dir noch nie jemand gesagt, dass man eine schwangere Frau nicht beleidigen soll?"

„Nein, an dem Tag muss ich wohl in der Schule gefehlt haben. Du hast Pech, Mädel."

Gina schüttelte lächelnd den Kopf. „Ich fange an zu glauben, dass schottische Drachenwandler einzigartig sind."

„Wenn du ‚gut aussehend', ‚klug' und ‚brillant' meinst, dann hast du recht."

Fergus zwinkerte ihr zu, und Gina lachte. Es war fast so, als wären sie wieder in dem Cottage, bevor ihre Schmerzen begonnen hatten und ihr Leben sich für immer verändert hatte.

Dann fiel ihr Blick auf Fergus' Lippen, und die Erinnerung an ihren Kuss rauschte zurück. Vielleicht sollte sie Fergus eine Chance geben.

„Mädel, meine Augen sind hier oben."

Ginas Wangen röteten sich, und sie begegnete wieder seinem Blick. „Sollten wir nicht unterwegs sein? Holly will wahrscheinlich nach mir sehen, bevor wir zu deiner Mom gehen."

„Wenn du in Lochguard leben willst, Mädel, dann solltest du anfangen, ‚Mum' statt ‚Mom' zu sagen. Klingt netter."

„Du weißt schon, dass die Amerikaner den Krieg gegen die Briten vor Hunderten von Jahren gewonnen haben, oder? Ich denke, das gibt uns das Recht zu reden, wie wir wollen."

Fergus beugte sich hinunter und flüsterte: „Ihr habt vielleicht gegen die Menschen gewonnen, aber wenn die Drachenwandler sich zusammengetan hätten, würdet ihr ‚Mum' sagen, ‚Lift' und einiges anderes."

Sie hob die Brauen. „Da ist wohl jemand etwas übermütig." Fergus grinste, und Gina seufzte. „Gut, sagen wir, du bist fantastisch. Wird das deinen Po schneller aus der Tür schaffen?"

Fergus tippte sich ans Kinn. „Ich brauche vielleicht noch ein paar Komplimente, um das zu schaffen."

„Ich habe mein Kompliment-Limit für die nächste Stunde erreicht, also hast du Pech."

Ihr Drachenmann drehte sich zu ihr um und strich ihr über die Wange. „Und doch vergeht dir deine Frechheit nie."

„Verdammt richtig."

Als sie einander angrinsten, bewegte sich Ginas Sohn in ihrer Gebärmutter. Nur, wenn Fergus in der Nähe war, tanzte und bewegte sich ihr kleiner Junge, als würde er seine eigene private Party feiern.

Ihr Misstrauen gegenüber allen Drachenwandlern verblasste ein klein wenig. Sie wollte sich keine Hoffnung machen, dass Fergus das war, was er zu sein schien. Aber sie hatte vielleicht eine bessere Vorstellung, wenn sie ihn in der Nähe seiner Familie sah.

Sie räusperte sich. „Nun, ich gehe jetzt. Ob du mir folgst oder nicht, liegt bei dir. Ich kann Finn oder Fraser jederzeit bitten, mich zu euch nach Hause zu bringen."

Fergus knurrte. „Auf keinen verdammten Fall!

Ich werde derjenige sein, der dich meiner Mutter vorstellt."

„Dann kannst du Coals Käfig tragen. Da ich mittlerweile nur noch watschle, ist es eine ziemliche Anstrengung, mit einem vierzehn Pfund schweren Kater auf einer Seite mein Gleichgewicht zu halten."

Fergus nahm den Käfig und war schon an ihrer Seite. Er legte eine Hand an ihren Rücken und drückte sanft. „Komm schon, Mädel. Lass mich dich nach Hause bringen."

Gina öffnete die Tür und erwartete halb, dass Fergus den Kontakt abbrechen würde. Doch er nahm seine Hand nicht von ihrem unteren Rücken. Sobald sie im Flur waren, schob er einen Arm um ihre Schultern. Sie sah ihn an. „Du dringst wieder in persönliche Grenzen ein, Fergus."

Er hob die Brauen. „Möchtest du, dass ich dich loslasse?"

Sie biss sich auf die Lippe und überlegte, ob sie ihm die Wahrheit sagen sollte. *Ach, zum Teufel!* Sich zum Aufwärmen an Fergus' Seite zu kuscheln bedeutete nichts, sondern war nur praktisch. Schließlich war es eiskalt draußen. „Nein."

Seine Pupillen blitzten. „Gute Antwort!"

Als ihr Drachenmann sie näher an seine Seite zog, erfreute sich Gina an Fergus' Hitze und dem würzigen männlichen Duft. Zum ersten Mal seit langer Zeit fühlte Gina sich sicher. Sie versuchte, nicht zu viel über den Grund dafür nachzudenken.

Kapitel Sieben

Fergus müsste Finn später dafür danken, dass er Fraser und Holly weggeschickt hatte, während er mit Gina im Zimmer war. Seinen Bruder zu treffen, hätte den Zauber brechen können, unter dem er und Gina gerade standen. Er konnte immer noch nicht glauben, dass sie ihm erlaubt hatte, sie zu halten. Selbst jetzt, als sie fast am Haus seiner Mutter waren, hatte sie ihn nicht darum gebeten, sie loszulassen.

Ein kleiner Windstoß wehte, und seine Frau kuschelte sich enger an seine Seite. Er brauchte jedes bisschen Kraft, das er hatte, um seinen Schwanz davon abzuhalten, hart zu werden. Die schönen Kurven und die Hitze des Menschen so nah zu haben, war fantastisch und gefährlich.

Was noch besser war, war das zufriedene Summen seines Drachen in seinem Hinterkopf. Es schien, als ob Mann und Tier im Moment glücklich waren, nur ihre Frau in der Nähe zu haben.

Das Schweigen störte ihn nicht, während sie gingen. Schließlich war Ginas Gesicht blass, und sie hatte Ringe unter den Augen. Sein Mädel war müde, wollte es aber verbergen. Er würde ihren Stolz nicht verletzen, indem er es erwähnte. Seine Schwester und seine Mutter hatten ihn gut über die Grenzen einer stolzen Frau unterrichtet.

Trotzdem konnte Fergus nicht widerstehen, einen verstohlenen Blick auf Gina zu werfen, die zwei Drachen bei Flugübungen in der Ferne beobachtete. Nach ihrem tollpatschigen Tauchen und Manövrieren zu urteilen, mussten es zwei Jugendliche sein, die sich noch nicht an ihre größeren Drachengestalten gewöhnt hatten.

Er zeigte in Richtung der blauen und schwarzen Drachen. „Ich würde die Anmut von Drachen nicht an diesen beiden messen."

Gina riss ihren Blick los, um seinem zu begegnen. „Warum das?"

„Sie sind Teenager, und ihr Körper wächst so schnell, dass sie nicht wissen, was sie in menschlicher und Drachengestalt machen sollen."

Er hielt inne, und Gina blickte auf die Tiere zurück. Fergus wollte gerade weiter drängen, als Gina sagte: „Es ist das erste Mal, dass ich Drachenwandler aus so kurzer Entfernung zusammen fliegen sehen durfte."

Stirnrunzelnd blieb Fergus stehen. Er stellte Coals Käfig ab und berührte Ginas Kinn mit seiner freien Hand. „Wie ist das möglich, wenn der Vater deines Kindes ein Drachenwandler ist?"

Ein Gedanke drang in seinen Verstand, und Wut wurde durch seinen Körper getrieben. „Hat er sich dir aufgedrängt? Wenn ja, sag mir seinen Namen, und ich werde den Bastard vor Gericht bringen."

Gina musterte ihn eine Sekunde, bevor sie antwortete: „Nein, er hat mich nicht gezwungen. Er war ein lügendes Arschloch, aber kein Vergewaltiger."

Fergus hielt Ginas Arm fester. „Sag mir, wer er ist, und ich werde ihm eine Lektion erteilen."

„Nein."

Er runzelte die Stirn. „Einfach ‚Nein'? Als dein Wächter sollte ich so viel wie möglich über dich wissen. Sonst kann ich meinen Job nicht anständig erledigen."

Sie hob die Brauen. „Ich habe noch nicht entschieden, ob du der beste Wächter bist oder nicht. Bis dahin werde ich dir sagen, was du wissen musst."

„Gina —"

Sie unterbrach ihn. „Hör zu, mein Vertrauen in jemanden zu früh zu setzen, hat mich überhaupt erst in diesen Schlamassel gebracht. Ich werde mich nicht zweimal reinlegen lassen, Fergus. Nicht einmal ein knurrender Drachenmann mit freundlichen Augen wird meine Meinung ändern."

„Was, wenn ich mich in einen Drachen verwandle?"

Gina blinzelte nicht einmal. „Probier' es nur aus."

Sein Drache lachte. *Sie wird niemals unterwürfig gehorchen. Mir gefällt das.*

Ja, nun, du bist nicht derjenige, der sie beschützen muss, ohne alle Fakten zu kennen.

Benutze dein Herz und deinen Bauch, damit sie dich führen.

Fergus stöhnte. Er lebte davon, Informationen zu sammeln und einen Plan zu entwickeln. Improvisieren war nicht gerade sein Stil.

Gina stupste seinen Arm, aber bevor sie mehr tun konnte, als ihren Mund zu öffnen, füllte eine allzu vertraute Stimme die Luft. Es war seine jüngere Schwester, Faye. „Fergus Roger MacKenzie, hör auf zu trödeln und beeil dich! Mum wird ihre letzte Portion Scones erst servieren, wenn du den Menschen nach Hause gebracht hast."

Er seufzte. „Woher weiß sie überhaupt von Gina?"

Faye rannte zu ihnen. „Finn hat es ihr gesagt." Seine Schwester sah zwischen Gina und Fergus hin und her. „Und? Willst du mich nicht vorstellen?"

Er deutete zwischen Gina und Faye hin und her und stellte sie einander vor. „Gina, das ist meine nervige Schwester Faye. Faye, das ist Gina."

Faye ignorierte ihn und lächelte Gina an. „Hat dich mein spießiger Bruder schon zu Tode gelangweilt?"

Eine schwache Röte zeigte sich auf Ginas Wangen. Der Anblick pumpte sein Ego um eine Stufe auf. Vielleicht, nur vielleicht, hatte sie an ihren

Kuss vorhin gedacht, der am weitesten von spießig entfernt war.

Gina streckte eine Hand aus, und Faye nahm sie. „Schön, dich kennenzulernen. Und um deine Frage zu beantworten" – Gina blickte ihn an und senkte dann ihre Stimme – „Fergus ist zu widersprüchlich, um spießig zu sein."

Sein Drache blühte auf. Faye öffnete den Mund, aber Fergus kam ihr zuvor. „Was meinst du damit, dass ich widersprüchlich bin?"

Belustigung tanzte in Ginas Augen. „Willst du dieses Gespräch wirklich vor deiner Schwester führen?"

Faye bekam ganz große Augen. „Oh, das wird gerade interessant. Sag es mir, Gina. Was ist passiert? Seit Fraser Holly gepaart hat, ist es hier ziemlich langweilig. Ich könnte eine gute Geschichte gebrauchen."

Fergus trat zwischen Gina und Faye. Er knurrte: „Geh nach Hause, Faye Cleopatra. Wir werden bald da sein."

Faye verschränkte die Arme vor der Brust. „Du hast mir nichts zu sagen. Ich bleibe."

Er hasste es, einen Deal mit seiner Schwester zu machen, aber er wollte mehr über Ginas Kommentar hören. Sowohl Mensch als auch Tier brannten darauf, die Wahrheit zu erfahren. „Geh jetzt, und du kannst alle meine Scones für die nächsten zwei Wochen haben."

Seine Schwester liebte Essen fast so sehr wie Fliegen. Da ihr das Fliegen durch einen Unfall im letzten Jahr erschwert wurde, verließ sich Faye fürs Glücklichsein mehr aufs Essen. Nur wegen ihrer Drachenwandler-Gene war sie noch dünn.

Faye nickte schließlich. „Abgemacht. Aber bleib nicht zu lange weg, sonst wird Mum dich einen Kopf kürzer machen."

Fergus stöhnte. „Gut, gut. Geh einfach."

Faye streckte den Kopf um Fergus' Körper. „Schön, dich kennenzulernen, Gina. Lass dich nicht zu lange von Fergus aufhalten. Der MacKenzie-Haushalt ist ein einziger Tumult. Und sobald du dich eingelebt hast, kannst du mir alles über Amerika erzählen. Ich habe schon als kleines Mädchen davon geträumt, dorthin zu gehen."

„Faye", knurrte Fergus warnend.

Seine Schwester verdrehte die Augen. „Gut, gut. Ich werde gehen. Du musst nicht versuchen, dominant mir gegenüber zu werden."

Gina winkte und Faye lief davon. Er war endlich wieder allein mit seinem Menschen.

Sein Drache summte. *Finde heraus, warum wir ein Widerspruch sind. Und noch wichtiger: warum unser Mensch rot wurde.*

Fergus atmete tief durch und drehte sich in Ginas Richtung. Er stand nur ein paar Zentimeter entfernt, was verdammt nah war. Aber er würde nicht zulassen, dass die Nähe ihn ablenkte. „Erklär das, Mädel." Gina hob eine Augenbraue, und er fügte hinzu: „Gina. Erklär's mir, Gina."

Der Mensch lächelte, und er fühlte es wie einen Schlag in den Bauch. Mit ihren lockigen roten

Haaren, die um ihr blasses Gesicht wehten, war sie wunderschön.

Küss sie, drängte sein Drache.

Fergus' Blick fiel auf Ginas rosa Lippen. Selbst jetzt erinnerte er sich daran, wie weich und warm sie an seinen waren. Und, verdammt, ihr Geschmack! Er konnte sie den ganzen Tag lang trinken.

Sein Tier fügte hinzu, *Warte nur, bis wir zwischen ihren Schenkeln lecken.*

Das Bild von Gina, nackt und der Gnade seiner Zunge ausgeliefert, blitzte in seinem Kopf auf. Was hätte er nicht dafür gegeben, jeden Zentimeter ihres Körpers zu liebkosen. Sie hatte es verdient, geschätzt zu werden, und er hatte das Gefühl, der amerikanische Bastard hatte das nicht getan.

Ohne Zweifel hatte der Yankee-Arsch ihr wehgetan. Vielleicht könnte Fergus sie langsam für sich gewinnen und beweisen, dass er anders war.

Sein Drache knurrte, aber die Stimme des Menschen unterbrach seine Gedanken: „So sehr es auch Spaß macht, deine Pupillen blitzen zu sehen und wie die Emotionen in deinen Augen tanzen, entweder rede mit mir, oder ich werde die nächste Person, die ich sehe, bitten, mich in mein neues Zuhause zu bringen."

Fergus brummte. „Ich kann nicht anders. Mein verdammter Drache lebt dafür, mich zu nerven. Ich liebe Ordnung und Regeln, und er verachtet sie. Stell dir vor, du hast einen ständigen Kampf in deinem Kopf, und so ist es."

Gina hielt kurz inne, bevor sie fragte: „Wenn es so schlimm ist, wie bist du dann nicht verrückt geworden?"

Sein Drache schlug in seinem Hinterkopf mit dem Schwanz. Fergus ignoriert ihn. „Ich mag mich beschweren, aber mein Drache ist ein wesentlicher Teil von mir. Egal, wo ich bin oder wohin ich gehe, ich werde nie wirklich allein sein."

Ginas Gesicht wurde sanfter. „Das klingt nett."

„Es ist mehr als nett, Mädel. Aber nur weil ich mir nicht vorstellen kann, ohne das verdammte Tier zu leben, heißt das nicht, dass es einfach ist. Auch in Amerika gibt es eine Menge bösartiger Drachen. Wer nicht die Kontrolle behalten kann, stellt letztlich eine Gefahr für mehr als nur sich selbst dar."

Mit der Hand auf ihrem Bauch sah Gina in die Ferne. „Ich hoffe, meinem Baby wird es gut gehen."

Die Sorge in ihrem Gesicht schoss direkt zu seinem Herzen. Er legte seinen Zeigefinger unter ihr Kinn und neigte ihren Kopf sanft zurück zu sich. Als sie ihm in die Augen sah, hätte er seine Hand fallen lassen sollen. Aber ihre Haut war weich, und er konnte nicht widerstehen, sie zärtlich zu streicheln. „Wenn ich in dieser Angelegenheit etwas zu sagen habe, wird der Junge stark werden und Kontrolle über seine andere Hälfte haben."

„Das sagst du jetzt, aber wenn er geboren ist und mitten in der Nacht weint, wirst du bei der ersten Gelegenheit abhauen."

„Nein, das werde ich nicht." Sie öffnete den

Mund, aber er legte seine Finger auf ihre Lippen. „Ich werde mich um dich kümmern, solange du mir das Privileg einräumst, Gina MacDonald. Ich schwöre es."

Der Wind wirbelte um sie herum, aber seine ganze Aufmerksamkeit lag auf Ginas Gesicht. Er wollte, dass die Frau ihm die Ehre gewährte, Mutter und Kleines zu beschützen.

Ginas Augen wurden feucht, und es drückte sein Herz. Sowohl Mensch als auch Tier wollten alles in ihrer Macht Stehende tun, um die Tränen zu vertreiben. Ihr Mensch verdiente es zu lachen und glücklich zu sein.

Mehr noch, sie verdiente es, geliebt zu werden.

Gina war ungefähr fünf Sekunden davon entfernt, sich in ein blubberndes Chaos zu verwandeln. Sie wollte glauben, dass Fergus wirklich meinte, was er sagte. Nicht nur das, er wollte auch helfen, ihren Sohn großzuziehen, und sich sogar um sie kümmern.

Natürlich konnte Gina sich um sich selbst kümmern. Sie hatte es monatelang getan. Aber allein der Gedanke, jemanden zu haben, auf den man sich stützen konnte, wenn es schwierig wurde, wärmte ihr Herz.

Die einzige Frage war, ob Fergus MacKenzie aufrichtig war oder nicht.

Doch je länger sie in seine dunkelblauen Augen

starrte, desto weniger dachte sie an ihre Vergangenheit oder an die Probleme, die in der Zukunft lauern könnten. Der wilde, intensive Blick ihres Drachenmanns sandte ein Kribbeln über ihre Wirbelsäule und Hitze zwischen ihre Beine. Fergus MacKenzie war auf sie und nur auf sie konzentriert.

Sie konnte sich nur vorstellen, was passieren würde, wenn sie ihm erlaubte, sich um sie zu kümmern.

Eine vertraute Stimme wurde durch den Wind getragen — es war Fraser. „Oi, Bruder, beeil dich. Holly ist ungeduldig, Gina drinnen zu sehen und sie sich ausruhen zu lassen."

Fergus scheuchte seinen Bruder fort, unterbrach aber nicht den Augenkontakt mit Gina. Er war der Erste, der sprach. „Wir sollten gehen, sonst ist meine Mutter die Nächste. Die MacKenzies sind fast alle ein ungeduldiger Haufen."

Gina stürzte sich auf den Themenwechsel und lächelte. „Außer dir natürlich."

„Aber natürlich." Wieder legte er seinen Arm um ihre Schultern. Sie hätte fast zufrieden geseufzt, hielt sich aber zurück. „Wir sind fast da, Mädel. Komm schon."

Nachdem Fergus den Katzenkäfig wieder aufgenommen hatte, gingen sie die letzten Minuten schweigend.

Immer, wenn sie an einem anderen Drachenmann vorbeikamen, umarmte Fergus sie etwas fester. In gewisser Weise war sie beleidigt, da sie keinem Mann gehörte. Doch die Geste zeigte ihr, dass Fergus nicht so kontrolliert war, wie er alle glauben machen wollte. Sie fragte sich, was passierte, wenn sie diese Kontrolle brach? Wäre ein ungebremster Fergus in ihrer Nähe so vorsichtig und rücksichtsvoll? Oder würde sein Drache die Oberhand gewinnen und ihr nachstellen?

Wenn sie den Abend überlebte, könnte sie Fergus' Selbstbeherrschung ein wenig reizen und es herausfinden.

Doch bevor sie darüber nachdenken konnte, warum sie das tun wollte, kam ein großes, zweistöckiges Cottage in Sicht, die Vordertür öffnete sich und zeigte eine Frau mittleren Alters mit blonden, grau melierten Haaren.

Fergus erklärte: „Das ist meine Mutter", kurz bevor die ältere Drachenfrau sprach. „Wurde aber auch Zeit, Fergus. Ich wollte, dass das Mädel einen heißen Scone bekommt. Inzwischen sind sie nur noch ein bisschen warm."

Fergus antwortete: „Gina ist hochschwanger, Mum. Wenn du nicht wolltest, dass ich sie halb nach Hause schleife, hätten wir nicht früher kommen können."

Gina fühlte den Drang, ein wenig böse zu sein. „Ich bin dir zuliebe langsam gegangen, Fergus. Du bist doch derjenige, der den Katzenkäfig trägt."

Fergus sah sie finster an, und sie grinste. Ihr Drachenmann sagte: „Ich hab' ein sehr gutes Gedächtnis, und das werde ich dir irgendwie heimzahlen."

Sie öffnete den Mund, um zu antworten, aber Fergus' Mutter kam zu ihnen und drängte sich zwischen sie. Fergus ließ Gina los, als seine Mutter sagte: „Ausreden sind mir egal. Bring das Tier nach oben in dein Zimmer, Fergus. Hoffentlich stört es Faye da nicht, bis Fraser und Holly die Katze mitnehmen können. Es gibt sogar eine Katzentoilette und Futter, die auf das arme Tier warten."

Fergus warf ihr einen letzten Blick zu, und Gina las die Frage in seinen Augen. Sie nickte ihrem Drachenmann zu. „Mir wird es schon gut gehen. Geh! Coal möchte nach den Ereignissen von heute wahrscheinlich ein warmes Bett zum Schlafen."

Er sah so aus, als ob er noch etwas anderes sagen wollte, aber dann war Fergus weg. Die Frau neben ihr sprach: „Er ist ein guter Kerl. Obwohl er ein bisschen überfürsorglich ist. Ich vermute, das liegt daran, dass er der Älteste ist." Gina versuchte, sich etwas einfallen zu lassen, was sie sagen könnte, aber Fergus' Mutter fuhr fort: „Ich bin übrigens Lorna, aber alle nennen mich Tante Lorna. Du solltest das auch tun. Finn hat mir ein wenig von dir erzählt, aber wenn du lieber anders als Gina genannt werden möchtest, dann sag es mir jetzt, mein Kind."

Gina musterte Lornas Gesicht. Auch wenn sich ihre braunen Augen von Fergus' unterschieden, waren die Form von Nase und Stirn vertraut. Und genau wie Fergus hatte Lorna Güte in ihrem Blick. „Gina ist in Ordnung."

„Gut, dann bringen wir dich erst einmal rein, Gina. Du siehst schon fast bereit aus, dein Kind zu bekommen. Selbst wenn du das Glück hast, keine Zwillinge zu tragen, sollten wir dich so schnell wie möglich von den Beinen holen. Dein unterer Rücken muss schon protestieren, oder?"

„Ein wenig."

Lorna schnaubte. „Es gibt keinen Grund, sich zurückzuhalten und höflich zu sein, Kind. Verhalte dich so, und meine Familie wird dich bei lebendigem Leib fressen."

Gina war sich nicht sicher, ob das ein Kompliment für Lornas Nachwuchs oder eine Warnung war.

Die Drachenfrau führte sie hinein, ihre Berührung war warm und beruhigend. Es erinnerte Gina an ihre Mutter vor dem ‚Unfall', wie ihre Mutter es nannte. Nachdem sie ihren Eltern von ihrer Schwangerschaft erzählt hatte, konnten sie Gina nicht schnell genug wegschicken. Sie vermisste die liebevollere Version ihrer Eltern.

Verdammt! Sie musste aufhören, an die traurigen Aspekte ihres Lebens zu denken, sonst würde sie noch wie ein Kleinkind heulend in Lornas Haus kommen.

So sehr sie sich auch davor fürchtete, ihren Sohn kennenzulernen, konnte es Gina kaum erwarten, die zusätzlichen Hormone loszuwerden und ihre emotionale Stabilität wiederzufinden.

Holly stürzte aus einem Nebenraum. „Geht's dir noch gut, Gina? Ich wollte dich nach Hause bringen, aber Finn hat mich weggeschickt. Ich hätte ihn fast deswegen herausgefordert."

„Ich weiß deine Sorge zu schätzen, aber ich habe mich monatelang um mich gekümmert, bevor du gekommen bist. Wenn ich wirklich Hilfe brauche, werde ich darum bitten", antwortete Gina.

Lorna fuhr fort, als hätte Gina nichts gesagt. „Holly, ist Ara schon da?"

Holly zeigte auf ein anderes Zimmer. „Sie ist mit Ross, Fraser und Faye im Esszimmer. Für Finn kam was dazwischen, und Ara wollte Gesellschaft."

Lorna nickte. „Gut. Wurde auch Zeit, dass sie anfängt, es zuzugeben."

Gina sah stirnrunzelnd zwischen den beiden Frauen hin und her. „Verstehe ich nicht."

Lorna klopfte ihr auf die Schulter. „Ich erkläre es später, mein Kind. Erst mal setzen wir dich hin und füttern dich." Gina öffnete den Mund, aber Lorna kam ihr zuvor. „Nein, du hast hier kein Mitspracherecht."

Da sie Lorna MacKenzie gerade erst kennengelernt hatte, sollte Gina sich eigentlich zurückhalten. Ob es nun daran lag, dass sie hungrig war, oder einfach nur Leute satthatte, die sie herumkommandierten, sie wusste es nicht, aber Gina stemmte sich dagegen. „Bei allem Respekt, Tante Lorna, ich bin kein Kind. Ich habe heute öfter mit Menschen gesprochen als in den letzten beiden Monaten zusammen. Ich bin müde, hungrig, und mir ist ein wenig kalt. Ich bin nicht im Begriff, ein Zimmer zu betreten und mich von noch mehr

Leute verwirren zu lassen. Entweder sagst du mir, was ich wissen muss, bevor ich eintrete, oder ich warte im Flur auf Fergus, und wir können woanders übernachten."

Lorna und Holly tauschten einen Blick aus. Gina hatte vielleicht gerade das gute Wort verloren, das sie für sie eingelegt hätten, um in Lochguard bleiben zu dürfen.

Dann klatschte jemand langsam hinter ihr. Als sie über ihre Schulter blickte, war es Fergus. Und er grinste. „Und so, Gina MacDonald, solltest du mit jedem schottischen Drachenwandler umgehen, den du triffst. Wenn du das tust, wirst du bald mehr als mich auf deiner Seite haben."

Gina runzelte die Stirn. „Wovon zum Teufel sprichst du?"

Fergus verringerte die Distanz zwischen ihnen und strich zärtlich mit seinem Finger über ihre Wange. „Die meisten in meinem Clan verhalten sich wie meine Familie. Wenn du dich hier einfügen willst, musst du standhaft bleiben."

„Richtig, und als Nächstes sagst du mir, dass du mich absichtlich immer wieder provoziert hast, um mich zu trainieren?"

Fergus zwinkerte. „Aber natürlich."

Als sie einander anstarrten, konnte Gina nicht anders, als zu lächeln. „Heißt das, dass ich dich auch als meinen Boxsack für Selbstverteidigungsübungen benutzen darf? Ich soll doch sicher auf einen Angriff vorbereitet sein."

Fergus' Stimme war rau, als er antwortete: „Wir

werden sehen, Mädel. Du hast mich einmal ausgetrickst, aber jetzt hast du das Überraschungsmoment verloren. Du solltest mir den Rest deiner Fähigkeiten zeigen. Ein kleiner Einzelkampf sollte es tun. Ich freue mich darauf, dich flachzulegen."

Oberflächlich betrachtet waren Fergus' Worte harmlos. Aber die Tiefe seiner Stimme implizierte mehr als Sparring, und sie erzitterte.

Zum Glück wurde sie von Tante Lorna gerettet. „Wenn du endlich fertig bist, Junge, dann möchte ich Gina die anderen im Raum erklären. Es sei denn, du möchtest das gerne übernehmen?"

Fergus sah seine Mutter an. „Aye, ich werde Gina von Ara und Ross erzählen. Könnt ihr uns kurz allein lassen, Mom? Holly?"

Die beiden Drachenfrauen tauschten noch einen Blick aus, bevor sie weg waren.

Gina war wieder allein mit Fergus.

Fergus hob einen Arm. „Komm her, Mädel. Ich habe gehört, dir ist ein bisschen kalt. Ich habe mehr als genug Hitze für uns beide."

Als Gina sich an seine Wärme von vorhin erinnerte, ging sie ohne einen weiteren Gedanken zu ihm. Und sobald Fergus seine Arme um sie legte, seufzte sie. Ob es ihr gefiel oder nicht, Fergus wurde allmählich zu ihrem sicheren Hafen mitten in den schottischen Highlands.

Kapitel Acht

Als Gina in Fergus' Arme eilte, strömte Besitzgier durch seinen Körper, und sein Drache meldete sich zu Wort: *Wir sollten sie nach oben bringen und noch einmal küssen.*

Nicht jetzt, Drache. Sie braucht etwas zu essen.

Wir können ihr etwas nach oben bringen.

Fergus war versucht, Gina ganz für sich zu behalten, aber das wäre dem Mädel gegenüber nicht fair. *Nein. Arabella wartet, und Gina hat sicher viele Fragen zu ihrer Schwangerschaft mit einem Drachenwandler-Baby. Arabella kann helfen.*

Sein Tier schnaubte. *Nur weil ich Ara mag, werde ich mich vorerst zurückhalten. Aber sorge dafür, dass Gina heute Nacht bei uns schläft.*

Ich werde sie nicht in ihrer ersten Nacht auf unserem Land überfallen.

Wer ist jetzt der Notgeile? Ich wollte sie doch nur halten.

Ginas Stimme unterbrach seine Antwort. „Erzähl mir von dieser Ara. Ist sie wichtig?"

Er konnte nicht widerstehen, an Ginas Arm auf-
und abzureiben. Zum Glück sagte ihm das Mädel
nicht, er solle aufhören. „Aye, sie ist Finns
Gefährtin. Ich weiß nicht, ob sie das Interview mit
Jane Hartley und Arabella MacLeod im
amerikanischen Fernsehen gezeigt haben oder nicht.
Wenn ja: Sie war die vernarbte Drachenfrau, die
von ihrer Folter durch die Hände der Drachenjäger
gesprochen hat."

„Ich erinnere mich daran, das Video online
gesehen zu haben. Ich dachte, sie ist im Clan
Stonefire."

„Das war sie, aber dann wollte Finns Drache sie.
Der Rest ist Geschichte."

Gina sah auf und ihm in die Augen. „Wenn also
jemandes Drachen einen anderen will, hat er so
ziemlich keine Hoffnung auf Flucht?"

Seine Hand hielt inne. „So würde ich das nicht
sagen. Eine Frau kann einen Mann ablehnen, wenn
sie das will. Es ist nur schwerer für einen Mann,
weiterzuziehen, wenn die Frau seine wahre
Gefährtin ist."

„Und was ist mit Drachenwandlerinnen? Sind
sie sich all dessen nicht bewusst?"

Ein Akzent, der sich von Fergus und den
anderen MacKenzies unterschied, erfüllte die Luft.
„Doch, natürlich. Aber ich denke, wir sind etwas
zurückhaltender."

Arabella MacLeod stand ein paar Meter
entfernt. Fergus schnaubte. „Aye, ich nehme an, du
und Finn redet über Computercodes und

Sicherheitsbedrohungen, wenn ihr in eurem Haus verschwindet und uns sagt, wir sollen wegbleiben?"

Arabella hob eine Braue. „Es ist eher so, dass wir eine Pause von euch brauchen."

Fergus lachte, als Gina sich räusperte. Ein kurzer Blick zeigte ihm, wie seine Frau den Kiefer verkrampfte. Ihr gefiel es nicht, ignoriert zu werden. „Tut mir leid, Gina." Er deutete auf Arabella. „Darf ich vorstellen: Arabella MacLeod, ehemals Clan Stonefire und jetzt Finns Gefährtin. Sie ist schwanger wie du, Mädel, also habt ihr viel gemeinsam."

Arabella verdrehte die Augen. „Ja, weil ich ja auch nur darüber reden möchte, dass ich schwanger bin."

Fergus zuckte mit der Schulter. „Die Kleinen zwingen dich so ziemlich, die ganze Zeit darüber zu reden. Ist die akute Morgenübelkeit vergangen?"

Arabella antwortete: „Größtenteils." Sie deutete auf Gina. „Aber so faszinierend Morgenübelkeit auch ist, ich glaube, du vergisst etwas, Fergus. Für einen Wächter leistest du bei deinem Auftrag keine gute Arbeit. Du solltest sie sofort vorstellen."

Fergus öffnete den Mund, aber Gina sprach. „Ich kann mich selbst vorstellen. Hallo, Arabella. Ich bin Gina MacDonald. Schön, dich kennenzulernen."

Fergus murmelte: „Dazu wäre ich schon noch gekommen."

Arabella und Gina ignorierten ihn beide. Arabella lächelte. „Finn hat mir ein wenig von deiner Situation erzählt. Wenn dich das Übernachten bei den MacKenzies nicht abschreckt, dann kannst du mir vielleicht ein wenig mehr erzählen. Meine Schwägerin, Melanie Hall-MacLeod, hat eine Vorliebe dafür, Menschen zu helfen, und sie könnte vielleicht wieder ihre Magie einsetzen, um auch dir zu helfen. Vorausgesetzt, du stellst keine Bedrohung für einen unserer Clans dar."

Ginas Augen leuchteten auf. „Ich würde euch nie wehtun. Aber glaubst du wirklich, dass Melanie mir helfen kann?"

Arabella zuckte mit den Schultern. „Wenn es jemand kann, dann ist es Mel. Du könntest mir sogar die Ausrede geben, die ich brauche, um Finn davon zu überzeugen, mich Stonefire besuchen zu lassen. Wir können bei Mel und meinem Bruder übernachten."

Fergus zog Gina näher an sich. „Gina wird nicht nach Stonefire gehen, um bei Melanie und Tristan zu übernachten."

Arabella wedelte mit einer Hand. „Tristan ist gepaart, Fergus. Er stellt keine Bedrohung für den Menschen dar."

Fergus knurrte. „Das ist doch nicht der Punkt."

Arabella sah ihn an, und ihre Pupillen blitzten. „Ah, verstehe. Ich hoffe, es klappt für dich, Fergus. Das hoffe ich wirklich."

Gina sah zwischen ihnen hin und her. „Du hoffst, dass was funktioniert?"

Sein Drache meldete sich zu Wort: *Sag es ihr*

einfach endlich. Sie verdient es zu wissen, dass sie unsere wahre Gefährtin ist.

Später. Wenn Gina nicht bald etwas isst, wird sie vielleicht ohnmächtig.

Warum stehen wir dann noch im Flur? Gehen wir.

Fergus sah Gina in die Augen. „Ich sage es dir, wenn wir wieder allein sind, Mädel. Das verspreche ich."

Gina sah in seine Augen und seufzte. „Ich sehe, dass du nicht nachgeben wirst, auch wenn ich Druck ausübe. Aber ich komme auf dein Versprechen zurück, Fergus. Ich möchte erfahren, was los ist."

Arabella mischte sich ein. „Das wird er. Wenn nicht, kümmere ich mich selbst darum. Auf jeden Fall wird Tante Lorna wahrscheinlich gleich einen Schlaganfall bekommen, also sage ich, dass wir am besten reingehen. Gina hatte einen langen Tag und könnte Ruhe gebrauchen."

Bevor Fergus etwas sagen konnte, ging Arabella zurück ins Esszimmer. Er sah auf seinen Menschen hinab und sagte: „Halt dich fest, Mädel."

Gina hob eine Braue. „Hoffen wir, dass deine versammelte Familie dem ganzen Hype gerecht wird. Andernfalls glaube ich dir nichts mehr."

„Oh, aye? Dann werde ich das Ganze wohl ein bisschen aufheizen."

„Nur zu, Fergus MacKenzie."

Er grinste. „Gut, dann stell dich auf Krieg ein."

Trotz ihrer tapferen Worte verdrehte Ginas Magen sich zu einem Knoten. Nach allem, was sie bisher gesehen hatte, stand Fergus seiner Familie nahe. Wenn sie sie hassten, würde er ihr dann trotzdem anbieten, ihr Wächter zu sein? Es gefiel ihr nicht, dass ein Fremder jeden ihrer Schritte beobachtete.

Fergus streichelte ihre Wange. „Sei du selbst, und bleib stark."

Ich kann das. Sobald sie nickte, betraten sie das Esszimmer.

Drinnen stand ein großer rechteckiger Tisch mit sechs Personen, die um ihn herum saßen. Nur ein Gesicht war nicht bekannt, obwohl der ältere Mann in seinen Fünfzigern oder Sechzigern die gleichen Augen und die gleiche Nase hatte wie Holly. Vielleicht war es ihr Dad.

Fraser hob die Hand zur Begrüßung, bevor er sich einen Scone von einem Teller stibitzte und einen riesigen Bissen nahm. Lorna schnalzte mit der Zunge. „Ich habe nicht gesagt, dass du schon einen haben darfst."

Ohne sich darum zu kümmern, dass sein Mund halbvoll war, sprach Fraser: „Du hast gesagt, wir könnten sie essen, wenn Gina kommt, und sie ist hier."

Lorna verdrehte die Augen. „Ihr tut so, als ob ich euch nie füttere."

Faye meldete sich als Nächstes. „Das tust du, aber es ist, als würde es rationiert."

Der unbekannte Mann schmunzelte. „Ich bin mir nicht sicher, ob ich euch alle sehen will, wenn euer Essen tatsächlich rationiert wird. Ich kann mir Faye und Fraser in Drachengestalt vorstellen, wie sie draußen herumrollen und um den letzten Scone kämpfen."

Faye streckte die Zunge heraus. „Ich würde gewinnen."

Fraser stieß seine Schwester an, die an seiner Seite saß. „Ich habe dich in den letzten Monaten nicht so hart rangenommen. Sag es, und ich werde meine verdammt erstaunlichen Flugfähigkeiten entfesseln und dich um Gnade winseln lassen."

Lorna tauschte einen Blick mit dem älteren Mann aus und seufzte. „Und genau deshalb können wir keinen Besuch empfangen."

Der Mann tätschelte Lornas Hand. „Die Alternative ist Langeweile, und ich kann mir nicht vorstellen, dass dir das gefallen würde."

Fergus räusperte sich, und alle Augen wanderten zu ihm. „Vergesst für eine Sekunde die verdammten Scones. Ihr vernachlässigt unseren Gast. Möchtet ihr, dass wir mit Clans wie BroadBay oder sogar SkyHunter verglichen werden? Eine kurze Zurschaustellung von Manieren würde euch nicht töten."

Faye blickte finster drein. „Es wäre schon etwas mehr erforderlich, um wie eines dieser Arschlöcher zu sein."

Lorna deutete auf die Stühle. „Setz' dich doch, Gina. Oh, und bevor ich es vergesse, das hier ist Ross Anderson. Er ist Hollys Vater und ein vorübergehender Gast in meinem Haus."

Fraser brummte: „Ich bezweifle, dass er vorübergehend ist."

Holly schlug ihrem Gefährten auf den Arm. „Fraser!"

Fergus ignorierte die Unruhe und zog einen Stuhl hervor. „Für Euch, Mylady."

Sie lächelte. „Wie ich sehe, verhältst du dich vor den anderen höflich. Wann wird diese Fassade sich abnutzen?"

Fergus setzte sich neben Gina und lehnte sich an ihr Ohr. „Frag mich das noch einmal, wenn wir allein sind."

Gina wagte einen Blick auf Fergus. Seine Augen waren voller Hitze und einem Hauch von Belustigung. „Vielleicht werde ich fragen, ob ich bei Faye übernachten kann. Dann muss ich mir keine Sorgen mehr machen, dass deine knurrende, dominante Seite wieder herauskommt."

Fergus knurrte. „Du bleibst bei mir, Gina!"

„Weil ich dein Auftrag bin oder etwas anderes?"

„Beides."

Unter dem Tisch legte Fergus eine besitzergreifende Hand auf ihren Schenkel. Seine Berührung sandte einen Stoß durch ihren Körper. Wenn Gina klug wäre, würde sie seine Hand wegschieben und die Anziehung, die von dem rothaarigen Schotten ausging, ignorieren. Stattdessen gab sie dem Drang nach, seine warme, raue Haut wieder zu spüren, und legte ihre Hand über seine. Fergus' Augen weiteten sich ein wenig, bevor er ihr Bein sanft drückte.

Für den Bruchteil einer Sekunde wurde ihr klar, wie richtig sich die Situation anfühlte. Fergus an ihrer Seite, eine verrückte Familie, die sich im Hintergrund stritt, und der Geruch von frisch gebackenen Scones, der ihre Nase füllte. Tief in ihrem Inneren sehnte sie sich danach, wieder dazuzugehören, zu den MacKenzies, zu Lochguard, wo sie ihren Sohn großziehen konnte. Selbst nach den kurzen Blicken, die sie bisher darauf bekommen hatte, sagte Ginas Bauch ihr, dass Lochguard das Gegenteil von BroadBay war.

Unglücklicherweise wurde ihr schöner Moment mit Fergus durch ein Stück Butter unterbrochen, das von Fergus Wange abprallte. Mit einem Knurren fokussierte ihr Drachenmann seinen Bruder. „Was um alles in der Welt sollte das?"

Fraser antwortete: „Nehmt euch entweder ein Zimmer oder beantwortet Moms Frage."

Ginas Wangen liefen rot an, weil sie erwischt worden waren. Sie war von Fergus' Blick so absorbiert gewesen, dass sie nichts gehört hatte.

Gott sei Dank übernahm Fergus. „Was hast du gefragt, Mum?"

Lorna neigte den Kopf. „Wie ich höre, ziehst du aus. Stimmt das?"

„Aye. Gina und ich werden uns die alten Sinclair-Reihenhäuser teilen."

Gina pikste Fergus in die Seite. „Was? Das höre ich zum ersten Mal. Finn hat lediglich gesagt, dass wir Nachbarn sein werden, nicht, dass wir uns eine Wand teilen."

Er zuckte die Schultern. „Was soll ich sagen? Du neigst dazu, mich abzulenken."

Faye schnaubte. „Fergus abgelenkt? Das passiert nie. Du wirst dein Geheimnis später mit mir teilen müssen, Gina."

Arabella schloss sich nun doch dem Gespräch an. „Ich bezweifle, dass du machen willst, was Gina tut. Es sei denn, du wirst mit deinem Bruder flirten?"

Ross grinste. „Aye, das ist verpönt, Faye, meine Liebe."

Faye schoss mit ihren Augen Giftpfeile auf Ross. „Danke, dass du das geklärt hast."

Lorna runzelte die Stirn. „Ich habe dich nicht dazu erzogen, so mit älteren Menschen zu sprechen, Faye Cleopatra."

Ross schmunzelte. „Bei dir klingt es so, als hätte ich schon einen Fuß im Grab, Lorna."

Ross und Lorna lächelten einander an, und Gina konnte ihre Neugier nicht zurückhalten. „Seid ihr zwei ein Paar?"

Fraser verschluckte sich an einem Scone, als Lorna und Ross sich voneinander entfernten. Lorna sprach als Erste. „Nein, mein Kind. Ross erholt sich von Krebs und braucht ständige Pflege."

Ross nickte etwas zu enthusiastisch. „Aye, Lorna hat recht. Ohne ihre Hilfe wäre ich wahrscheinlich schon kalt und unter der Erde."

Holly hörte auf, Fraser auf den Rücken zu schlagen, um Ross stirnrunzelnd anzusehen. „Sprich nicht so, Dad."

Während alle anderen am anderen Ende des Tisches aneinandergerieten und über alles vom Tod bis zum Flirten stritten, lehnte sich Fergus an Ginas Ohr und flüsterte: „Bist du schon bereit zu rennen?"

Grinsend sah sie ihm in die Augen. „Soll das ein Scherz sein? Das ist besser als Fernsehen." Sie hielt eine Sekunde inne und überlegte, ob sie den Mut hatte, ihren nächsten Satz auszusprechen, und dachte sich: was zur Hölle. „Obwohl ich nicht sicher bin, ob ich hier übernachten will. Ich brauche fast völlige Stille, um einzuschlafen, und ich bezweifle, dass ich die hier bekommen werde."

Arabellas Stimme mischte sich ein: „Wenn wir jetzt gehen, merken sie es vielleicht gar nicht."

Gina sah dorthin hinüber, wo Lorna zwischen Ross und Fraser stand. Fraser beschuldigte Ross gerade, sich bei seiner Mutter Freiheiten zu erlauben, und Ross runzelte die Stirn und sagte Fraser, er solle die Privatsphäre seiner Mutter respektieren.

Sie sah Arabella an. „Ich glaube, das wäre eine großartige Idee." Sie bewegte ihren Blick zu Fergus und tätschelte seine Hand unter dem Tisch. „Ich sehe bereits Bedenken in deinen Augen, aber ich kann Holly später anrufen und sie nach mir sehen lassen."

Fergus drückte wieder ihr Bein. „Solange es das ist, was du willst, Mädel. Ich möchte nicht, dass du dich unbehaglich oder einsam fühlst."

Sie starrte in Fergus' blaue Augen und fragte sich, wie sie ihn jemals mit Travis hatte vergleichen können. Fergus war nett, geduldig und rücksichtsvoll, wie Travis es nie sein würde. „Mir wird es schon gut gehen."

„Gut, dann. Beeilen wir uns." Fergus nickte in Richtung Tür. „Du und Arabella könnt zuerst gehen. Wenn jemand fragt, sage ich einfach, dass du auf Toilette bist."

Gina sah Arabella an. Trotz der Narbe, die von ihrer Braue, über ihre Nase und auf ihre gegenüberliegende Wange lief, hatte Gina keine Angst vor der Drachenfrau. Schließlich hatte Arabella verdammt viel Schlimmeres durchgemacht als Gina und hatte überlebt. In gewisser Weise gab es Gina Hoffnung auf ihre eigene Zukunft. „Okay. Aber komm nicht zu spät!"

Fergus zwinkerte. „Keine Sorge. Wilde Hunde könnten mich nicht davon abhalten, dir zu folgen, Mädel."

Bei dem Funkeln in seinen Augen und seinem Lächeln ließ Ginas Herz einen Schlag aus. „Gut zu wissen. Ich werde vielleicht später versuchen, ein paar wilde Hunde aufzutreiben, wenn du aus der Reihe tanzt."

Arabella verließ leise ihren Platz und kam zu Ginas Stuhl. „Ich hasse es, die Flirtstunde zu unterbrechen, aber jetzt oder nie."

Fergus strich sanft über ihren Arm, und Gina stand auf. Trotz ihrer Worte wollte sie Fergus nicht verlassen.

Arabella legte ihre Hand an Ginas Rücken und führte sie aus dem Esszimmer, bevor Gina ihre

Meinung ändern konnte. Nur durch reine Willenskraft sah Gina nicht ein letztes Mal über ihre Schulter auf Fergus. Der Drachenmann hätte sonst denken können, dass etwas nicht stimmte, und sie wollte nicht auf sich aufmerksam machen.

Sie erreichten die Haustür und nahmen ihre Mäntel von den Haken an der Wand. Ein paar Sekunden später verließen sie und Arabella das Cottage.

Arabella seufzte erleichtert. „So sehr ich die Familie meines Gefährten liebe, aber ich kann sie nur in kleinen Dosen ertragen."

„Deine Familie ist ganz anders?", fragte Gina.

Arabella schnaubte. „Das ist noch gelinde gesagt. Wenn du lange genug bleibst, kannst du meinen Bruder kennenlernen. Er ist so knurrig wie Fergus geduldig ist. Wenn man noch etwas überfürsorglich hinzufügt und wie er mich gerne herumkommandiert, dann bin ich schon etwas dankbar, dass er unten in England lebt."

„Und doch, denke ich, fehlt er dir."

Arabella warf Gina einen Blick zu. „Du bist ganz schön scharfsinnig."

Sie zuckte die Schultern. „Ich habe eine jüngere Schwester, die mich in unserer Kindheit immer genervt hat. Aber jetzt, wo ich sie nicht mehr sehe, vermisse ich sie. Ich wette, bei dir ist es dasselbe."

Arabella blieb etwa eine Minute still, bevor sie schließlich antwortete: „Hat deine Schwester dir den Rücken gekehrt, als sie von deinem Kind erfuhr?"

Gina überlegte, sie sollte Arabella nicht zu viel

von ihrer Vergangenheit erzählen. Doch als ihr Blick auf die Narben der Drachenfrau zuckte und der Verbrennung an ihrem Hals, wusste sie, dass, wenn Arabella ihre Vergangenheit mit der Welt teilen konnte, sie auch einer einzigen Drachenwandlerin etwas erzählen konnte. „Kaylee war die erste Person, der ich es nach dem Vater erzählt habe. Sie bot an, mit mir wegzulaufen, aber ich konnte nicht zulassen, dass sie ihr Leben ruiniert. Also sagte ich ihr, dass sie mich nur bremsen würde." Das Bild des verletzten Gesichts ihrer Schwester blitzte in ihrem Kopf auf. „Vielleicht kann ich sie eines Tages wiedersehen."

Arabella blieb stehen. „Hör zu, ich weiß, du hast mich gerade erst kennengelernt und keinen Grund, auf alles zu hören, was ich sage, aber ich werde dir trotzdem einen Rat geben. Ich habe zehn Jahre gebraucht, um zu begreifen, dass es ihnen und dir selbst nur wehtut, wenn du sie wegstößt. Du solltest nicht denselben Fehler machen. Finde einen Weg, sie zu kontaktieren, Gina. Es hilft, dein Herz zu beruhigen."

Sie nickte, unsicher, wie sie auf den Schmerz in Arabellas Stimme reagieren sollte.

Die Drachenfrau nickte. „Gut, dann beeilen wir uns und gehen rein. Ich garantiere, dass meine Babys mich bald wieder krank machen werden, und ich wäre lieber drinnen, wenn es passiert."

Sie gingen in kameradschaftlicher Stille weiter. Arabellas Offenbarung hatte dazu geführt, dass Gina sich in Gegenwart der Drachenfrau wohler fühlte. Nicht nur das, ein Hoffnungsschimmer brannte in ihrer Brust. Vielleicht konnte Arabella ihr helfen, ihre Schwester zu kontaktieren.

Kaylee. Die Mauer, die sie um die Erinnerungen an ihre Schwester errichtet hatte, bröckelte ein wenig. Ein Bild von einem ihrer spät nächtlichen Plauderstunden blitzte auf, beide im Pyjama und mit einem Becher Eis. Sie und Kaylee hatten sich mal nahegestanden. Sie hatten über alles gesprochen, vom Studium über Jungen bis hin zu Ausflügen, die sie eines Tages zu unternehmen hofften. Immer, wenn eine von ihnen in Schwierigkeiten war, hatte die andere einen Weg gefunden zu helfen.

Ihr Herz sehnte sich schmerzhaft danach, das Lächeln ihrer Schwester zu sehen oder ihr falsches, gerissenes Lachen wieder zu hören, wenn sie planten, wie sie sich aus dem Haus schleichen konnten, ohne entdeckt zu werden.

Gina atmete tief durch, riss sich zusammen und verstärkte die Mauer um die Erinnerungen. Kaylee war sicherer, wenn sie Abstand zu Gina hielt. So sehr sie auch ihre Schwester umarmen wollte, sie hatte noch nicht vor, sich Hoffnungen zu machen.

Plötzlich wollte sie Fergus' starken Arm um ihre Schultern spüren. Seine Anwesenheit würde helfen, den Schmerz der Einsamkeit zu lindern. Als sie über ihre Schulter blickte, gab es noch keine Spur von ihrem Drachenmann.

Arabellas Stimme erfüllte ihre Ohren. „Er wird einen Weg finden, uns zu folgen, Gina. Bis dahin leiste ich dir Gesellschaft. Es ist völlig in Ordnung für mich, nichts zu sagen, aber wenn du mehr reden willst, dann bin ich auch hier."

„Danke." Sie zögerte, bevor sie beschloss, den Moment zu nutzen. „Wie weit bist du?"

Arabella seufzte. „Vier Monate. Aber es fühlt sich eher wie vier Jahre an."

Sie runzelte die Stirn. „Ich dachte, Drachenwandlerinnen hätten es leichter."

„Sollte man meinen, aber mein Bastard hat mich mit Drillingen geschwängert."

„Drillinge?", wiederholte Gina.

„Ja." Arabella blickte in die Ferne. Gina hörte sie kaum flüstern: „Und ich bin mir nicht sicher, ob ich damit umgehen kann."

Gina spürte, dass Arabella nicht weiter darauf eingehen wollte. Wie auch immer, so wie Fergus sie unterstützt hatte, konnte Gina Arabella unterstützen. „Nun, unsere Babys werden also nicht so weit auseinander sein, da können wir doch bestimmt Playdates ausmachen. Das sollte helfen. Selbst wenn es sich um verrückte kleine Teufelsbraten handelt, können Mütter einander mit Schokolade und vielleicht einem Glas Wein eine Weile den Stress lindern."

Arabella begegnete erneut ihrem Blick. „Wovon sprichst du?"

„Ich bin sicher, ihr habt auch Playdates in Großbritannien, wie in den USA. Moms und/oder Dads treffen sich und lassen die Kinder spielen. Das geschieht normalerweise unter dem Vorwand, für die Kinder Kontakte zu knüpfen, aber ich denke, es soll auch der geistigen Gesundheit der Eltern helfen. Wenn die Kinder miteinander spielen, gibt es den Eltern eine Verschnaufpause."

Arabella musterte sie kurz und antwortete schließlich: „Ich bin nicht der geselligste Mensch der Welt, aber ich werde darüber nachdenken."

Gina lächelte. „Gut, denn ich bin neu hier und könnte ein paar Freunde gebrauchen."

„Was ist mit Fergus?"

„Na ja ..."

Arabella lächelte ein wenig. „Du kannst dir später überlegen, wie du darauf antworten möchtest. Wir sind da, und ich will aus der Kälte raus. Ich denke, Tee und Kekse werden uns dabei helfen, uns aufzuwärmen."

Gina nickte und sah sich das Gebäude vor ihnen an. Es bestand aus zwei Haushälften, die sich eine Mauer teilten. Sie nannten Duplex-Häuser in Großbritannien wohl Doppelhäuser.

Für zwei Länder, die eine gemeinsame Sprache hatten, gab es eine Menge Unterschiede.

Doch Gina wollte es nicht anders haben. Schottland war ihr Neuanfang, und bis jetzt hatte es sich ausgezahlt. Sie hoffte nur, dass BroadBay sie nicht verfolgen würde. Lochguard war nett, aber auch sie hatten ihre Grenzen bei dem, was sie für eine Fremde tun würden, wenn sie Ärger an ihre Haustür brachte.

Kapitel Neun

Fergus joggte halb in Richtung des alten Sinclair-Hauses. Es hatte länger gedauert, von seiner Familie loszukommen, als er erwartet hatte.

Sein Drache ging in seinem Hinterkopf auf und ab. *Ich weiß nicht, warum du dir die Mühe gemacht hast, nett zu sein. Gina wartet auf uns. Wir hätten direkt abhauen sollen.*

Dann wären sie rübergekommen und nie gegangen. Mum und Holly vor allem, wollen nicht, dass das Mädel allein ist. Außerdem musste ich Ginas Kater holen.

Sein Tier schnaubte. *Wir werden sie beschützen. Das reicht jetzt.*

Meine größte Sorge ist, sie vor uns zu beschützen.

Ich würde ihr nie wehtun. Aber sie zu beschützen bedeutet, sich um sie zu kümmern. Sie hat immer noch nichts gegessen. Mir gefällt das nicht.

Scheiße, sie muss hungrig sein. Wir werden am Laden halten müssen.

Fergus eilte zum nächsten Geschäft. So viel

dazu, Ginas Wächter zu sein. Er konnte nicht einmal daran denken, ihr etwas zu essen zu holen.

Er würde daran arbeiten. Schließlich hatte Fergus sich so lange nach einer eigenen Frau gesehnt. Er musste sich um die eine kümmern, die wahrscheinlich seine wahre Gefährtin war. Vor allem, wenn er sie davon überzeugen sollte, zu bleiben.

Und nach ihrem Zwischenfall im Haus seiner Mutter wollte Fergus, dass sie blieb. Allein bei dem Gedanken an seine Hand auf ihrem weichen, warmen Schenkel, während sie geflirtet hatten, erwärmte sich sein Herz. Er hatte sich in der Vergangenheit noch nie mit einer Frau so wohlgefühlt.

Er holte ein paar Sachen im Laden im zentralen Wohn- und Einkaufsviertel des Clans, bezahlte und lief den Rest des Weges zum alten Sinclair-Haus.

Nur sehr wenige Häuser teilten sich eine Mauer in Lochguard, vor allem, weil Drachenwandler ihren Freiraum mochten. Die Sinclair-Brüder hatten sich jedoch nahegestanden und sechzig Jahre als Nachbarn gelebt, bevor sie starben. Er fragte sich, ob er und Gina so lange Nachbarn sein würden, oder ob es ihm gelingen würde, das Mädel zu umwerben? Hätte sein verdammter Bruder die Butter vorhin nicht geworfen, hätte Fergus Gina vielleicht ein wenig weitergebracht. Eine Hand auf ihrem Oberschenkel war ein Anfang, aber er wollte sie nur halten und nie wieder loslassen.

Wie es sein sollte, sagte sein Drache.

Sein Tier mochte ja sicher sein, aber Fergus war vorsichtig. Das letzte Mal, als er seine Hoffnungen auf ein Mädel gesetzt hatte, hatte sich diese Frau sich in seinen Bruder verliebt.

Sein Drache brüllte, aber bevor er einen Wutanfall oder Schlimmeres bekommen konnte, baute Fergus ein kompliziertes mentales Labyrinth und zwang seinen Drachen hinein. Fergus hasste es, das zu tun, aber er wollte die volle Kontrolle über seinen ersten Abend allein mit Gina. Wenn er schon keinen Kuss mehr bekommen konnte, dann wollte er wenigstens etwas mehr über ihre Vergangenheit erfahren.

Coal miaute in seinem Käfig, als Fergus vor der Veranda des linken Hauses anhielt, das Ginas Hälfte war. „Einen Moment, Coal."

Fergus klopfte und wartete. Die Tür öffnete sich, und er nickte Arabella zu. „Ist alles in Ordnung?"

Sie hob die Brauen. „Ich gebe dir nicht oft Ratschläge, aber hör auf, so eine Glucke zu sein, Fergus, oder du könntest sie vergraulen. Sie ist viel stärker, als du ihr zutraust."

Er knurrte. „Natürlich ist das Mädel stark. Sie ist aus BroadBay geflohen und war in einem fremden Land auf sich allein gestellt, während sie mit einem Drachenwandler-Kind schwanger ist. Aber wenn die Zeit für das Kleine kommt, wird sie Hilfe brauchen."

„Du hast also vor, das Kind als dein eigenes anzunehmen?"

„Wenn Gina mich lässt."

Arabella musterte ihn eine Sekunde, bevor sie zur Seite trat. „Sie ist in der Küche." Sie griff nach ihrem Mantel. „Finn sollte inzwischen fertig sein, also gehe ich nach Hause. Ruf an, wenn es Probleme gibt."

Es war ungewöhnlich, dass Arabella sich so schnell für jemanden interessierte. „Was hat Gina mit dir gemacht?"

„Nichts."

Er sah sie skeptisch an. Dann waberte der Duft des Schinken-Kartoffel-Auflaufs aus seiner Tüte herauf und erinnerte ihn daran, dass seine Frau essen musste. „Na los, mach schon! Ich werde auf sie aufpassen."

„Ich hoffe, du kannst das, Fergus. Ich hoffe, du kannst das."

Bevor er Fragen stellen konnte, war Arabella weg.

Er machte sich auf den Weg in die Küche und fand Gina am Tisch sitzen und an einem Keks knabbern. Er konnte nicht anders, als auf den Schokoladenfleck auf ihrer Oberlippe zu starren. Was würde er nicht geben, um ihn weglecken zu dürfen.

Gina schluckte. „Hier riecht es aber gut. Hör auf, mich anzustarren, und gib mir was davon."

Fergus blinzelte und reichte ihr die Essenstüte. „Ich hoffe, du bist keine Vegetarierin. Wie manche Menschen Fleisch aufgeben können, werde ich nie verstehen. Mein Drache würde mich verrückt machen."

Gina öffnete den Behälter und atmete tief ein. „Nein, ich liebe Fleisch viel zu sehr. Und das hier riecht gut." Sie nahm die Plastikgabel und gönnte sich eine Portion. Fergus beobachtete, wie sie das Essen in ihren Mund schob.

Er hätte gerne diese weichen, rosa Lippen um seinen Schwanz.

Sein Drache brüllte in seinem mentalen Labyrinth, und Fergus projizierte schnell Bilder älterer Drachenfrauen im Bikini. Verdammt seien Gina MacDonald und ihre sinnlichen Lippen. Sie musste ihn absichtlich necken.

Mit einem tiefen Atemzug konzentrierte er sich darauf, den Kater aus seinem Käfig zu lassen. „Worüber hast du mit Arabella gesprochen? Denn was auch immer es war, du hättest sie fast für dich gewonnen, und das ist eine ziemliche Leistung, wenn es um Arabella MacLeod geht."

Gina antwortete, sobald ihr Mund leer war: „Nicht viel. Sie hat das Zimmer für ihre Drillinge noch nicht eingerichtet, also werde ich morgen dorthin gehen und ihr ein paar Dinge vorschlagen."

Er runzelte die Stirn. „Ara scheint mir nicht der Typ zu sein, dem Deko wichtig ist."

Sie zeigte mit ihrer Gabel auf ihn. „Du würdest dich wundern. Anscheinend liebt sie Bilder von alten Türen. Wir können das auf jeden Fall als Ausgangspunkt nutzen und dann weitersehen."

Fergus konnte es nicht gleichgültiger sein, wie ein Zimmer eingerichtet war, aber er mochte die Vorfreude in Ginas Augen. Er wettete sein Leben darauf, dass es das erste Mal seit langer Zeit war, dass das Mädel seine Vergangenheit lange genug vergessen hatte, um glücklich zu sein. Er wünschte nur, es wäre seinetwegen.

Hör auf, Fergus. Wir sind ein erwachsener Mann. Das mochte stimmen, aber es war nichts falsch daran, sein Mädel ein wenig glücklicher zu machen.

Er ging zu ihr hinüber und schob eine lose Strähne hinter ihr Ohr. „Wenn du Arabella dazu bringen kannst, für dich zu bürgen, dann wird Finn dir wahrscheinlich erlauben, zu bleiben, Mädel." Er nahm ihr Kinn zwischen die Finger. „Und ich hoffe, du bleibst."

Als er die weiche Haut ihres Kiefers streichelte, hörte Gina auf zu atmen. Sie lehnte sich sogar ein paar Zentimeter zu ihm.

Wäre er edel gewesen, hätte er losgelassen und dem Mädel erlaubt zu essen. Doch als sich ihre Pupillen weiteten und ihr Puls schneller schlug, wollte Fergus seine Chance nicht vergeuden. Er bückte sich, bis er auf Augenhöhe war und sagte sanft: „Du bist so reizend, Gina. Mit dem Glanz deiner grünen Augen und deinem wilden, lockigen Haar bist du definitiv das schönste Mädel, das ich je gesehen habe."

Sie zog sich ein paar Zentimeter zurück. Nur durch seine eiserne Zurückhaltung hielt er seinen Drachen in Schach, als sie antwortete: „Tu das nicht, Fergus."

„Was soll ich nicht tun, Mädel?"

„Dinge sagen, die du nicht meinst. Ich weiß, du

bist mein Wächter, und ich bin mir ziemlich sicher, dass es zu deinen Pflichten gehört, mich glücklich zu machen. Aber mach es nicht so. Ein Drachenmann hat mehrere Wochen lang bei mir Süßholz geraspelt, bevor er mich auslachte und mich im Stich ließ. Lüg' mich nicht auch an!"

Er knurrte. „Ich lüge nicht, verdammt nochmal! Es tut mir leid, dass der Yankee-Bastard dich so behandelt hat, aber vergleich' mich nicht mit ihm." Er beugte sich weiter zu ihrem Gesicht. „Du bist wunderschön, Gina. Zweifele nie daran."

Sie öffnete den Mund, aber da er keine weitere Ausrede hören wollte, küsste er sie.

Gina hatte Fergus sagen wollen, dass er gehen sollte, als er sie küsste.

Ein Teil von ihr wollte ihm für seine Dreistigkeit in den Schwanz schlagen, aber der andere Teil von ihr atmete erleichtert auf. Seit er im MacKenzie-Haus seine Hand auf ihren Oberschenkel gelegt hatte, hatten ihre Lippen vor Verlangen pulsiert und wollten geküsst werden.

Als er saugte und knabberte, stieß sie ein Seufzen aus. Fergus gab ihr das Gefühl, die einzige Frau auf der Welt zu sein, und er würde vor nichts zurückschrecken, um sie zu verschlingen. Wenn sie nur von vorn anfangen könnte und Fergus der Drachenwandler wäre, den sie in der Bar kennengelernt hätte, wäre ihr Leben an einem ganz anderen Ort.

Und als Fergus seine Finger durch ihr Haar strich und seine Nägel in ihre Kopfhaut grub, vergaß sie ihre Vergangenheit. Sie waren allein und niemand beobachtete sie. Selbst wenn es nur dieser eine Kuss war, wollte Gina sich begehrt fühlen.

Fergus zog sich zurück, blieb aber nahe. Seine Augen waren voller Hitze und Verlangen. „War das genug, um dich davon zu überzeugen, wie sehr ich dich will?"

Sag Ja, und lass ihn los. Noch weiterzugehen, könnte gefährlich sein.

Fergus strich ihr jedoch mit einem Finger seiner freien Hand über die Wange, und sie erbebte. Er lächelte langsam und fügte hinzu: „Bringt dich meine Berührung dazu zu brennen, Gina MacDonald?" Seine Augen blitzten zu Drachenschlitzen und zurück. „Es erfordert alles, was ich habe, um dich nicht ins Bett zu tragen und mit dir zu schlafen."

Ihr Herz pochte, als sie die Wahrheit in seinen Augen sah. „Ich dachte, ein Wächter sollte mich nur beschützen."

„Aye, in den alten Zeiten. Wenn du mich ablehnst, beschütze ich dich trotzdem mit meinem Leben. Aber" – er strich erneut über ihre Wange – „Ich will mehr. Ich will dich festhalten und mit dir in meinen Armen aufwachen." Er bewegte seine freie Hand an ihren schwangeren Bauch. „Ich will sehen, wie dein Sohn zu einem starken Mann heranwächst." Er hob seine Hand, um die Kurve ihrer Brust zu verfolgen. „Und ich möchte jeden Zentimeter deiner Haut verschlingen und dich härter kommen lassen, als du je in deinem Leben gekommen bist." Er nahm beide Hände von ihr. „Die wichtigere Frage ist: Was willst du, Gina?"

Leichtsinnigkeit hatte Gina ihren Abschluss, ihre Freiheit, ihre Freunde und sogar ihre Familie gekostet. Jede vernünftige Faser ihres Seins schrie, sie solle Fergus wegschicken und ihr Herz davor bewahren, wieder verletzt zu werden.

Andererseits linderte Fergus' bloße Anwesenheit ihren Stress. Außerdem liebte ihr Sohn es, in der Gegenwart des Drachenmanns zu tanzen, und Fergus hatte sich sogar freiwillig gemeldet, um sie mit seinem Leben zu beschützen. Es stimmte, er konnte hübsche Worte benutzen, um ihr an die Wäsche zu gehen, aber ihr Bauch sagte, Fergus MacKenzie war anders.

Die einzige Frage war, ob sie ein Risiko eingehen und auf ihren Instinkt hören oder auf Nummer sicher gehen sollte.

Während sie noch über die Gründe dafür nachdachte, einen Weg in die eine oder andere Richtung zu gehen, trat ihr Sohn. Gina lächelte, als er es wieder tat. Ohne nachzudenken, griff sie nach Fergus' Hand und legte sie auf ihren Bauch. Als ihr Sohn weiter trat und sich bewegte, füllte Fergus' tiefe Stimme den Raum. „Ich denke, wir sollten auf den Jungen hören. Er scheint mich zu mögen, und du willst das Kleine doch nicht enttäuschen, bevor es überhaupt geboren wurde."

Sie schnaubte. „Du verwendest also mein Baby gegen mich?"

Er grinste. „Aye. Es ist das Beste, ihn früh auf meine Seite zu bekommen. Mit seiner Hilfe kann ich dich vielleicht überzeugen, meine Gefährtin zu sein."

Sie atmete tief durch. „Gefährtin?"

Er rieb ihren Bauch in langsamen Kreisen, und sein Grinsen verblasste. „Natürlich nicht jetzt. Ich werde so lange warten, wie es dauert, um dich für mich zu gewinnen, Gina Louise. Selbst wenn ich Jahre dafür brauche, lohnt es sich, zu warten."

Ihr fiel kaum auf, dass Fergus ihren zweiten Vornamen schon kannte. „Aber du hast mich gerade erst kennengelernt."

„Ich habe jeden Tag an dich gedacht, seit ich das erste Mal in Drachengestalt aus dem See gestiegen bin und versucht habe, nicht zu lachen, als du mich bedroht hast."

Sie kniff die Augen zusammen. „Hey, das war keine leere Drohung."

„Das mag sein, Mädel, aber von dieser Sekunde an habe ich deinen Kampfgeist geliebt. Wann immer er verblasst, merke ich, dass es wegen des Mannes ist, der dich verletzt hat." Er hielt inne und fragte dann: „Wenn du mir von ihm erzählst, können wir uns vielleicht einen Weg einfallen lassen, um deine Erinnerungen von seinem Bastard-Ego zu säubern."

„Das sagst du nur, um mich nackt zu bekommen."

Fergus neigte den Kopf. „Wenn ich dich nur nackt haben wollte, dann wärst du schon nackt."

Gina machte Ts. „Da ist aber jemand sehr von sich eingenommen."

Er legte eine besitzergreifende Hand auf ihren Schenkel. „Ich will, dass du dich sicher fühlst, Gina. Aber ohne etwas über deine Vergangenheit zu wissen, kann ich dir nicht helfen, geschweige denn, dich und deinen Sohn beschützen." Er drückte ihr Bein. „Sag es mir, und die Informationen werden mit mir in mein Grab gehen."

Sie hielt inne, bevor sie fragte: „Was, wenn es deinen Clan gefährdet?"

„Dann werde ich dich überreden, mit Finn zu sprechen. Aber ich werde nicht derjenige sein, der es ihm sagt."

Als Fergus sie anstarrte, versuchte Gina zu entscheiden, was zu tun war. Wenn Fergus wüsste, wie sehr BroadBay ihr Kind wollte, könnte er doch zu seinem Clanführer laufen. Sie würde vor dem Tor von Lochguard auf ihrem Arsch sitzen, bevor Gina noch nur mehr tun könnte als blinzeln.

Sie blickte auf Fergus' große Hand auf ihrem Oberschenkel und versuchte, sich einen Grund zu überlegen, warum sie ihre Geheimnisse für sich behalten sollte.

Fergus sprach wieder, sein Akzent war stark, als er sagte: „Wenn du es mir nicht erzählen möchtest, weil du mich nicht belasten willst, dann denk an deinen Sohn. Ich kann ihn auch nicht beschützen, ohne alle Fakten zu kennen."

Da sah sie auf. „Du willst mir also ein schlechtes Gewissen machen, damit ich dir von meiner Vergangenheit erzähle?"

Er zwinkerte. „Wenn ich dir damit schon ein schlechtes Gewissen mache, dann hättest du keine Chance gegen meine Mum. Sie ist die Königin, wenn es darum geht, jemandem Schuldgefühle einzureden."

Lächelnd legte sie eine Hand auf seine. „Dann muss ich Tante Lorna um Unterricht bitten, wenn ich sie das nächste Mal sehe."

„Aye, ich bin sicher, sie wird ihn dir gerne geben."

Fergus schwieg. Er gab ihr Zeit, eine Entscheidung zu treffen.

Tränen stachen ihr in den Augen. Selbst in diesem Moment, als Fergus sie problemlos überwältigen und Antworten hätte verlangen können, war er geduldig. Freundlichkeit und etwas anderes, das sie nicht benennen konnte, füllte seine Augen.

Um die Wahrheit zu sagen, es war leicht, sich ein Leben vorzustellen, in dem sie zu dem blauen Blick ihres Drachenmanns aufwachte.

Er konnte ihr gehören, wenn sie ein Risiko einging.

Bevor sie ihre Meinung ändern konnte, sagte Gina: „Es begann mit einer Mutprobe. Madison war meine Mitbewohnerin. Immer wenn sie etwas zu viel getrunken hatte, kam sie mit den lächerlichsten Vorschlägen. Größtenteils waren sie unmöglich.

Aber an diesem Abend waren wir in einer der Bars am Rande von BroadBays Land. Genau genommen durften die Drachenwandler nicht hinein. Aber die Besitzer wussten, dass die Anwesenheit von Drachenwandlern profitabel sein konnte, um Menschenmassen zum Gaffen anzulocken, also ermutigten sie es.

Wie auch immer, Madison bemerkte eine Gruppe von Männern mit Drachenwandler-Tattoos. Sie war normalerweise diejenige, die zu Männern ging und sie bat, sich zu uns zu setzen. Dieses Mal war sie ziemlich betrunken und hat mich dazu gedrängt, da es auf meiner Liste stand, bevor wir unseren Abschluss machten, und es nur noch sechs Monate waren."

Gina und Madison hatten ihre Listen während ihres ersten Studienjahres als Witz aufgeschrieben, aber Madison hatte es bald zu ihrer Mission gemacht, alles auf dieser Liste bis zum Abschluss zu erreichen.

Als sie zu Fergus aufsah, baten seine Augen sie, weiterzumachen, also tat sie es. „Trotz allem, was du vielleicht denkst, bin ich in wichtigen sozialen Situationen schüchtern. Nur wenn ich allein oder in kleinen Gruppen bin, kann ich mich behaupten. Da die Bar voll war, nahm ich einen letzten Tequila, bevor ich mich dem Tisch näherte. Ich hatte fast erwartet, dass die Drachenmenschen mich verspotten und wegschicken würden. Aber der größte, mit hellbraunen Haaren und whiskeygoldenen Augen lächelte mich an, bevor er mich überredete, mich neben ihn zu setzen. Er brachte mich zum Lachen und erzählte mir sogar ein paar Dinge über seinen Clan. Als Bewunderer von Drachenwandlern war es wie ein Traum, der wahr wurde."

Rückblickend war Gina naiv gewesen. Nur menschliche Opfer durften bei den Drachenclans leben, aber tief im Innern hatte sie Travis' Versprechen geglaubt, einen Weg zu finden, um zusammen zu sein.

Alkohol und unerfüllte Träume hatten sie vorübergehend zu einer Närrin gemacht.

Fergus hob ihr Kinn, bis sie in seine Augen blickte. „Erzähl mir, was passiert ist, Mädel."

Sie legte eine Hand auf ihren Bauch. „Da du die Folgen kennst, ist es ziemlich offensichtlich, dass er mich ins Bett gelockt hat. Er tat ein paar Wochen so, als ob er mich datete. Obwohl wir Kondome benutzt haben, versagten sie bei uns, und ich wurde schwanger. Ich war zwar verängstigt, aber auch begeistert. Als Mutter eines Drachenwandler-Kindes könnte ich wirklich die Chance haben, mit BroadBay und meinem charmanten Drachenmann zu leben."

Sie atmete einmal tief ein und versuchte, ihre Nerven zu beruhigen. Der nächste Teil belastete sie immer noch, aber ohne ihn würde Fergus nie die Wahrheit erfahren. Sie hoffte nur, dass er sie nicht bemitleiden würde. „Sobald meine Schwangerschaft bestätigt war, versuchte ich, Travis zu sehen. Ich hätte wissen müssen, dass was nicht stimmt, als er mit einem ungeduldigen Gesichtsausdruck auftauchte. Ich fragte ihn, wann wir zum MDA gehen könnten, um nach einer Sonderlizenz zu fragen. Ich wusste, dass sie hier in Großbritannien ein paar erteilen, also dachte ich mir, dass es vielleicht auch in den USA möglich wäre. Da lachte er mich aus und sagte, ich sei eine Wette. Seine Freunde hatten gewettet, dass er nicht zehn Frauen in einem Jahr schwängern kann, und er hat angenommen. Er hat es geschafft, indem er winzige Löcher in die Kondome stach, die er benutzte. Ich war die zehnte Frau, weshalb er so entschlossen war, mich ins Bett zu bekommen, da sein Jahr fast um war."

Selbst nach all diesen Monaten drehte sich ihr bei der Erinnerung an Travis' Lächeln der Magen um. Er hatte ihr von der Wette erzählt, als würde er über das Wetter plaudern; ihm lag überhaupt nichts an ihr. Sein Clan brauchte neues Blut, und er hatte einen Weg gefunden, die Bürokratie des Opfersystems zu umgehen. Halb-Drachenwandler-Kinder mussten von anderen Drachenwandlern beaufsichtigt werden. Das US-Gesetz entschied ungewollte Schwangerschaften zugunsten der Drachenclans.

Fergus' Stimme war belegt, als er endlich etwas sagte. „Wie heißt er?"

Sie begegnete seinem Blick und blinzelte bei

dem Zorn, der darin brannte. Fergus war immer so nett und geduldig gewesen, dass sie manchmal vergaß, dass er ein Halbdrache war. „Sein Name spielt keine Rolle."

„Das tut es verdammt doch. Ich könnte ihn zu Brei schlagen und ihm den Schwanz abschneiden, für das, was er dir angetan hat. Aber das würde mich ins Gefängnis bringen, und ich werde dich nicht ungeschützt lassen. Wir müssen das MDA in all das einbeziehen. Sie werden ihn aufhalten."

Tränen stachen in Ginas Augen. „Glaubst du nicht, dass ich das versucht habe? Ich habe eine anonyme Beschwerde eingereicht und wochenlang gewartet, um zu sehen, was sie tun würden. Aber es ist nichts passiert. Einige meiner Freunde sahen, wie Travis sich an andere Frauen in derselben Bar rangemacht hat, als wäre nichts geschehen."

„Travis von BroadBay. Gut. Jetzt kann ich ihn finden."

Gina schüttelte den Kopf. „Mach das nicht, Fergus. Du hast versprochen, dass das, was ich dir gesagt habe, unter uns bleibt."

Er nahm ihre Wange. „Ich werde nichts ohne deine Zustimmung tun. Aber denk an die anderen Frauen, Mädel. Du warst stark und bist gerannt, um dein Kind zu behalten, aber wie viele andere mussten ihre Kinder abgeben oder wurden zu einer Gefängnisstrafe verurteilt? Wir schulden es ihnen und allen anderen Opfern, diesen Bastard aufzuhalten. Denk wenigstens darüber nach, Gina. Wirst du das für mich tun?"

Fergus wischte mit seinem Daumen die Tränen von ihrer Wange, und sie schmolz ein wenig. „Ich wünschte, ich hätte dich stattdessen getroffen. Ich kann mir nicht vorstellen, dass du jemals auf Travis' Niveau sinken würdest."

Fergus' Augen blitzten. „Sag nicht seinen Namen. Mein Drache brüllt bereits, um sich zu rächen, und der Name stachelt ihn nur noch weiter an."

Sie legte eine Hand an seine Brust, starrte ihm in die Augen und traf eine Entscheidung. „Dann tu, was erforderlich ist, um ihn zu beruhigen. Wenn ich dafür wieder auf deinem Schoß sitzen muss, dann kann ich das tun."

Sein Kiefer verspannte sich, bevor er antwortete: „Was er will, werde ich nicht tun. Er ist verdammt egoistisch in diesem Moment, und das, nachdem du mir von deiner Vergangenheit erzählt hast."

Sie strich mit ihren Händen weiter über seine Brust. „Und das wäre?"

Fergus brachte zwischen zusammengebissenen Zähnen hervor: „Frag mich nicht, Mädel. Iss zu Ende, und ich sehe gleich nach dir."

Ihr Drachenmann wollte aufstehen, aber sie nahm seine Schulter. „Lass mich nicht hier in meinen Erinnerungen ertrinken, Fergus. Bleib hier und hilf mir, Neue zu schaffen."

Seine Nasenflügel blähten sich. „Du weißt nicht, worum du da bittest, Gina. Du bist verletzlich, und ich werde das nicht ausnutzen."

Zorn überflutete ihren Körper. „Ich bin 22 Jahre alt und weiß, was ich will. Ich habe mich in dem Cottage verkrochen, weil ich dachte, ich könnte mich schützen, indem ich die Welt aussperrte. Dann bist du in mein Leben gekommen, und alles hat sich verändert. Ich will dich, Fergus MacKenzie. Du bist gütig, geduldig und edler als alle, die ich je getroffen habe. Ich möchte, dass du bei mir bleibst. Bitte geh nicht!"

Kapitel Zehn

Fergus' Ehre rang mit Ginas Verlangen. Offensichtlich war sie aufgebracht und emotional verstört. Mit ihr zu schlafen hieße, sie auszunutzen.

Doch als ihre Augen ihn anflehten zu bleiben, wollte er alles tun, um sie glücklich zu machen.

Sein Drache, der sich einige Minuten zuvor befreit hatte, knurrte. *Sie will den Bastard vergessen. Helfen wir ihr.*

Fergus schwankte. *Ich will nicht, dass sie morgen früh aufwacht und alles bereut. Wir sollten sie mehr umwerben. Sie sollte uns zuerst vertrauen.*

Gina schlängelte ihre Hände hinter seinen Nacken und flüsterte: „Wenn du mir wirklich helfen willst, dann küss mich, Fergus." Sie strich ihm mit den Fingern über den Hals, und Feuer überflutete seinen Körper bei ihrer Berührung. „Bitte!"

Mit ihrer Stimme, ihrer Berührung und ihrem Duft war es zu viel, und Fergus' Zurückhaltung zerbrach. Er hob sie hoch und ging zum Schlafzimmer den Flur hinunter. Gina lehnte ihren Kopf an seine Brust. Jeder Schritt bestärkte nur seine Entscheidung. Das Mädel wäre die Seine, wenn sie es erlaubte.

Er legte sie sanft auf das Bett und ließ seine Augen über ihre Brüste, ihren runden Bauch und ihre Schenkel wandern. Er fing an ihrem nackten Knöchel an, strich mit der Hand ihre Wade hinauf, kitzelte ihre Kniekehle und hielt am oberen Ende ihres inneren Oberschenkels inne. Während er mit dem Daumen streichelte, stöhnte Gina.

Fergus sah ihr in die Augen. „Das ist deine letzte Chance, einen Rückzieher zu machen, Gina. Was möchtest du?"

Zorn blitzte in ihren Augen. „Du muss nicht immer so geduldig mit mir sein, Fergus. Ich weiß von deinem Kuss vorhin, dass dein Drache anspruchsvoll ist. Es ist okay, ihn manchmal zu akzeptieren." Sie spreizte ihre Beine breiter. „Ich freue mich sogar darauf."

Der Duft ihrer Erregung wurde stärker, und sein Drache brüllte. *Ich stimme dem Menschen zu. Wirf die Vorsicht einmal über Bord. Ich will sie. Beeil dich und fick sie.*

Fergus bewegte seine Hand an den Rand von Ginas Höschen und neckte ihr geschwollenes Fleisch. *Nicht ficken, Drache. Mit Gina werde ich Liebe machen.*

Sein Tier schnaubte. *Menschen! Es ist mir egal, wie du es nennst. Tu es einfach.*

Er wagte es, seinen Zeigefinger durch ihren Schlitz zu führen. Sie war so feucht, und der Drang, sie zu schmecken, strömte durch seinen Körper.

Auf einen Impuls hin schnitt er ihre Unterwäsche in zwei Teile und spreizte ihre Beine. Sie war rosa und glänzend. Für ihn.

Sein Drache brüllte, sie zu beanspruchen, aber Fergus hielt sein Tier zurück. Nachdem er ihr Fleisch ein wenig geneckt hatte, beugte er sich nach unten und leckte langsam von ihrer Öffnung, bis zu ihrer Klitoris. Als er um die feste Knospe wirbelte, bewegte Gina ihre Hüften. „Fergus!"

Der Klang seines Namens von ihren Lippen zerstörte die letzten Reste seiner Zurückhaltung, und er tauchte seine Zunge in sie hinein.

Verdammt, sie schmeckt gut!

Er streichelte ihre Schenkel, während er sich weiter mit der Zunge an ihrer Pussy labte; er konnte nur daran denken, Gina auf ihre Hände und Knie zu heben und sie von hinten zu nehmen.

Sein Drache knurrte. *Jetzt!*

Nein! Fergus würde dafür sorgen, dass seine Frau zuerst kam. Nach allem, was sie durchgemacht hatte, hatte sie es verdient.

Er wünschte, er könnte seiner Frau in die Augen sehen, während er sie verschlang, aber ihr schwangerer Bauch versteckte ihr Gesicht. Also ließ er sie wissen, dass er bei ihr war, indem er ihre Oberschenkel, ihren Unterleib und sogar ihre Hüften rieb. Mit jedem Zungenschlag öffnete seine

Frau ihre Beine weiter und schmolz ein wenig mehr gegen das Bett.

Er leckte langsam ihre Schamlippen und um ihre Klitoris, ohne das Nervenbündel zu berühren. Er neckte sie weiter, berührte sie nicht, und Gina wand sich. „Bitte, Fergus!"

Sein Drache knurrte. *Lass sie kommen. Das ist der erste Schritt, um sie zu beanspruchen.*

Mit einem Knurren schob er seine Hände unter ihren Po und hob sie hoch, bevor er schließlich mit seiner Zunge gegen ihre Klitoris schnippte. Gina hielt den Atem an und stöhnte. Der Klang machte sein Tier verrückt. *Probier' sie nochmal.*

Als Fergus seine Zunge zurück zu ihrer Pussy führte, machte Gina ein frustriertes Geräusch. Noch bevor sie ein Wort sagen konnte, rieb er um ihre Öffnung und drang dann ein. Während er hinein und heraus pumpte, entspannte sich sein Mädel etwas mehr über seinen Händen. Sowohl Mensch als auch Tier wünschten sich, sie könnte ihre Finger durch sein Haar schieben. Doch das würde warten müssen.

Fergus verdrängte das Verlangen und konzentrierte sich wieder auf Ginas Klitoris. Er rieb vor und zurück und erhöhte den Druck bei jedem Durchgang.

Ihr Stöhnen wurde lauter. Sein Drache brüllte. *Lass sie kommen. Ich will den Orgasmus unserer Gefährtin kosten.*

Fergus stimmte seinem Drachen zu. Es war Zeit. Dann biss er sanft in ihre Klitoris, bevor er härter daran saugte. Gina schrie. Er wollte sie noch weiter über den Rand schieben, stieß zwei Finger in ihre Pussy und bewegte sie hinein und heraus, als sie ihn packte und dann losließ.

Sein Drache brummte zufrieden bei dem Orgasmus ihrer Frau.

Als Gina sich endlich entspannte, lehnte er sich zurück und stand auf. Der Anblick der geröteten Wangen und des schweren Atmens seines Menschen machte seinen Schwanz nur härter. Er brauchte etwas von seiner Frau, um seinen Drachen zu besänftigen, und lutschte ihre Säfte von seinen Fingern. Ginas Pupillen weiteten sich, während sie zusah.

Seine Stimme war in seinen eigenen Ohren belegt, als er befahl: „Auf die Hände und auf die Knie!"

Gina hatte kaum geblinzelt, nachdem sie einen der besten Orgasmen ihres Lebens erlebt hatte, bevor Fergus ihr sagte, sie solle auf die Knie gehen.

Nach seinen blitzenden Drachenaugen zu urteilen, waren Mensch und Tier fast eins.

So sehr sie Fergus' Freundlichkeit und Geduld zu jeder anderen Zeit liebte, mochte sie irgendwie die Tatsache, dass er im Schlafzimmer die Kontrolle übernahm.

Trotz ihres Orgasmus pulsierte ihre Pussy, als Fergus knurrte: „Beeil dich, Gina!"

Nach sieben Monaten Zölibat verschwendete Gina keine Zeit damit, sich auf ihre Hände und Knie zu rollen.

Eine Sekunde verging und dann die nächste. Sie hörte, wie etwas zur Seite geschleudert wurde, aber Fergus berührte sie nicht. Sie blickte über ihre Schulter und brachte zwischen zusammengebissenen Zähnen hervor: „Ich weiß, dass mein Arsch gerade doppelt so breit ist, aber du kannst aufhören zu starren."

„Tu das nicht", brachte Fergus heraus, bevor er ihre Tunika und den Rest ihrer Unterwäsche durchschnitt.

Sie war nackt, außer ihrem BH und den Ärmeln ihrer Tunika um ihre Arme. Sie öffnete den Mund, um sich zu beschweren, dass er eines ihrer wenigen hübschen Outfits zerstört hatte, doch er strich mit seinen warmen, rauen Händen über ihren Po. Er drückte eine Backe und dann die andere, bevor er ihre Haut in langsamen Kreisen rieb. „Ich werde deinen Körper immer lieben. Jedes Mal, wenn du versuchst, abzutun, wie schön du für mich bist, werde ich mich mehr bemühen müssen, dich von der Wahrheit zu überzeugen."

Wenn sie nicht so angetörnt gewesen wäre, hätte sie angefangen zu weinen. Dumme Hormone!

Um das zu vermeiden, da es den Moment zerstört hätte, wackelte sie mit dem Becken Hüfte und flüsterte: „Dann fang an, mich zu überzeugen, oder ich werde einfach die Liste der Dinge durchgehen müssen, die sich durch meine Schwangerschaft geändert haben."

Fergus zog seine Hand über ihre Seite, bis er den Verschluss ihres BHs erreichte. Sie erwartete halb, dass er ihn aufschlitzte, aber er öffnete ihn einfach. Ihre schweren Brüste baumelten frei vor ihr. Gina liebte die Freiheit.

Aber dann nahm Fergus ihre Brüste in seine Hände und drückte sie sanft. Der Druck war gerade genug, um sich gut zu fühlen, obwohl ihre Brüste so geschwollen waren. „Du hast dich hier verändert."

Als er sanft knetete, war es schwer, sich auf etwas anderes zu konzentrieren als auf das besitzergreifende Zupacken seiner Hände. Doch irgendwie zwang sie ihr Gehirn zu funktionieren. „Wieder mal typisch Mann, sich auf die größeren Brüste zu konzentrieren."

Er ließ ihre Brüste los und legte die Hände an ihren Bauch. „Alle Änderungen werden sich gelohnt haben, Gina. Warte nur, bis unser Sohn geboren ist."

Ihre Kehle schloss sich bei dem Wort „unser". Fergus hatte das sicher nicht so gemeint.

Als ob er ihren Zweifel spürte, rieb er ihre Haut. „Ja, unserer. Aber bis er geboren ist, werde ich mich auf dich konzentrieren und nur auf dich, Gina MacDonald. Du gehörst mir."

Sie zitterte bei der Besessenheit in seinem Ton. Anders als bei Travis mochte sie es, wenn Fergus sie beanspruchte.

Sie hielt inne. *Nein!* Auf keinen Fall würde sie

zulassen, dass der Bastard hier eindrang und ihr erstes Mal mit Fergus ruinierte.

Um den Prozess zu beschleunigen, schob sie sich zurück und presste ihren Po gegen Fergus' harten Schwanz. Ihr Drachenmann zischte und lächelte. „Stell dir nur vor, wie viel besser er sich in mir anfühlen wird."

Fergus zog sich einen Bruchteil zurück und zog dann seinen Schwanz durch ihre Falten. Er neckte ihre Öffnung, drang jedoch nie vollständig ein. Sie knurrte. „Du kannst ihn rausziehen und deine Super-Drachenmann-Sexkräfte später beweisen. Meine Schwangerschaft hat mich richtig geil gemacht. Also lass mich nicht länger warten."

Sie klatschte seinen Schwanz gegen ihre Klitoris und hörte kaum, wie er sagte: „Nur noch eine letzte Sache: Ich habe keine Krankheiten, und du bist schon schwanger. Aber wenn du willst, dass ich ein Kondom benutze, werde ich es tun."

Seine Worte wärmten ihr Herz. Selbst wenn sie nackt und auf allen Vieren vor ihm war, wollte Fergus sichergehen, dass es ihr gut ging.

Ihr eigenes Verlangen, Fergus zu beanspruchen, rauschte durch ihren Körper. „Nimm mich so, wie du bist, Fergus. Aber lass mich nicht länger warten."

Im nächsten Moment rammte er in sie hinein, und sie bog ihren Rücken. Verdammt, er war lang und hart. Die Fülle war fast zu viel, aber es fühlte sich genau richtig an.

Sie wackelte mit den Hüften, und Fergus bewegte sich.

Er hielt sie mit seinen Händen an Ort und Stelle und steigerte langsam das Tempo. Jeder lange, harte Stoß machte sie nur feuchter zwischen ihren Schenkeln. „Schneller, Fergus!"

Das Geräusch von Fleisch, das gegen Fleisch klatschte, füllte den Raum. Gina lehnte ihren Kopf auf ihre Arme, aus Angst, sie könnte ihr Gleichgewicht verlieren. Aber sie würde lieber das Gleichgewicht verlieren, als Fergus zu sagen, er solle aufhören.

Wenn sie nur seine Augen sehen könnte! Gina wusste, dass es für sie und Fergus schwierig war, Sex von Angesicht zu Angesicht zu haben, da sie im achten Monat schwanger war, aber sie wollte keinen Zweifel an dem Drachenmann hinter sich haben. Bevor sie sich zurückhalten konnte, fragte Gina: „Fergus?"

Eine seiner Hände rieb ihren Rücken. „Ich bin hier, Mädel. Bist du dabei?"

Sie hob ihren Kopf und schaffte es, über ihre Schulter zu blicken. Der herrliche Anblick von Fergus, der über ihr ragte, begrüßte ihre Augen. „Ja."

„Gut. Dann halt dich fest."

Er zog sich langsam heraus und stieß dann hart hinein. „Mein Name ist Fergus MacKenzie." Er wiederholte die Bewegung. „Ich werde dich mit meinem Leben beschützen." Und wieder. „Lebe den Moment mit mir." Noch ein Stoß. „Und lass einfach los."

Jede Bewegung war so, als ob er sie

brandmarkte. Es gab keinen Zweifel, wer hinter ihr war.

Gina hob einladend ihre Hüften, und Fergus knurrte: „Das ist mein Mädel. Du gehörst mir."

Fergus lehnte sich über ihren Rücken, um ihren Hals zu küssen, und bewegte sich schneller. Seine Arme umrahmten ihren Körper, wodurch sein Duft ihre Nase füllte.

Sie dachte gerade daran, was für eine schwierige Position das für ihn sein musste, als Fergus noch schneller machte und Gina alle Gedanken verlor. Jeder Stoß seines Schwanzes brachte sie höher. Dann fand eine seiner Hände ihre Klitoris, und sie schrie. „Fergus!"

„Aye. Sag das noch mal!"

Durch ihren lusterfüllten Dunst hätte Gina schwören können, Sehnsucht in seiner Stimme gehört zu haben. Aber sie ignorierte es. „Fergus!"

Er kniff ihr Nervenbündel, und Punkte tanzten vor ihren Augen. Die Kombination aus seinem Schwanz, der ihren G-Punkt traf, und dem erhöhten Druck auf ihre Klitoris trieb sie über den Rand. Sie schrie.

Als sie sich verkrampfte, hielt Fergus inne und brüllte. Im Gegensatz zu jedem Mal, dass sie zuvor Sex gehabt hatte, spürte sie die Hitze seines Samens in sich. Sie bemerkte es kaum, bevor sie einen Orgasmus nach dem anderen bekam.

Ihre Arme gaben nach, aber ein paar starke, warme Arme fingen sie auf. Als Fergus sie gegen seine Brust hielt, verlor sie alle zusammenhängenden Gedanken und nahm einfach die Lust an.

Obwohl der Schweiß über Fergus' Rücken rann, war er nicht müde. Er hielt Gina gegen seine Brust, als sie von ihrem Hoch herunterkam. Und mehr noch, ihre Reaktion auf seinen Orgasmus sagte ihm, was er wissen musste.

Gina MacDonald war seine wahre Gefährtin.

Ihre Schwangerschaft verhinderte den Paarungsrausch, aber sein Drache brüllte immer noch in seinem Kopf. *Sie gehört uns! Hab' ich dir doch gesagt. Wir müssen sie paaren und beschützen.*

Wir können später darüber diskutieren. Im Moment möchte ich sie nicht mit dieser Nachricht belasten.

Sein Tier zischte. *Das ist keine Belastung. Es ist ein Geschenk.*

In dem Punkt werde ich nicht gegen dich kapitulieren.

Fergus warf seinen Drachen in ein mentales Labyrinth und seufzte fast über die Stille.

Er nutzte die Abwesenheit seines Tieres, um sich an Ginas Hals zu schmiegen und tief einzuatmen. Er würde nie genug von ihrem Duft nach Frau und etwas schwach Blumigem bekommen.

Nach all der Zeit hatte er endlich seine Frau gefunden. Das war jedoch nicht der schwierigste Teil. Nein, er musste einen Weg finden, dass sie und ihr Sohn blieben.

Oder vielmehr, dass sie und ihrer beider Sohn blieben.

Fergus würde es auf keinen Fall zulassen, dass dieser Travis-Bastard Gina das Kind wegnahm. Eine Frau, die einem Drachenmann ihren Körper gab, war etwas, das man würdigen sollte, kein Spiel. Allein der Gedanke an all die potenziellen Frauen, die Travis noch benutzen und wegwerfen konnte, ließ sein Blut kochen.

Ginas Stimme unterbrach seine Gedanken. „Fergus, was ist los? Du hast dich verspannt."

Er änderte ihre Position, sodass Fergus auf dem Bett saß, mit Gina auf seinem Schoß. Er würde später über Travis reden. Im Moment wollte er, dass Gina ihren Frieden hatte.

Sobald sie seinem Blick begegnete, antwortete er: „Das kann bis morgen warten." Er beugte sich vor und küsste sie vorsichtig. „Im Moment möchte ich sicherstellen, dass du ordentlich isst, und dann können wir ins Bett gehen."

Belustigung tanzte in ihren Augen. „Bett, wie?"

Er versetzte ihr einen Klaps auf den Po. „Ja, wirklich Bett. Es war ein langer Tag, und du brauchst deine Ruhe."

„Also kommt der Schwanz raus, und du wechselst in den Wächter-Modus. Gut zu wissen."

Er knurrte. „Gina!"

Sie grinste, und sein Zorn löste sich in Wohlgefallen auf. „Wir werden daran arbeiten müssen, dich ein bisschen lockerer zu machen. Nachdem ich deinen Bruder kennengelernt habe, weiß ich sicher, dass du schonmal geneckt worden bist."

„Erwähne meinen Bruder nicht, wenn du nackt bist."

Sie bewegte sich ein wenig auf ihn zu und legte ihre Hände auf seine Brust. „Ich wusste, dass du nicht immun gegen die besitzergreifende Ader bist, die alle Drachenwandler zu haben scheinen."

„Möchtest du, dass ich deine Schwester erwähne, während ich deine Brust streichele?"

Sie rümpfte die Nase. „Das ist widerlich."

Er grunzte. „Dann verstehst du es also."

„Gut, ich werde nicht Den-der-nicht-genannt-werden-darf erwähnen." Sie zog an seinem Hemd. „Aber müssen wir jetzt wirklich aufstehen?"

Sie sah zu ihm auf. Das Verlangen in ihren Augen schoss direkt zu seinem Herzen. Er küsste sie wieder und lehnte seine Stirn gegen ihre. „Wenn du Angst hast, dass ich dich nicht mehr will, dann irrst du dich gewaltig, Mädel. Wenn du gefüttert und ausgeruht wärst, würde ich dich nehmen, bis deine Stimme heiser wäre."

„Fergus."

Er schob ihr eine Strähne hinters Ohr. „Es stimmt." Er zeichnete ihre Wange mit seinem Finger nach. „Aber wenn du fertig gegessen hast, kann ich dir vielleicht beim Duschen helfen, wenn du möchtest."

Das Necken kam in ihre Augen zurück. „Vielleicht möchte ich dir in der Dusche helfen.

Schließlich hast du mich nackt gesehen, aber du bist immer noch größtenteils angezogen."

Fergus zwinkerte. „Du sollst doch was haben, worauf du dich freuen kannst, Mädel. Denn sobald du meine Muskeln wieder siehst, werde ich dir den Sabber vom Kinn wischen."

Gina schnaubte. „Schön zu sehen, dass dein Humor wieder da ist."

„Ach, ich mache keine Scherze. Ich sehe für die Zukunft viel Sabber an deinem Kinn."

Sobald er das gesagt hatte, erkannte Fergus, wie es sich anhörte. Er überlegte, ob er sich entschuldigen sollte, als Ginas raue Stimme sein Ohr füllte: „Und ich glaube, wir werden noch mehr von meinem Saft an deinem Kinn sehen, lange bevor ich Sabber auf meinem habe."

Aus seinem mentalen Labyrinth brüllte sein Tier zustimmend. Gina MacDonald fühlte sich in seiner Gegenwart wohl genug, um ihn damit zu necken, dass er sie oral befriedigt hatte.

Als Reaktion darauf nahm Fergus ihre Lippen mit einem groben Kuss und ließ seine Zunge in ihren Mund gleiten. Er ließ seine Zunge ein paarmal kreisen, während er an ihren Haaren zog. Als er sich schließlich zurückzog, keuchte Gina. Er legte einen Finger unter ihr Kinn und schloss ihren klaffenden Mund. „Pass auf, Mädel, sonst hast du gleich schon Sabber am Kinn."

Entschlossenheit blitzte in ihren Augen. „Diesen Punkt magst du ja gewonnen haben, aber der nächste ist meiner."

„Oh, aye? Wir führen also eine Liste?"

Gina zog sich zurück und verschloss ihren Gesichtsausdruck. *Verdammt!* Die Liste musste sie an Travis und seine verdammten zehn Frauen erinnert haben.

„Gina, sieh mich an." Sie begegnete wieder seinem Blick und er berührte ihre Wange. „Du bist für mich kein Punkt oder eine Beute. Denk das niemals." Sie nickte, schwieg aber, und so fuhr er fort: „Lass uns dein Abendessen aufwärmen, und du kannst mir alles über deine Schwester erzählen. Wir werden beide angezogen sein, also sollte es nicht ‚widerlich' sein."

Sie lächelte, als er ihre Stimme so schlecht nachahmte. „Wir werden an deinen Imitationsfähigkeiten arbeiten müssen, Fergus. Ich bin keine quietschende Maus."

„Aye, das können wir. Nachdem du etwas gegessen und mir von deiner Schwester erzählt hast. Ich wette, sie hat einen lächerlichen amerikanischen Namen wie Brittany oder Taylor."

Gina hob eine Braue. „Ihr Name ist eigentlich Kaylee. Und es ist nicht so, als dürftest gerade du etwas sagen. Fergus klingt wie der Name eines alten Mannes für einen Amerikaner."

„Oh, aye?" Fergus lehnte sich an Ginas Ohr und knabberte an ihrem Ohrläppchen, bevor er ergänzte: „Nun, dieser alte Mann hat dich schon zweimal schreien lassen. Was sagst du dazu?"

„Ich sage, dass du vielleicht eine kleine blaue Pille nimmst."

Er setzte einen vorgetäuscht-verletzten Gesichtsausdruck auf. „Ich bin vielleicht nicht zweiundzwanzig wie du, aber dieser Neunundzwanzigjährige hat noch ein paar Jahre, bevor er irgendeine Pille braucht." Er tätschelte ihr die Hüfte. „Aber in Wahrheit, wenn ich bei dir bin, Gina, werde ich nie eine brauchen." Gina wurde rot, und er lachte. „Gut, dann. Dann lass uns auf die Anspielungen verzichten und uns was anziehen."

„Du meinst, das, was du in Stücke geschnitten hast?"

Fergus lächelte langsam. „Ich werde mich nicht dafür entschuldigen."

Gina verdrehte die Augen. „Männer!"

Er küsste ihre Wange. „Wir werden was für dich finden. Selbst schwanger solltest du in eines meiner Shirts passen."

„Es ist Januar in Schottland. Ich werde mehr als ein T-Shirt brauchen."

„Aye, und woran hattest du gedacht?"

Sie streichelte seine Wange und flüsterte: „Ich dachte, du könntest meine Decke sein."

„Gute Antwort, Mädel. Gute Antwort."

Als er sie dieses Mal langsam küsste, beruhigten sich sowohl Mensch als auch Tier zufrieden. Er war kurz davor, das zu haben, wovon er immer geträumt hatte − eine Gefährtin und eine Familie, die er die seine nennen konnte.

Kapitel Elf

Am nächsten Morgen hielt Gina eine Tasse heißen Tee zwischen ihren Händen und beobachtete einfach den leckeren breiten Rücken ihres Drachenmanns, der ihr ein Frühstück zubereitete.

Obwohl sie sich schon ein paarmal selbst gekniffen hatte, dachte Gina immer noch, es sei nur ein Traum.

Fergus war alles, was sie nie für sich erwartet hätte. Schon, sie kannte ihn noch nicht lange, aber sie fühlte sich wohl bei dem Schotten. Reden, Kuscheln, sogar Necken fielen ihr nicht schwer, wenn sie mit Fergus zusammen war. So hatte sie sich noch nie im Leben bei jemandem gefühlt, nicht einmal bei dem Arschloch von Drachenmann, der sie in den Staaten bezirzt hatte.

Sie nippte an ihrem Tee und hoffte, bei Clan Lochguard bleiben zu können. Als Fergus am vorigen Tag das Wort „Gefährtin" erwähnt hatte,

hatte ihr das Angst gemacht, aber mit der Zeit könnte sie sich vielleicht für die Idee erwärmen. Sie wollte ihm unbedingt vertrauen, war sich selbst gegenüber aber ehrlich genug, um zu wissen, dass es zu früh war, ihm unhinterfragt zu vertrauen.

Fergus drehte sich mit einem Grinsen um. Er hatte sich nicht die Mühe gemacht, sein rotes Haar zu bürsten, und es stand in alle Richtungen. Damit und mit seinen Morgenstoppeln war er so gutaussehend, dass es fast schmerzhaft war, ihn anzusehen.

Ihr Drachenmann stellte mit einer großen Geste einen Teller vor sie. „Ich glaube, ich habe endlich die Pfannkuchen für dich hinbekommen."

Gina sah hinunter und lächelte. „Die Hotdog-Brötchen-Form ist ziemlich originell."

Er reichte ihr eine Gabel. „Das Aussehen spielt keine Rolle. Probier' sie."

Fergus hatte die letzten zwanzig Minuten mit dem Versuch verbracht, Pfannkuchen zu backen. Die erste Portion hatte wie salziges Brot geschmeckt, und Gina hatte sie kaum herunterbekommen.

Trotzdem deutete Fergus mit seiner Hand, und sie schnitt ein Stück ab. *Okay, mein Sohn, arbeite mit mir. Selbst wenn es schlecht schmeckt, lass uns nicht Fergus' Gefühle verletzen und kotzen.* Gina atmete tief durch und nahm das Stück zwischen ihre Lippen.

Die leichte, fluffige Konsistenz schmolz in ihrem Mund, und sie seufzte. „Na, das ist doch mal ein Pfannkuchen!"

Er beugte sich hinab und küsste ihre Wange. „Dann lass mich dir noch mehr machen."

Bevor er sich umdrehen konnte, packte sie sein Handgelenk. „Nicht, bis du probiert hast." Sie schnitt ein weiteres Stück mit ihrer Gabel ab, tunkte es in etwas Sirup und hielt es ihm hin. Fergus hielt den Augenkontakt, beugte sich hinunter, nahm die Gabel zwischen seine Lippen und zog den Pfannkuchen langsam herunter. Während er kaute, bemerkte sie etwas Sirup auf seiner vollen Unterlippe.

Verdammt! „Wie kann bei dir sogar das Essen von Pfannkuchen sexy sein?" Da sein Mund noch voll war, wackelte Fergus mit den Augenbrauen. Gina lachte. „Beug dich mal kurz vor."

Sobald Fergus' Kopf nah genug war, leckte sie langsam den Sirup von seiner Lippe. Seine Pupillen blitzten zu Schlitzen, bevor er schluckte. „Aye, ich glaube, du hast auch noch etwas Sirup auf deiner Lippe." Er leckte ihren Mundwinkel, bevor er an ihrer Unterlippe knabberte. „Du bist wirklich chaotisch. Ich sehe noch mehr."

Sie öffnete den Mund, um darauf zu reagieren, doch Fergus unterbrach sie mit einem Kuss. Als er ihren Mund verschlang, vergaß sie alles außer dem süßen Geschmack von Fergus und Pfannkuchen.

Er zog sich schließlich zurück. Sie zitterte bei der Hitze in seinen Augen. „Sieh mich nicht so an, sonst erfährst du nie von deiner Überraschung."

Er streichelte ihre Wange. „Vielleicht ist mehr von mir deine Überraschung."

„Fergus!"

Er schmunzelte. „Ich denke, ich sollte dir nach letzter Nacht eine Pause gönnen. Das war eine ziemlich lange Dusche nach dem Abendessen."

Die Erinnerung an Fergus, wie er vorsichtig mit einem warmen, eingeseiften Tuch über ihre Brüste gestrichen hatte, kam zurück. Er hatte jeden Zentimeter ihres Körpers gründlich gereinigt. Besonders, als sie über ihm gestanden hatte, während er zwischen ihren Schenkeln leckte, bis sie schrie.

Gina räusperte sich und versuchte, einen strengen Gesichtsausdruck aufzusetzen, aber sie versagte. „Ich treffe mich nach dem Mittagessen mit Arabella, und du hast versprochen, dass wir bis dahin fertig sind. Ich bezweifle irgendwie, dass das passieren wird, wenn wir noch einmal duschen oder etwas anderes machen, wobei wir beide nackt sind."

Fergus' Pupillen blieben ein paar Sekunden lang Schlitze, bevor er seufzte. „Mein Drache schmollt jetzt. Das wirst du später wiedergutmachen müssen."

Sie schüttelte den Kopf. „Ich bin mir nicht sicher, ob es die beste Idee ist, einen Trotzanfall zu belohnen."

Er streichelte ihre Wange mit der Rückseite seiner Finger. „Endlich habe ich eine Frau an meiner Seite. Gemeinsam können wir mein Biest vielleicht zähmen."

„Und? Warum so überrascht?"

„Du bist ganz schön hartnäckig, oder?" Sie hob

eine Augenbraue und seufzte. „In Ordnung. Beende dein Frühstück, und wir machen uns fertig." Er legte eine Hand auf ihren Bauch. „Das heißt, nur, wenn der Kleine kooperiert. Bereitet unser Sohn dir Probleme?"

Fergus hatte ihren Jungen jetzt schon mehrmals ihrer beider Sohn genannt, und jedes Mal brachte es ihr Tränen in die Augen. Da sie nicht weinen wollte, rieb sie sich die Augen. „Er war kein Fan von den ersten Pfannkuchen, aber jetzt sollte alles gut sein. Meine Sturheit allein sollte ihn in Schach halten. Ich möchte meine Überraschung sehen."

Fergus schmunzelte. „Wenn Sturheit alles lösen würde, dann wäre meine Familie Superhelden, die die Welt retten würden."

„Apropos Familie, vielleicht können wir sie ja bald wiedersehen. Ich habe bei deiner Mutter bestimmt keinen guten Eindruck hinterlassen, weil ich mich so rausgeschlichen habe."

Einer seiner Mundwinkel zuckte hoch. „Wenn überhaupt, wird meine Mutter amüsiert sein. Sie mag die Stirn runzeln oder schimpfen, aber tief im Innern liebt sie es, wenn jemand die Initiative ergreift. Auch wenn es darum geht, ihr aus dem Weg zu gehen."

Gina neigte den Kopf. „Ich fange wirklich an, mich über deine Familie zu wundern."

Er wirbelte eine ihrer Haarsträhnen. „Wenn du bereit bist, werden wir sie wiedersehen, aber nicht vorher. Ich bin sicher, du wirst sie bald lieben. Selbst

Arabella konnte dem Charme der MacKenzie-Brut nicht widerstehen."

Sie nahm und drückte seine Hand. „Sie bedeuten dir viel, was wiederum bedeutet, dass ich sie auch kennenlernen muss. Außerdem hat deine Mutter sicher interessante Geschichten zu erzählen. Und Holly schickt mir ständig SMS und fragt, ob es mir gut geht. Vielleicht wird es ihre Nerven beruhigen, wenn sie mich draußen sieht."

Er rieb ihren Bauch in langsamen Kreisen. „Du bist zwar jung, aber du bist weise geworden."

Sie legte seitlich eine Hand an ihren Bauch. „Manchmal zwingt uns das Leben, schneller erwachsen zu werden, als einem lieb ist."

Er sah ihr in die Augen. „Die Umstände, die dazu geführt haben, tun mir leid, aber es tut mir nicht leid, dass sie dich zu mir geführt haben."

Sie lächelte. „Das ist ziemlich kitschig." Fergus öffnete den Mund, doch sie kam ihm zuvor. „Aber ich bin auch froh."

Nachdem er ihr den Mundwinkel geküsst hatte, sagte er: „Da das nun geklärt ist, iss dein Frühstück. Oder ich muss dich füttern."

Sie zeigte mit ihrer Gabel auf ihn. „Genau, denn du wirst natürlich eine Schwangere fesseln und sie zum Essen zwingen."

Er sah auf ihren Pfannkuchen und zurück in ihr Gesicht. „Führe mich nicht in Versuchung, Mädel. Weil ich es vielleicht einfach tun werde."

Gina verdrehte die Augen und spießte einen weiteren Bissen Pfannkuchen auf ihre Gabel.

„Wenn du mir schon in meinem hochschwangeren Zustand drohst, dann möchte ich nicht sehen, wie du bist, wenn ich es nicht bin."

Fergus' Augen funkelten. „Dann bleib hier, und finde es heraus."

Sie lachte. „Das werden wir sehen, Fergus MacKenzie."

„Gut." Er zeigte auf ihr Essen. „Und jetzt iss! Je länger du dich widersetzt, desto weniger Zeit haben wir für deine Überraschung."

Sie streckte ihre Zunge heraus und fügte hinzu: „Ja, Herr Wächter."

Bevor Fergus etwas sagen konnte, füllte Gina ihren Mund mit Essen. Während sie kaute, zeigte sie auf ihren Kiefer und gab dann einen Daumen nach oben. Sie musste sich zusammenreißen, um nicht über Fergus' Seufzen zu lachen.

Sie hoffte nur, dass, wenn sie ihre kleine Blase in diesem Haus verließen, die Unbeschwertheit und das Necken weitergehen würden.

Es war töricht zu träumen, aber als Fergus seine Hüften schwang und einen lächerlichen Tanz aufführte, lachte Gina und wünschte von ganzem Herzen, es sei wahr.

Fergus schob seine Finger zwischen Ginas, als sie das alte Sinclair-Haus verließen.

Sowohl Mensch als auch Tier waren zufrieden. So, wie er sich um ihre Frau kümmerte und mit der bevorstehenden Überraschung sollte Gina anfangen, sich ihnen zu öffnen.

Sein Drache grunzte. *Was bedeutet, dass wir ihr bald die Wahrheit sagen müssen.*

Er gab seinem Tier keine Antwort. Fergus wusste, was getan werden musste, aber erst nach seiner Überraschung. Er hoffte nur, es würde ihr gefallen.

Während er seinen Daumen über Ginas Haut strich, sah sie ihn an und lächelte. „Deshalb wolltest du also nicht, dass ich Handschuhe trage."

Er grinste. „Vielleicht ist das ein winziger Teil des Grundes. Drachenwandler-Männer neigen dazu, Hitze auszustrahlen, und ich wollte nicht, dass deine Hände in Handschuhen schwitzen."

„Klar, ich bin mir sicher, dass das der Grund ist." Sie schwang ihre ineinander liegenden Hände einige Male vor und zurück und fragte dann: „Wohin gehen wir?"

Er deutete nach rechts. „Dort drüben."

„Weißt du, du könntest mir schon ein wenig mehr Details geben."

Er zwinkerte. „Und die Überraschung verderben? Ich glaube nicht. Ich beobachte gerne, wie sich die Räder in deinem Kopf drehen, während du versuchst, zu erraten, was es ist."

„Wenn man bedenkt, dass ich meinen wärmsten Mantel anziehen sollte, muss es draußen sein. Es sei denn, du hast irgendwo geheime Drachenhöhlen voller Schätze."

Er schnaubte. „Und ich dachte, du wärst einer

der besser informierten Menschen, wenn es um Drachenwandler geht."

Sie stemmte eine Hand in ihre Hüfte. „Hey, in den meisten Legenden steckt ein Körnchen Wahrheit. Angesichts all der kleinen Berge, die ihr hier in Schottland habt, bin ich sicher, dass man in einigen leicht Dinge verstecken könnte."

Er hob eine Braue. „Kleine Berge? Der höchste Berg im gesamten Vereinigten Königreich liegt hier in Schottland. Wenn du einen Schotten auf deiner Seite haben willst, ob Mensch oder Drache, dann solltest du nicht unsere wunderschöne Landschaft beleidigen."

„Oh, sie ist ja auch hübsch. Das werde ich nicht leugnen. Meine Oma hat immer darüber gesprochen, ich sollte die Berge an einem klaren Tag mit Heidekraut in der Blüte sehen. Aber die Blue Ridge Mountains sind in Virginia, und der Rest der Appalachen ist nicht weit entfernt. Beide sind meiner Meinung nach etwas beeindruckender als die Berge hier." Sie sah ihm wieder in die Augen. „Warst du schon mal in Amerika? Dann könntest du sie sehen und vergleichen."

„Ich war mal für ein paar Wochen dort. Ich hab' mich für ein Training in Virginia mit anderen Drachenwandler-Geheimdienstanalytikern von freundlichen Clans getroffen. Ich habe die Berge gesehen, von denen du sprichst, aber, auch wenn es schön ist, ist es nicht Schottland."

Sie neigte den Kopf. „Also, wer beleidigt jetzt wessen wunderschöne Landschaft?"

Er blieb stehen und zog sie an sich. „Du bist zu schlau für dein eigenes Wohl."

„Aber würdest du es wirklich anders wollen?"

Er seufzte „Nein" und senkte den Kopf, um Gina zu küssen, als jemand pfiff. Eine vertraute Stimme rief: „Ich wusste, dass du es in dir hast, Fergus!"

„Fraser", knurrte Fergus und sah über ihre Schulter. „Solltest du nicht in bei der Arbeit sein?"

Fraser näherte sich ihnen, und Fergus legte einen Arm um Ginas Taille. Sein Bruder bemerkte die Geste und grinste. „Wenn man bedenkt, dass du selbst arbeiten solltest, solltest gerade du nichts sagen."

Er grunzte. „Finn hat mir ein paar Tage gegeben, um Gina bei der Eingewöhnung zu helfen. Du hingegen solltest die neuen Lagerhäuser fertigstellen."

Fraser zuckte die Schultern. „Es ist Mittagszeit."

„Und du bist nur ganz zufällig in diesem Teil unseres Clangeländes, genau in der anderen Richtung von deiner Baustelle."

Fraser zwinkerte. „Ich habe vielleicht gehört, dass man euch hier gesehen hat. Aber ich wollte sichergehen, dass es dem Mädel gut geht." Fraser sah Gina an. „Wie geht's dir, Mädel? Wenn du eine kleine Pause von meinem Bruder brauchst, bin ich dir gerne behilflich."

Fergus knurrte. „Du hast eine Gefährtin."

Fraser legte eine Hand an sein Herz. „Ist es das,

was du von mir denkst? Holly und ich wollen sie zusammen ein bisschen rumführen."

„Da bin ich mir sicher", murmelte Fergus.

Fraser sah wieder zu Gina. „Also, wie wär's? Holly und ich würden dich gerne zum Mittagessen ausführen und dir alles erzählen, was du über meinen Zwillingsbruder wissen willst. Ihn mit seinen Lieblingsärgernissen zu provozieren kann Spaß machen."

Gina hob ihr Kinn. „Nein, danke. Fergus bringt mich zu einer Überraschung. Wenn du also nicht weißt, was es ist, und es nicht verraten willst, werden wir uns auf den Weg machen."

Fraser blinzelte, und Fergus lachte schallend. „Es sieht so aus, als könntest du eine weitere Frau auf die Liste derer setzen, die deinem Charme widerstehen können, Bruder."

Fraser richtete sich weiter auf. „Dann muss ich einfach meinen Einsatz erhöhen." Das nächste Mal werde ich Gina bei meinen Worten kichern lassen."

Aus dem Augenwinkel sah Fergus, wie Gina die Augen verdrehte, und sie sagte: „Ich war bis vor Kurzem auf dem College. Die Jungs in ihren späten Teenagerjahren und frühen Zwanzigern finden sich charmant, aber in Wirklichkeit sind sie lächerlich. Im Vergleich dazu wäre es leicht, dir zu widerstehen, Fraser."

Fergus drückte Gina ermutigend die Schulter und fügte hinzu: „Sie kennt dich schon ziemlich gut, Bruder. Wie wäre es also, wenn du dich woanders lächerlich benimmst?"

Fraser seufzte. „Bedeuten dir die letzten 29 Jahre denn gar nichts, Fergus?"

„Natürlich tun sie das. Wie auch immer, du irritierst mich, und das ist nicht neu. Außerdem sehen wir dich später sowieso. Lass uns gehen, sonst kommen wir zu spät zu Ginas Überraschung."

„Wenn es sein muss." Fraser verbeugte sich dramatisch und blickte zu Gina auf. „Bis später, Mylady."

Sie verließen Fraser. Fergus sah Gina in die Augen. „Er mag nervtötend sein, aber Fraser ist nicht nur mein bester Freund, er ist loyal und würde sein Leben opfern, um seine Familie zu retten."

Gina tätschelte seine Brust. „Ich weiß. Seine Gefährtin war wirklich nett zu mir, und ich stehe in ihrer Schuld. Dennoch habe ich auf die harte Tour gelernt, Charme sofort abzulenken, um mir spätere Kopfschmerzen zu ersparen, deswegen habe ich mich Fraser gegenüber so verhalten."

Fergus runzelte die Stirn. „Wie viele Männer musstest du verjagen?" Sie tippte sich ans Kinn, und er knurrte. „Wie viele, Gina?"

„Na, na, wie ich sehe, bist du wieder so besitzergreifend. Wird das jemals verschwinden?"

„Vermutlich nicht. Du hast meine Frage noch nicht beantwortet."

Sie hob die Brauen. „Bekommt man so Informationen aus den Leuten, um seinem Clan zu helfen?" Sie pikste seinen Bizeps. „Das könnte etwas abschreckend sein."

„Nur du bringst diese fordernde Seite in mir

zum Vorschein, Gina MacDonald." Er fürchtete, er könnte das Mädel erschreckt haben, und betrachtete ihre Augen. Aber er sah nur Neugier. Er seufzte. „Ich kann nicht anders. Die Stimmung meines Drachen beeinflusst mein Handeln. Er ist der besitzergreifende Bastard von uns beiden."

Sie legte ihre Hand an seine Brust. „Ich wusste von inneren Drachen, aber ich habe nie wirklich verstanden, wie sehr sie deine menschliche Hälfte beeinflussen können."

Er spielte mit einer Strähne ihres Haars. „Aye, sogar ziemlich. Normalerweise kann ich ihn kontrollieren. Aber bei dir ist es schwer, Mädel."

„Warum?", fragte sie.

Da er ihre Vergangenheit mit dem Yankee-Arschloch kannte, war er nicht sicher, ob das der richtige Zeitpunkt war, ihr zu sagen, dass sie seine wahre Gefährtin war.

Sein Drache knurrte. *Je länger du wartest, desto schwieriger werde ich.*

Noch ein paar Stunden bringen dich nicht um.

Sein Tier schnaubte. *Vielleicht doch. Wegen deiner Überraschung wird sie heute ein einzelner, ungebundener Drachenmann sehen, und er könnte ihr nachstellen.*

Wir kennen Alistair Boyd schon unser ganzes Leben. Sei nicht so albern. Der Mann bleibt gerne für sich und wird Gina nicht weglocken.

Aber er hat das Wissen, das unsere Frau will.

Fergus seufzte innerlich. *Ich hab' im Moment genug vom Streiten.*

Er ignorierte sein Tier und konzentrierte sich wieder auf Gina. „Ich kann entweder deine Frage beantworten oder dich zu deiner Überraschung bringen. Wenn wir uns nicht beeilen, kommen wir zu spät und verpassen es."

Unentschlossenheit kämpfte in ihrem Blick. Sie nickte schließlich. „Okay, ich werde das jetzt erst einmal durchgehen lassen. Aber ich beantworte deine Frage erst, wenn du meine beantwortet hast."

Einer seiner Mundwinkel zuckte hoch. „Na schön. Kannst du etwas schneller gehen, Mädel? Ich möchte nicht zu spät kommen."

Gina erhöhte ihr Tempo. „Sag mal, hört Fraser mit seinem Getue auf, wenn man ihn besser kennt?"

Er freute sich über den Themenwechsel. „Aye, das kann er. Der Idiot hat vor ein paar Monaten alles riskiert, um Holly zu retten. Obwohl er kein Soldat ist, hat er es mit einigen Verrätern aufgenommen und Holly sicher nach Hause gebracht."

Gina runzelte die Stirn. „Welche Verräter?"

Er überlegte, ob er Ginas Frage beantworten sollte. Er wollte sich bei ihr nie zurückhalten, aber er verdiente sein Geld damit, mit Geheimnissen und sensiblen Informationen umzugehen.

Sein Drache grunzte. *Ihr von den Verrätern zu erzählen, wird niemandem schaden. Das meiste davon wurde letztes Jahr ohnehin in den Nachrichten ausgestrahlt.*

Manches, aber nicht alles.

Dann sag ihr, was gesendet wurde und vielleicht ein

bisschen mehr. Sie mag uns ihren Körper anvertraut haben, aber wir müssen sowohl ihren Verstand als auch ihr Herz gewinnen.

Und das werden wir.

Sein Tier knurrte. *Hör auf, Zeit zu verschwenden, und mach schon weiter.*

Er beantwortete Ginas Frage: „Na ja, nicht alle waren damit einverstanden, dass Finn die Führung des Clans übernommen hat, und einige von ihnen haben für Ärger gesorgt. Sie haben jedoch den Fehler gemacht, Arabellas Leben in Gefahr zu bringen, sodass Finn diejenigen ins Exil geschickt hat, die ihm nicht beistehen wollten. Das einzige Problem ist, dass die, die den Clan verlassen haben, sich zusammengetan haben und nach einem Weg suchen, Lochguard zu Fall zu bringen."

Gina legte eine Hand auf ihren Bauch. „Sind sie eine unmittelbare Bedrohung?"

Er strich an ihren Armen hinauf und hinab. „Nein, Mädel. Ich habe nichts von einem Angriff gehört, ebenso wenig wie unser oberster Beschützer, und wir beide nehmen unsere Arbeit und unsere Pflichten ernst."

„Du nimmst einen Job ernst? Das hätte ich nie gedacht."

Er zog an ihrem Arm. „Hey, also! Die Sicherheit des Clans hängt davon ab."

„Ich weiß, Fergus. Ich denke, ich muss dich viel öfter necken, bis du dich nicht mehr jedes Mal rechtfertigst."

Zum ersten Mal, seit er ein kleiner Junge war, hatte Fergus den Drang, seine Zunge herauszustrecken. Aber irgendwie widerstand er. „Solange es bedeutet, dass du bei mir bleibst, kannst du mich so oft necken, wie du willst."

Gina grinste. „Gut, ich werde darauf zurückkommen."

Mit ihren von der Kälte rosa gefärbten Wangen und ihren glitzernden grünen Augen konnte Fergus nicht anders, als sich hinunterzubeugen und zu murmeln: „Tu, was du willst, mein süßes Mädel."

Er küsste sie vorsichtig und zog sich ein wenig zurück, um wieder in ihre Augen sehen zu können. Sein Drache brüstete sich, als er die Begierde in ihren Augen sah. *Sie wird bleiben. Sie gehört uns.*

Gina stellte sich auf die Zehenspitzen und erwiderte den Kuss, bevor sie flüsterte: „Wir werden uns später noch viel mehr küssen. Aber jetzt kommen wir noch zu spät."

Fergus hob eine Braue. „Wer ist jetzt der Verantwortungsbewusste?"

„Hey, ich kann verantwortungsbewusst und lustig sein. Aber ich kann nicht gut warten, wenn es um Überraschungen geht." Sie nahm seine Hand und zog. „Komm schon!"

Er küsste sie auf die Nase und antwortete: „Wir sind fast da." Er zwang sich, sich umzudrehen und loszugehen und nickte in Richtung des alten, langen zweistöckigen Ziegelgebäudes in der Ferne. „Deine Überraschung ist da drin."

„Was ist da drin?"

Er sah ihr ins Gesicht und antwortete: „Eine Schule. Ich nehme dich mit zu einem Geschichtskurs für Drachenwandler."

Ginas Augen begannen zu leuchten. „Wirklich? Wie in einer echten Klasse, mit Geschichten, über die Menschen nie etwas erfahren?"

Er grinste. „Aye. Nachdem ich gehört habe, dass du dich auf dem College so für Drachenwandler interessiert hast, dachte ich mir, dass du vielleicht ein paar Lektionen möchtest. Die Geschichten werden dir helfen, dein Kleines besser zu verstehen."

Sie ergriff seine Hand an ihrem Arm. „Danke!"

Sowohl Mensch als auch Tier schwelgten im Anblick des Glücks ihrer Frau.

Dann räusperte er sich und nickte zur Schule. „Wir sollten uns aber besser beeilen. Alistair Boyd hasst Verspätungen, und da er so freundlich war, uns die Teilnahme zu erlauben, wollen wir doch nicht zu spät kommen."

Gina nickte. „Dann lass uns gehen."

Als sie ihn zum Gebäude zog, lächelte Fergus. Vielleicht konnte er Gina nach dem Unterricht, wenn sie gut gelaunt war, endlich die Wahrheit sagen, dass sie seine wahre Gefährtin war. Welcher Mann würde schließlich nicht den klugen, sturen, schönen Menschen für sich haben wollen? Er musste sie so schnell wie möglich beanspruchen.

Sein Drache grunzte. *Du bist gerade nicht sehr hilfreich.*

Fergus schob sein Tier und jegliche Gedanken an andere Männer beiseite und drückte Ginas Hand. Sie sah mit einem Lächeln zu ihm auf, und Fergus wusste, dass sie Alistair nicht einmal ansehen würde. Im Moment sah sie nur ihn.

Kapitel Zwölf

Ginas Herz schlug schneller, als Fergus sie durch den Haupteingang der Schule führte. Und nicht nur, weil sie dabei war, echte Drachenwandlergeschichte zu hören. Nein, ihr Herz hämmerte auch, weil sie die Chance hatte, einige junge Drachenwandler zu sehen.

BroadBay hatte nie zugelassen, dass ihre Kinder von Menschen gesehen wurden. Nun, zumindest abgesehen von den Opfern, die sie gebaren.

Da Gina in wenigen Wochen ihr eigenes Kind zur Welt bringen würde, wollte sie sich auf die Herausforderung vorbereiten. Wenn Fergus schon Schwierigkeiten hatte, seinen eigenen Drachen zu kontrollieren, musste es für ein Kind noch viel schwieriger sein. Gina hoffte nur, dass sie helfen könnte, wenn die Zeit für ihren eigenen Sohn kam.

Doch als sie einen leeren Flur hinuntergingen und dann einen weiteren, warf sie immer wieder Blicke auf Fergus' Profil. Es lief gut. Vielleicht konnte Fergus sie unterstützen, wenn sie Hilfe brauchte. Sie hatte das Gefühl, er wäre ein guter Vater.

Fergus deutete zu einer Tür auf der linken Seite, und sie konzentrierte sich wieder auf die Schule, als er sagte: „Hier drin. Komm mit."

Fergus drehte den Knauf und öffnete langsam die Tür, ohne ein Geräusch zu machen. Sie hatte das Gefühl, dass es nicht das erste Mal war, dass ihr Drachenmann sich lautlos irgendwo hineingeschlichen hatte. Vielleicht würde er ihr eines Tages von seinen Abenteuern mit seinem Bruder erzählen.

Sobald Gina durch die Tür trat, drehten sich neun Augenpaare zu ihr um. Acht davon gehörten jungen Teenagern, und das letzte Paar dem großen, dunkelhaarigen Drachenmann vorn im Raum.

Bevor jemand etwas sagen konnte, läutete eine Glocke. Der Drachenmann vorn deutete auf sie und Fergus. „Das sind unsere Gäste für den Tag. Ich bin sicher, ihr kennt Fergus MacKenzie, da er und sein Zwilling vor mehr als zehn Jahren so ihren Ruf an dieser Schule hatten. Er hat eine Menschenfrau namens Gina MacDonald mitgebracht. Ich erwarte, dass ihr beide mit Respekt behandelt. Wenn wir die Stunde früher beenden, werden sie vielleicht sogar einige Fragen beantworten."

Verschiedene Stimmen murmelten: „Ja, Sir", bevor sie den Blick von Gina wandten und sich nach vorn umdrehten.

Fergus drückte sanft gegen ihren Rücken und flüsterte: „Setzen wir uns."

Gina überlegte, wie sie längere Zeit auf diesen Plastikstühlen sitzen sollte, ohne zu hin- und herzurutschen, als Fergus sie zu zwei gepolsterten Stühlen führte. Mit einem Seufzer der Erleichterung setzte sie sich. Fergus nahm eine ihrer Hände in seine warme. Die andere legte sie auf ihren Bauch und sah Alistair Boyd an.

Alistair begann: „Während die Drachenwandler während des Mittelalters in England meist für sich blieben, als die Normannen das Land von den Wikingern übernahmen, spaltete ein Ereignis alle Drachenclans, und sie verstreuten sich im ganzen Land – wir nennen es Harrying of the North – die Plünderung des Nordens. Hat jemand davon gehört?"

Gina hatte keine Ahnung. Während ihrer Zeit am College hatte sie so einige Professoren ertragen müssen, die einen mit ihren Stimmen einschläfern konnten. Alistairs hingegen hatte nicht nur einen leckeren schottischen Akzent, sondern war tief und voller Energie. Sie rutschte sogar an den Rand ihres Stuhls, begierig, herauszufinden, was es war.

Einer der Schüler meldete sich zu Wort: „Ist das nicht in England passiert? Warum sollten wir das lernen? Spielt das wirklich eine Rolle?"

„Ereignisse haben oft Konsequenzen, die wir nur im Nachhinein sehen können. Es könnte heute nicht einmal ein Lochguard geben, wenn die

Ereignisse der Jahre 1069 und 1070 nicht gewesen wären", antwortete Alistair.

Bevor sie sich zurückhalten konnte, platze Gina heraus: „Wie?" Alle Augen drehten sich zu ihr. Sie zog Kraft aus Fergus, der ihre Hand drückte, und fügte hinzu: „Ich weiß nicht einmal, was es mit dieser Plünderung auf sich hat." Sie zuckte die Schultern. „Ich bin neugierig."

Einige Schüler tuschelten: „Sie ist Amerikanerin."

Einer von Alistairs Mundwinkeln zuckte nach oben. „Ich bin mir nicht sicher, ob die meisten Schüler das wissen, Mädel." Er winkte dem Jungen zu, der geantwortet hatte. „Aber Rory scheint eine Vorstellung zu haben. Was ist es, Junge?"

Rory straffte seine Schultern und sah Gina an. Sie sah, wie seine Pupillen zu Schlitzen aufblitzten, bevor er antwortete: „Das war, als William der Eroberer eine Menge Menschen in Nordengland tötete, um ihnen eine Lektion zu erteilen."

Sie runzelte die Stirn. „Warum musste er das tun?"

Alistair erwiderte: „Die kurze Antwort lautet: um einen weiteren Aufstand zu verhindern und seine Macht dort zu etablieren. Er hat Familien abgeschlachtet, verbrannte Ernten und zerstörte Häuser. Laut der am häufigsten zitierten Referenz wurden 100.000 Menschen getötet oder vertrieben. Die Historiker bestreiten diese Zahl jedoch, indem sie sagen, Williams Armeen seien angesichts ihrer

Anzahl nicht in der Lage gewesen, so viel Zerstörung zu erreichen."

Gina hatte eine Theorie. „Einige Drachenwandler könnten sich auf die Seite des Eroberers gestellt und ihm geholfen haben."

Alistair nickte. „Genau. Und jetzt wollen wir erläutern, warum das wichtig ist."

Als der Drachenmannlehrer einen Projektor anschaltete und die Geschichte erzählte, wie verschiedene Drachen-Fraktionen William bei der Plünderung halfen, während andere Flüchtlinge aufgenommen und beim Wiederaufbau von Gemeinschaften geholfen hatten, saugte Gina alle Informationen in sich auf. Die Medien stellten Drachenwandler für gewöhnlich als selbstsüchtige, brutale Kreaturen dar. Das mochte zwar im Fall von BroadBay zutreffen, doch sie begann, es anders zu sehen. Mit Lochguard und der Geschichte einiger Drachenwandler, die den Flüchtlingen im Winter von 1069 bis 1070 halfen, nahm ihre Befürchtung ab, ihr Sohn könne wie Travis und der Rest von BroadBay sein. Mit Fergus und Lochguard hinter sich konnte sie sich leicht vorstellen, wie ihr Sohn in diesem Klassenzimmer saß und die Lektion lernte, die sie gerade hörte.

Zum ersten Mal hatte Gina mehr Hoffnung als Sorge für die Zukunft.

Fergus musste Alistair Anerkennung zollen – der Drachenmann war viel engagierter als der Geschichtslehrer, den er als Teenager gehabt hatte. Der alte Mr. Morrison hatte ihnen normalerweise befohlen, still Bücher zu lesen, während er Notizen an seinem Schreibtisch kritzelte. Es durften keine Fragen gestellt werden. Wenn ein Schüler es versuchte, war Mr. Morrisons Antwort immer, er solle es im Buch nachschlagen.

In gewisser Weise hatte dieser mittlerweile pensionierte Drachenmann dazu beigetragen, Fergus zu dem zu machen, der er war, da er immer zuerst selbst nach Antworten suchte.

Doch als Gina immer wieder die Hand hob und am Unterricht teilnahm, vergaß er bald seine alten Schulzeiten und genoss einfach die Begeisterung seiner Frau.

Sein Drache meldete sich zu Wort. *Ich wünschte, sie wäre so enthusiastisch bei uns.*

Das wird sie. Sobald wir all ihre Favoriten gefunden haben, können wir sie öfter überraschen.

Du bist doch angeblich Geheimdienstanalyst, also fang an, Informationen zu sammeln, und finde es heraus.

Du weißt, dass ich das bereits getan habe. Nur etwas Geduld.

Sein Tier schnaubte und schwieg. Sein verdammter Drache war nicht viel besser als ein verwöhnter Teenager. Vielleicht würde sein Tier, sobald Gina zustimmte, ihre Gefährtin zu sein, erwachsen und ein wenig sanfter werden. Nicht, dass Fergus darauf wetten würde; wenn Hollys

Einfluss nicht half, seinen Bruder reifen zu lassen, bezweifelte er, dass sein Drache es allein schaffen würde.

Die Glocke läutete und signalisierte das Ende des Unterrichts. Alistair hob eine Hand, und die Schüler schwiegen. „Wir hatten heute zu wenig Zeit, aber vielleicht kann Miss MacDonald noch einmal zu uns kommen, und ihr könnt ihr dann Fragen stellen. Für heute möchte ich, dass ihr einen Absatz darüber schreibt, wie die Plünderung des Nordens dazu beigetragen hat, die moderne Drachenwandler-Gesellschaft zu formen. Ihr könnt gehen."

Eins der beiden Mädchen im Raum drehte sich um und starrte Gina an. Fergus war angespannt, für den Fall, dass er seinen Menschen beschützen musste. Aber dann lächelte der Teenager und ging zu ihr. „Ich hoffe, Sie kommen wieder, Miss MacDonald." Ich wollte schon immer was über die amerikanischen Drachen-Clans hören."

Gina verkrampfte sich unter seiner Hand, aber sie lächelte, und ihre Stimme klang heiter. „Ich würde gerne wiederkommen. Ich weiß nicht, was ich dir sagen kann, aber ich kann es versuchen."

Alistairs Stimme dröhnte erneut. „Du kommst noch zu spät, Lindsey. Du kannst dich später mit Miss MacDonald unterhalten."

Lindsey lächelte ein letztes Mal und ging. Alistair schloss die Tür und lehnte sich dann gegen seinen Schreibtisch. „Du bist eine gute Schülerin, Mädel. Komm jederzeit wieder. Du neigst dazu, die

Fragen zu stellen, die Teenager sich oft nicht zu stellen trauen."

Fergus stand auf und zog Gina auf die Beine. Begeisterung füllte ihre Augen. „Darf ich? Ich hatte Angst, zu viele Fragen gestellt zu haben, aber dann haben sich die anderen angeschlossen, und alle waren beteiligt. Es ist einfach so interessant. Die Geschichte der amerikanischen Drachenwandler ist kaum bekannt, daher ist es schön, überhaupt etwas zu lernen."

Fergus' Drache knurrte. *Halt sie von Alistair fern.*

Keine Sorge. Auch wenn Alistair kein ehrenwerter Mann wäre, müssen wir sowieso bald gehen. Er hat in zehn Minuten ein Meeting.

Ich bin also nicht der Einzige hier, der sich Sorgen macht.

Ich mache mir keine Sorgen. Aber ich möchte mehr Zeit mit Gina allein.

Alistair nickte Gina zu. „Wenn Finn sagt, dass es in Ordnung ist, kannst du dich jederzeit hierhersetzen. Vielleicht kann ich sogar bald beim MacKenzie-Haus zum Abendessen vorbeikommen und dir in einem Einzelgespräch mehr Antworten geben, wenn du möchtest."

Fergus knurrte. „Das wird nicht nötig sein, Alistair."

Alistair musterte ihn eine Sekunde lang. „So ist es also, wie? Das wusste ich nicht."

Fergus hätte vorhin einen Heidekrautzweig an Ginas Mantel stecken sollen. Dann müsste er das hier nicht durchmachen, denn dann würde jeder wissen, dass sie seine wahre Gefährtin war.

Fergus nickte. „Ist es."

Gina sah von Fergus zu Alistair und wieder zurück. „Wie? Sag mir, was los ist, Fergus."

Er sah auf Gina hinunter. „Lass uns irgendwo unter vier Augen reden." Ginas Augen sahen jetzt besorgt aus, und er streichelte ihre Wange mit der freien Hand. „Denk nicht gleich das Schlimmste, Mädel. Ich habe nur ein paar Neuigkeiten."

Alistair räusperte sich. „Nun, ihr beide habt eindeutig ein sehr wichtiges Gespräch vor euch. Ich habe hier ein Treffen mit ein paar anderen Lehrern, also solltet ihr wahrscheinlich sowieso gehen."

Gina lächelte Alistair an, und Fergus hielt sich von einem Knurren zurück, als sie sagte: „Danke für die Einladung, Alistair. Ich komme zurück, und du wirst mich bald anflehen zu gehen."

Einer von Alistairs Mundwinkeln zuckte nach oben. „Das bezweifle ich, Miss MacDonald."

„Nenn mich Gina."

Fergus stöhnte. „Danke, Alistair, aber wir sollten gehen."

„Aye. Und viel Glück, Fergus!"

Gina warf Fergus einen fragenden Blick zu, aber er ignorierte ihn, um seine Frau aus dem Raum zu führen. Als sie einen Fuß in den Flur setzten, öffnete Gina den Mund, aber Fergus schnitt ihr das Wort ab. „Nicht hier, Mädel. Drachenwandler haben ein übersensibles Gehör."

Die Neugier brannte in ihren Augen, aber sie antwortete nur: „Okay."

Sie gingen beide schweigend aus der Tür und in

Richtung einer geschützten Felsformation. Er duckte sich dahinter, zog Gina mit sich und drehte sich dann zu ihr um. Gina sah stirnrunzelnd zu ihm auf. „Wirst du mir jetzt sagen, warum du im Klassenzimmer geknurrt und gegrunzt hast? Alistair war so freundlich, meine Fragen zu beantworten. Er hat mich sogar wieder eingeladen. Er hat etwas Besseres verdient."

„Aye, er ist ein guter Mann. Und er verdient tatsächlich etwas Besseres. Aber es gibt einen Grund, warum ich nicht anders kann. Er ist nicht gebunden, und meinem Drachen gefällt das nicht."

„Warum sollte das wichtig sein? Ich bin mir ziemlich sicher, dass die Teenager größtenteils ebenfalls nicht gebunden waren, wie du es formuliert hast, und sie hast du nicht angeknurrt."

Fergus nahm ihre Hände in seine und atmete tief durch. Er konnte es nicht länger für sich behalten. „Ich möchte dir etwas sagen, Gina. Aber versprich mir, dass du dich nicht merkwürdig benimmst oder wegläufst, wenn ich es dir sage."

„Warum?", fragte sie gedehnt.

„Ich werde dich nicht verletzen, wenn es das ist, worüber du dir Sorgen machst, Mädel. Eher im Gegenteil. Ich habe die ganze Stunde damit verbracht, auf deine Lippen zu starren, weil ich sie noch einmal kosten wollte."

Ginas Wangen röteten sich, aber ihr Ton blieb stark. „Versuch nicht, das Thema zu wechseln. Und zwing mich nicht, etwas zu versprechen, ohne alle Fakten zu kennen."

Er ließ eine ihrer Hände los, um ihre Wange zu berühren. „Dann hör einfach zu, was ich zu sagen habe. Kannst du das tun?"

„Schätze schon." Sie sah ihm in die Augen. „Sag mir, was immer es ist, Fergus. Du machst mir allmählich Angst."

Sein Drache knurrte. Fergus sagte seinem Tier: *Sei still, sonst bekomme ich es nie raus.*

Fergus sah in Ginas grüne Augen und beantwortete die unausgesprochene Frage dort. „Normalerweise bin ich einer der zurückhaltendsten und höflichsten Drachenwandler im ganzen Clan." Er strich über Ginas Unterlippe. „Aber dann hab' ich dich getroffen."

Sie atmete tief durch. „Was hat das denn mit irgendwas zu tun?"

„Es hat mit allem zu tun, Mädel. Du bist meine wahre Gefährtin."

„Was?"

Fergus trat näher und lehnte seine Stirn gegen ihre. „Ich weiß, dass der andere Bastard dich verletzt hat, indem er behauptet hat, dein wahrer Gefährte zu sein. Aber er hat gelogen. Mein Drache will dich als Gefährtin, Mädel. Und, was noch wichtiger ist: Ich will dich sogar noch mehr, wenn das möglich ist, weil du bist, wer du bist. Du bist klug, willensstark und freundlich. Nur wenige hätten Arabella Hilfe angeboten, wie du es getan hast, geschweige denn, sich Gedanken darüber gemacht, Zeit mit meiner Familie zu verbringen, wenn bald dein eigenes Kleines da ist." Er sah ihr in die

Augen. „Du kannst dir so viel Zeit nehmen, wie du brauchst. Ich weiß, dass du ein Kind bekommst, und das sollte das Wichtigste in deinem Leben sein. Ich bitte dich nur, darüber nachzudenken und, wenn du noch einen Platz in deinem Herzen hast, mir eine Chance zu geben."

Ginas Herz schlug doppelt so schnell in ihrer Brust.

Wenn Fergus die Wahrheit sagte, war sie seine wahre Gefährtin. Ein Teil von ihr wollte ihn festhalten und nie wieder loslassen. Ihr Leben war jedoch nicht so einfach, dass sie einen Mann finden konnte, der ihr wichtig war, und bei ihm zu bleiben. Das MDA oder BroadBay konnten jederzeit auftauchen und ihr Kind fordern. Wer wusste, was passieren würde, wenn Fergus sie daran hinderte, ihren Sohn wegzunehmen.

Das Vernünftige wäre, Abstand zu wahren, um Fergus zu schützen. Aber allein der Gedanke, Fergus' lächelndes Gesicht nie wiederzusehen, oder das Kribbeln bei seiner Berührung zu spüren, drückte ihr Herz. Nach allem, was sie mit Travis durchgemacht hatte, wollte sie mehr von Fergus, viel mehr.

Fergus lächelte und lenkte ihre Aufmerksamkeit auf sich. Er flüsterte: „Ich sehe, wie sich die Räder drehen. Denk einfach darüber nach. Aber während du das tust, erinnere dich an das."

Er neigte den Kopf und küsste sie.

Sie lehnte sich gegen ihn und schmolz in seinen Kuss, genoss es, wie er schmeckte. Sie konnte sich nicht vorstellen, jemals genug von ihrem Drachenmann zu bekommen. Wenn sie nur einen Weg finden würde, die Sicherheit aller zu gewährleisten, dann würde sie in seine Arme springen und jede Frau anknurren, die in seine Richtung sah.

Viel zu früh zog Fergus sich zurück und streifte ein letztes Mal kurz ihre Lippen. „Hat das meinem Fall geholfen oder geschadet?"

Sie lächelte. „Das wüsstest du wohl gern."

Fergus knurrte und legte eine besitzergreifende Hand an ihren Po. „Ich würde mich an deiner Stelle nicht damit necken, Gina. Mein Drache ist ein besitzergreifender Bastard."

Sie hob die Brauen. „Oh, nur dein Drache, was?"

Er versetzte ihr einen Klaps auf den Po. „Freches Mädel!"

Während sie einander anschmunzelten, entschied Gina, dass sie später mit Finn sprechen musste. Wenn es einen Weg gäbe, um Fergus zu beschützen, würde sie es versuchen. „Natürlich."

Er küsste sie schnell, dann ließ er sie los. Sie hätte fast die Hand ausgestreckt, um ihn wieder an sich zu ziehen, aber widerstand. Sie verliebte sich jetzt schon in Fergus MacKenzie. Gina wollte sich nicht selbst in Versuchung führen oder ihm erlauben, sich noch tiefer in ihr Herz zu graben, bis sie ihre Zukunft kannte.

Fergus' Pupillen blitzten. „Wir sollten dich aus der Kälte bringen."

Sie zeigte mit einem Finger auf ihn. „Sag deiner Drachenhälfte, dass es mir gut geht. So schnell zerbreche ich nicht."

„Um ihn zu besänftigen, mache ich einfach das."

Fergus zog sie an seine Seite und sie sank in seine Wärme. „M-hmm. Ich bin sicher, das machst du nur für deinen Drachen. Deine vernünftige menschliche Seite würde niemals eine List benutzen, um eine Frau zu halten."

Er grunzte. „Nicht bei irgendeiner Frau, nur bei dir, Gina."

Gina legte ihren Kopf an Fergus' Brust. „Gut, denn ich bin heute selbst etwas gereizt."

Ihr Drachenmann schmunzelte. „Dann komm. Wir haben noch etwas Zeit, bevor wir uns mit Arabella treffen müssen. Und ich habe da so ein paar Ideen, wie wir die verbringen können."

Im Gehen sah Gina zu ihm auf. „Ach so? Und was genau wäre das?"

„Nicht hier draußen. Andere könnten es hören."

„Komm schon. Ich bin neugierig." Sie senkte ihre Stimme. „Beim Frühstück hast du was von Fesseln erwähnt. Ist das eine deiner Fantasien?" Seine Drachenaugen blitzten, und sie grinste. „Das ist es, nicht wahr?"

Er sah ihr in die Augen, und seine Stimme war rau, als er antwortete: „Du bist ein Quälgeist, Gina MacDonald." Er legte seine Hand an ihren Po und drückte. Ein Hitzerausch strömte durch ihren Körper. „Und ich hoffe, dass du dem gerecht wirst. Ich bin sicher, dass ich irgendwo ein paar Schals finden kann." Sein Blick wanderte zu ihrem vorstehenden Bauch. „Obwohl wir vielleicht ein wenig damit warten müssen."

Sie erbebte bei dem Versprechen in seiner Stimme. „So sehr ich meinen Sohn liebe, ich wünschte gerade, er wäre ein bisschen kleiner. Ich möchte diese Fantasie lieber früher als später ausprobieren."

„Aye? Nun, dann sollten wir vielleicht anfangen, eine Liste zu schreiben. Dann haben wir eine ganze Menge Ideen für die Zeit, wenn der Kleine da ist und du dich erholt hast."

Da sie den Zauber nicht brechen wollte, wies sie ihn nicht darauf hin, dass sie vielleicht nicht bleiben konnte. Stattdessen schnurrte sie: „Vielleicht müssen wir das einfach tun. Dann kannst du von ihnen träumen und hast genügend Zeit, um zu perfektionieren, wie du mich nimmst."

Er versetzte ihr einen Klaps auf den Po und beugte sich vor, um sich an ihre Wange zu schmiegen. „Oh, ich werde nicht der Einzige sein, Mädel. Ich bin sicher, dass mir einige Situationen einfallen, von denen auch du in den kommenden Monaten träumen wirst."

Die Erinnerung an Fergus' harte, warme Brust, die sie in der vorigen Nacht an ihrem Rücken gespürt hatte, ließ sie erzittern. „Ich wünschte, es wäre schon so weit."

Er schmunzelte. „Ich auch, Mädel. Aber die Vorfreude wird es noch heißer machen."

„Du bist also jetzt ein Experte?"

Er blieb stehen und zog sie an seinen Körper. „Ich behaupte nicht, den weiblichen Verstand zu kennen, aber ich kann bereits deine Erregung riechen. Wenn ich das mit Worten hinbekomme, dann stell dir mal vor, was ich nach monatelanger Planung und mit dem Einsatz meiner Hände tun kann."

Das ließ ihre Klitoris pulsieren. „Verdammt seist du, Fergus. Mein Versuch, dich zu necken ist wohl nach hinten losgegangen."

„Aye, ist es. Und es gefällt mir."

Er senkte den Kopf und küsste sie. Seine Lippen und Zunge waren langsam und sanft, als würde er ihren Geschmack genießen.

Es war Gina egal, wer sie sehen konnte, sie schob ihre Finger durch sein Haar und zog ihn an sich heran. Vielleicht, nur vielleicht, fand Gina doch noch ihr Glücklich-bis-ans-Ende-ihrer-Tage. Sie musste nur ihr Gehirn benutzen, um einen Plan auszuarbeiten.

Dann schob Fergus eine Hand zwischen sie, legte sie an ihre Brust, und Gina war zu keinen rationalen Gedanken mehr imstande. Für den Moment genoss sie einfach den Drachenmann, der vor ihr stand.

Kapitel Dreizehn

Eine Woche später hatte Gina noch immer nicht mit Finn sprechen können. Jedes Mal, wenn sie einen Termin machte, kam etwas dazwischen. Er hatte die letzten zwei Tage bei Clan Stonefire verbracht, um eine Art streng geheime Mission zu planen.

Und jeden Tag, der verging, verliebte sie sich ein wenig mehr in Fergus.

Selbst jetzt stand er neben der Liege und hielt ihre Hand, während Dr. Innes einen Ultraschall machte. Ihr Drachenmann hatte darauf bestanden zu bleiben, und Gina würde den ehrfürchtigen Blick in seinem Gesicht, als er das Bild auf dem Monitor anstarrte, nie vergessen. Sie wusste, Fergus würde, wenn sie ihm die Gelegenheit gab, ihren Sohn wie seinen eigenen behandeln. Und Gina wollte ihm diese Gelegenheit geben.

Das besiegelte es. Nach ihrem Termin würde Gina Finn aufsuchen und ihn bei Bedarf an einen

Stuhl fesseln. Arabella würde ihr vielleicht sogar helfen, da Gina und sie nun viel Zeit miteinander verbracht hatten, um das Drillingszimmer zu planen. Die Drachenfrau öffnete sich ihr langsam. Und angesichts Arabellas Vergangenheit und ihres früheren Hasses auf Menschen, war das laut Fergus eine ziemliche Leistung.

Fergus drückte ihre Hand, und sie lächelte ihn an, als er fragte: „Geht's dir gut, Mädel? Du hattest so einen abwesenden Blick in deinen Augen."

„Werde ich dir sagen, sobald die Untersuchung vorbei ist." Sie sah auf Dr. Innes hinab. Er war groß, ungefähr vierzig, und fast so fürsorglich wie Fergus, wenn es um ihren Sohn ging. Da Dr. Innes vor über einem Jahrzehnt bei einer Entbindung seine Gefährtin und sein Baby verloren hatte, verstand Gina zumindest seine Sorge.

Dennoch zwang sie sich zu fragen: „Ist alles noch in Ordnung?"

Dr. Innes nickte. „Aye. Der Herzschlag Ihres Sohnes ist stark, und er ist fast in der richtigen Lage für die Entbindung. Er sollte jetzt jederzeit kommen."

„Aber das ist doch ein paar Wochen zu früh, oder?"

„Ist es, aber Drachenwandler-Babys kommen bei menschlichen Müttern in der Regel immer etwas früh." Dr. Innes blickte zu Fergus und wieder zu Gina. „Ich bin mir sicher, Sie kennen die Risiken."

Gina nickte. „Ich hatte eine Woche Zeit, um all

das zu verarbeiten, was Sie und Holly mir gesagt haben." Sie zuckte die Schultern. „Ich kann wirklich nicht viel anderes tun, als dazusitzen und abzuwarten."

Dr. Innes' Stimme war leise, als er antwortete: „Das ist keine leichte Angelegenheit, Gina. Das Risiko ist real."

Fergus knurrte. „Mit dir und Holly wird es Gina gut gehen. Ihr Angst zu machen, erhöht nur ihren Blutdruck. Nach dem, was mit Evie Marshall in Stonefire passiert ist, will ich bei Gina nichts riskieren."

Gina zog an Fergus' Hand, und er sah sie an. „Evie hatte Präeklampsie. Bisher sind alle meine Testergebnisse normal."

Fergus stöhnte. „Es könnte dennoch passieren. Es gibt nicht immer Symptome."

Gina seufzte. „Du könntest morgen von einem Blitz getroffen werden. Bedeutet das, dass du für den Rest deines Lebens in einem Blitzkäfig eingesperrt bleiben wirst?"

Fergus schüttelte den Kopf. „Sei nicht albern, Mädel. Natürlich nicht. Aber die Chancen, vom Blitz getroffen zu werden, sind viel geringer, als dass ein Mensch stirbt, wenn er das Kind eines Drachenwandlers trägt."

Dr. Innes schob das Ultraschallgerät weg und stand auf. „Wie wäre es, wenn wir aufhören, über Wahrscheinlichkeiten zu reden, und uns auf Gina und das Kleine konzentrieren? Gina, Mädel, ich weiß, es wird Ihnen nicht gefallen, aber ich brauche jemanden, der immer bei Ihnen ist. Ich will nicht, dass Sie allein sind, wenn die Wehen einsetzen."

Fergus straffte die Schultern. „Ich kann von zu Hause aus arbeiten. Ich werde auf sie aufpassen."

Dr. Innes antwortete, bevor Gina es konnte. „Gut. Ich werde Holly wahrscheinlich auch etwas Zeit im alten Sinclair-Haus verbringen lassen."

Gina seufzte. „Ich habe hier wohl gar nichts dazu zu sagen, oder?"

„Nein", sagten beide Männer gleichzeitig.

„Ich schwöre, ihr habt hinter meinem Rücken geprobt. Sind wir jetzt fertig?"

Der Arzt lächelte. „Aye, wir sind fertig. Sie und das Kleine sind gesund. Wenn ich Sie das nächste Mal sehe, dann vielleicht, wenn Sie in den Wehen sind."

Gina legte eine Hand auf ihren Bauch. „Ich bin sowohl aufgeregt als auch ängstlich. Und nicht wegen der Gefahr. Ich kann es nicht fassen, dass ich das ohne Schmerzmittel machen muss."

Fergus streichelte ihre Stirn. „Ich weiß, Mädel. Aber es könnte das Kleine verletzen, wenn du sie bekommst."

Sie begegnete wieder Fergus' Blick. „Wenn man bedenkt, wie hartnäckig Drachenwandler sind, hätte ich erwartet, dass sie dagegen ankämpfen und unbeschadet auf der anderen Seite ankommen."

Dr. Innes schnaubte. „Geben Sie Ihrem Sohn ein paar Jahre. Er wird glauben, dass seine Sturheit alles lösen kann."

Trotz seines heiteren Tons bemerkte Gina die

Traurigkeit in den Augen des Arztes. Der arme Mann dachte wahrscheinlich an sein ungeborenes Kind. Gina verstand nicht, wie er in seinem Beruf mit Entbindungen umgehen konnte.

„Nun, da wird er es mit mir zu tun bekommen. Nur weil ich ein Mensch bin, heißt das nicht, dass ich zulassen werde, dass mein Sohn auf mir herumtrampeln kann. Wenn er sich in seine Drachengestalt verwandelt, wird das meine Entschlossenheit kein bisschen beeinflussen."

Der Arzt lachte. „Sie schaffen das, Gina MacDonald. Sie schaffen das." Dr. Innes nahm sein Klemmbrett. „Ich wünschte, ich könnte länger plaudern, aber der alte Cal und Archie haben wieder ihre Tricks gemacht, und ich muss beide auf gebrochene Knochen untersuchen." Der Arzt nickte beiden zu. „Zögern Sie nicht, mich anzurufen, wenn Sie mich brauchen."

Gina antwortete: „Danke." Und im nächsten Moment war sie wieder allein mit Fergus.

Sie sah zu ihm auf und fragte: „Kannst du mir helfen, mich aufzusetzen?"

Er half ihr auf und sagte dann: „Erinnerst du dich an den alten Cal und Archie?"

Gina stöhnte und schwang ihre Beine zur Seite. „Wie könnte ich die vergessen? Sie haben aus Versehen einen Felsbrocken in unseren Garten fallen lassen."

Fergus grinste. „Aye, der ist Archie ausgerutscht. Aber diese beiden machen das schon fast ihr Leben lang und werden nicht aufhören, bis sie tot sind. Und selbst dann wird einer wahrscheinlich behaupten, den Geist des anderen umherlaufen zu sehen, der versucht, ihn zu ärgern."

Gina fing an, ihre Sachen anzuziehen. „Hoffen wir nur, dass sie keinen Felsbrocken auf unser Haus fallen lassen."

Fergus beugte sich hinab, um an ihrem Ohr zu knabbern. „Unser Haus, aye? Das klingt gut."

Sie schüttelte den Kopf. „Warum du deine Sachen immer noch in der anderen Hälfte hast, werde ich nie verstehen."

Er küsste ihren Mundwinkel. Ich möchte dich nicht bedrängen."

Sie hob eine Braue. „Und doch sprichst du für mich mit dem Arzt?"

„Du weißt warum."

Das tat sie. Aber da sie noch keine Gelegenheit gehabt hatte, mit Finn zu reden, konnte sie ihre gemeinsame Zukunft nicht garantieren. So sehr sie Fergus für sich beanspruchen wollte, sie konnte es nicht.

Dabei fiel ihr ein: „Ich muss Finn so schnell wie möglich sprechen."

„Aber du hast doch morgen einen Termin mit ihm."

„Schon, aber das kann nicht warten. Ich bin es leid, dass er immer wieder absagt. Als mein Wächter musst du mir helfen. Andernfalls werde ich auf meine eigene Taktik zurückgreifen."

Fergus knurrte. „Du bist jetzt jeden Moment

fällig. Sei nicht albern, Mädel. Wie ich bereits sagte: Du bist sicher hier."

„Das ist nicht der Grund. Ich muss mit Finn reden. Glaub mir, du wirst mir später noch dafür danken."

„Und doch willst du mir nicht sagen, warum?"

„Du musst mir einfach vertrauen, Fergus. Kannst du das tun?"

Er musterte sie eine Sekunde, bevor seine Pupillen aufblitzten. „Na schön. Du kannst dem unaufhörlichen Brüllen meines Drachen danken. Ich denke, er wird von jetzt an immer auf deiner Seite sein."

Sie strahlte. „Ich schätze, dass ich ihn gestern in seiner Drachengestalt gestreichelt habe, war ganz nützlich für mich. Vielleicht muss ich ihn später noch einmal hinter den Ohren kraulen."

Fergus' Pupillen wurden zu Schlitzen und wieder rund. „Danke dafür, Mädel. Als Nächstes überredest du mein verdammtes Tier noch, dich in einem der Körbe mitzunehmen, obwohl du fast im neunten Monat schwanger bist."

„Das ist ja mal eine gute Idee." Fergus knurrte, und Gina lachte. „Dich kann man so leicht aufziehen."

„Aye, also, wenn du meine Hilfe bei Finn willst, solltest du vielleicht nett zu mir sein."

Gina neigte den Kopf. „Oh, du hast noch gar nichts gesehen. Warte nur, bis ich wirklich herumschleichen kann, anstatt zu watscheln. Ich habe ein paar Überraschungen für dich auf Lager,

Fergus MacKenzie. Es sei denn, du bist zu alt für ein bisschen Spaß ab und zu?"

Er stellte sich zwischen ihre Beine. „Neunundzwanzig ist nicht alt. Ich dachte, ich hätte dir das unterdessen bewiesen."

Sie legte eine Hand an seine Brust und klimperte mit ihren Wimpern. „Muss ich wohl vergessen haben. Schließlich habe ich ein Schwangerschaftsgehirn, und mein Gedächtnis ist ein wenig fehlerhaft."

Fergus nahm ihre Wange und strich seinen Daumen über ihre Haut. „Ich schlage vor, wir laufen nach Hause, und ich erinnere dich noch einmal." Ihr Drachenmann beugte sich vor und küsste sie vorsichtig. Viel zu früh zog er sich zurück und flüsterte: „Was sagst du dazu?"

Gina beugte sich vor, aber dann fing sie sich. „Hilf mir zuerst, mit Finn zu sprechen. Dann kannst du mich gern ein wenig daran erinnern."

Er sah in ihre Augen und seufzte. „Dieser sture Glanz ist wieder da. Ich habe keine Chance, deine Meinung zu ändern, oder?"

„Nein."

„Dann aye, ich helfe dir. Aber du bleibst bei Arabella oder meiner Mum, während ich es arrangiere. Das ist meine Bedingung."

Einer ihrer Mundwinkel hob sich. „Ach, Mann, also wird nichts aus meiner Idee, mich in schwarzer Ninja-Kleidung davonzuschleichen und Finn aus dem Nichts zu überfallen."

„Wenn ich dich nicht so sehr lie-, ähm, mögen

würde, Mädel, würde ich sagen, du bist ein bisschen verrückt."

Ginas Herz schlug schneller. Sie hatte das Gefühl, Fergus hatte „lieben" anstatt „mögen" sagen wollen.

Ein kleiner Teil von ihr war begeistert, dass er so empfand. Aber bis sie wusste, dass sie bei Fergus bleiben konnte, würde sie dieses Thema nicht weiterverfolgen. Gina hatte ihre Gefühle noch im Griff, aber nur gerade so.

Sie tat den Kommentar ab und hielt ihm ihre Hände entgegen. „Hilf mir hoch, Drachenmann. Andernfalls könnte es gut zwanzig Minuten dauern, bis ich auf die Beine komme."

Seine Augen blitzten, als er sagte: „Jetzt weiß ich, wie ich dich für kurze Zeit festhalten kann, wenn ich das brauche."

Sie schnaubte, froh, dass er so tat, als ob er sich nicht verplappert hätte. „Mach das mit mir und die Spiele sind eröffnet, Drachenmann."

Fergus küsste sie und antwortete: „Wir werden sehen, Mädel. Wir werden sehen."

Im nächsten Moment zog Fergus sie auf die Füße und legte einen Arm um ihre Schultern. Als sie die Krankenstation verließen, kuschelte sich Gina an Fergus' Wärme. Und ganz im Ernst: Sie hoffte, Finn würde einen Weg finden, sie bleiben zu lassen. Nach der letzten Woche könnte es ihr das Herz brechen, wenn sie Fergus aufgeben müsste.

Fergus zog Gina näher an seine Seite. Er war nur froh, dass sie seinen Fehler, dass er fast „lieben" gesagt hätte, nicht bemerkt hatte.

Sein Tier grunzte. *Gina ist schlau. Ich bin mir sicher, sie hat es gemerkt.*

Frauen neigen dazu, zu reagieren, wenn sie denken, ein Mann habe was von Liebe gesagt. Sie ist kurz vor ihrem Termin, also könnte sie zu müde sein, um es wie sonst zu verstehen.

Diese menschlichen Spiele sind sinnlos. Wir sollten unsere Sachen noch heute in ihr Haus bringen.

Hilf mir mit Finn, und wir könnten es schaffen.

Würde ich, aber meine Idee wird dir nicht gefallen. Ich würde Finn einfach festhalten und ihn zwingen, sich mit deiner Frau zu treffen.

Richtig, weil Finn ja auch einfach daliegen und es zulassen würde.

Vielleicht doch.

Fergus ignorierte seinen Drachen und sah auf Gina hinab. „Willst du bei Arabella bleiben oder bei meiner Mutter, während ich Finn suche?"

„So sehr ich es auch liebe, die MacKenzie-Family-Show zu sehen, ich denke, ich werde Ara nehmen, wenn sie verfügbar ist."

„Erwähn die TV-Show-Idee nicht bei Fraser. Er könnte tatsächlich versuchen, es Jane Hartley in Stonefire vorzuschlagen."

Gina runzelte die Stirn. „Ich dachte, sie ist BBC-Reporterin."

Fergus nickte. „Aye, das war sie. Aber nachdem sie Kai Sutherland in Stonefire gepaart hat, musste sie die Verbindung zur BBC trennen. Sie ist dabei, ihren eigenen Video-Podcast über Drachenwandler zu veröffentlichen."

„Irgendwie kann ich mir nicht vorstellen, dass die Reporterin, die ich beim Interview mit Arabella gesehen hab', eine Reality-TV-Show rausbringt."

Einer seiner Mundwinkel zuckte hoch. „Wer ist jetzt ernst und spießig?"

Sie versetzte ihm einen Klaps auf den Po. „Als ob du das zulassen würdest. Allerdings könnte eine Lernt-Lochguard-kennen-Sondersendung angebracht sein."

„Ist es das, worüber du mit Finn reden willst?"

„Natürlich nicht. Obwohl ich es immer noch ansprechen könnte." Begeisterung füllte ihre Augen. „Ich könnte sogar eine Möglichkeit haben, eurem Clan zu helfen. Erinnerst du dich, wie ich dir sagte, dass ich fast meinen Abschluss in Marketing gemacht hätte?" Fergus nickte, und sein Mädel fuhr fort: „Wenn ich mich mit Jane Hartley zusammentun würde, könnten wir bestimmt eine Kampagne starten. Ihre Videocastfolgen könnten richtig gut ankommen, und wir könnten sogar ein wenig Werbung machen. Dann könnte ihr Vorhaben langfristig nachhaltig sein. Ich weiß, dass ich ein paar Monate warten muss, bis mein Sohn geboren ist und ich Routine habe. Aber selbst, wenn ich nur einige Stunden hier und da arbeite, könnte ich in vier bis sechs Wochen etwas zusammenstellen."

Er drückte sie fester an seine Seite.

„Vorausgesetzt, du bekommst Finns Erlaubnis, helfe ich dir, wie ich kann, Mädel."

Sie nickte. „Großartig! Dann kann ich das auch erwähnen, wenn ich heute mit Finn spreche."

„Wenn ich ihn finde. Er soll in etwa einer Stunde aus Stonefire zurückkommen."

Gina öffnete ihren Mund, um zu antworten, als eine Warnsirene über dem Land des Clans schrillte.

Finn hatte sie installieren lassen, nach dem was mit Holly und den abtrünnigen Drachen passiert war. Sie signalisierten unidentifizierte Drachen, die sich näherten.

Fergus schrie über den Lärm: „Komm, ich muss dich in Sicherheit bringen!"

„Was ist denn passiert?"

„Unbekannte Drachen fliegen auf Lochguard zu. Es könnte nichts sein, aber es könnten auch die abtrünnigen Drachen sein, die versuchen, uns zu erledigen. Komm schon. Wir müssen uns beeilen."

Fergus änderte die Richtung und ging zu den Lagern am Ende des Clanlandes. Dank Fraser war Fergus einer der wenigen, die wussten, dass Sicherheitsbunker unter den neuen Lagerhäusern installiert waren. Den Hauptakteuren war bekannt, dass sie sich im Notfall dort treffen mussten.

Gina wurde vielleicht noch nicht als eine von ihnen angesehen, aber es war verdammt noch mal nicht möglich, dass er sie über der Erde lassen und riskieren würde, dass sie verletzt wurde. Oder, schlimmer noch, entführt.

Weil Fergus immer noch herausfinden musste,

ob die unbekannten Drachen die abtrünnigen Verräter waren oder ob sie zu BroadBay gehörten. So oder so müssten sie ihn schon töten, bevor er zuließ, dass sie ihm Gina oder ihrer beider Sohn wegnahmen.

Kapitel Vierzehn

E gal, wie sehr Grant McFarland mit den Sicherheitskameras heranzoomte, er konnte kein klares Bild von den nahenden Drachen bekommen, um sie zu identifizieren. Die Drachen mochten freundlich sein und nichts, worüber man sich Sorgen machen musste, aber Finn hatte Grant den Clan anvertraut. Auf keinen verdammten Fall würde er einen Angriff riskieren.

Sein Drache knurrte. *Fliegen wir hoch und umzingeln sie. Es gibt mehr von uns als sie.*

Und was, wenn andere da sind und auf das Signal warten, um sich ihnen anzuschließen?

Ich sage immer noch, wir sollten gehen.

Nicht alles erfordert Konfrontation. Halt die Klappe und lass mich nachdenken.

Sein Tier verstummte und zog sich in seinen Hinterkopf zurück. Grant blickte zu Iris, Lochguards bester Fährtenleserin. „Nimm eine kleine Gruppe und sucht vom Boden aus nach anderen Drachen. Ich muss wissen, mit wie vielen wir es zu tun haben."

Iris nickte, ihr kurzes schwarzes Haar hüpfte um ihren Kiefer. „Jemand muss am Funkgerät bleiben." Sie zeigte auf zwei niederrangige Beschützer. „Kommt mit mir!"

Als das Trio ging, stürzte Faye MacKenzie in den Raum. „Wie ist die Lage?"

Für den Bruchteil einer Sekunde wurde Grant von ihren rosa Wangen abgelenkt, und von den wilden, lockigen Haarsträhnen, die ihrem Zopf entwischt waren. Er war so sehr damit beschäftigt gewesen, neue Protokolle und Überwachungsmaßnahmen einzuführen, dass Grant in letzter Zeit nicht viel von dem Mädel gesehen hatte, außer während ihrer geheimen Projektversuche. Und selbst da waren ein Dutzend Drachenwandler anwesend, und Grant hatte nie die Gelegenheit gehabt, mit Faye allein zu sprechen. Dem gesunden Glanz ihrer Haut nach zu urteilen, war sie jedoch fast vollständig von ihrem Unfall im letzten Jahr genesen.

Er müsste später unbedingt ihre Fähigkeiten testen. Im Moment überlegte er, wie er sie einsetzen konnte. Ihre Familie sagte Faye, sie solle am Spielfeldrand sitzen, weil sie nicht glaubte, dass sie vollständig geheilt war. Aber Grant wusste, dass Fayes Esprit langsam verblasste, wenn er sie immer wieder zurückweisen würde. Faye war eine Kriegerin und würde das immer sein.

Sein Drache meldete sich wieder zu Wort: *Sie ist stärker. Lass sie helfen.*

Immer schlägst du sie vor.

Wir denken doch dasselbe. Hör auf, alles zu überanalysieren, und folge deinem Bauchgefühl.

Grant sah Fayes gerötete Wangen und die gleichmäßige Atmung. „Unbekannte Drachen nähern sich uns. Ich will, dass du zum Bunker rennst und auf alle aufpasst, die da sind. Wenn es zu einem Kampf kommt, brauche ich jemanden vor Ort, der die Führung übernehmen kann."

Sie hob die Brauen. „Bedeutet das, ich kann dir sagen, was du tun sollst, wie in alten Zeiten?"

Einer seiner Mundwinkel zuckte hoch. „Aye, vielleicht. Aber beeil dich. Wenn die Schlacht zu Ende ist, bevor du den Bunker erreichst, verlierst du deine Chance."

Entschlossenheit glänzte in Fayes Blick. „Oh, ich schaffe das. Und eines Tages wirst du zugeben, dass ich wieder schneller bin als du."

Bevor er antworten konnte, rannte Faye aus dem Raum. Ausnahmsweise wünschte er sich, er könnte ihr folgen und dieses Rennen machen. Aber er war der oberste Beschützer, und der Clan brauchte ihn.

Grant konzentrierte sich wieder auf die Überwachungskameras. Die Drachen flogen in einem gemäßigten Tempo, was darauf hindeutete, dass es wahrscheinlich kein Angriff war. Natürlich konnten es auch einfach die winterlichen Temperaturen im Januar sein, die die Tiere verlangsamten.

Er drückte einen Knopf, der ihn mit dem Sicherheitsposten am Vordertor verband. „Shay, ich möchte, dass du so viele Mitarbeiter wie möglich erübrigst und sie in den geschützten Landebereich schickst. Sie sollen sofort bereit sein."

Shay antwortete: „Aye, betrachte es als erledigt."

Grant wandte seinen Blick auf Brodie, einen der Männer im Raum. „Nimm die B-Gruppe und mach' das Gleiche. Je früher wir anfangen, unsere Muskeln aufzuwärmen, desto schneller können wir ohne Verletzungen fliegen."

Brodie nickte und die B-Gruppen-Mitglieder im Raum folgten ihm.

Grant musterte den Bildschirm und fragte sich, wer zum Teufel der rote Drache vor der Formation war. Da Grant jeden schottischen Drachen vom Sehen kannte, und die meisten Engländer auch, machte ihm der geheimnisvolle Drachenwandler Sorgen.

Sein Drache schnaubte. *Warum? Wir können uns schon gut behaupten. Wir haben die Drachen, die vor ein paar Wochen das ganze Krankenhaus als Geisel genommen haben, überwältigt.*

Aye, und das waren ältere Drachen in ihren Fünfzigern, Sechzigern und Siebzigern. Die hier sind jung.

Faye würde nie nachgeben.

Grant knurrte innerlich. *Ich gebe nicht nach, du verdammter Drache. Ich lasse dich schon raus, wenn ich dich brauche.*

Er erschuf ein komplexes mentales Labyrinth und warf sein Tier hinein. Sobald sein Geist wieder still war, gab er den Befehl für seine besondere Überraschung. Wenn er Glück hatte und die Fremden angriffen, konnte er die Anzahl der Lochguard-Opfer mit seinem streng geheimen Manöver verringern. Zweifellos würden die Alten, die Lochguard im Stich gelassen hatten, seine Überraschung missbilligen, aber Grant würde alles tun, um seinen Clan zu schützen.

Als er seinen Blick zurück zum Sicherheitssystem wandte, wartete er ab, was passierte.

Gina rannte halb und halb watschelte sie zum Eingang des Lagerhauses. In diesem Stadium ihrer Schwangerschaft war sie definitiv nicht fit genug, um zu laufen.

Schnaubend und ächzend kam sie irgendwie mit Fergus direkt hinter sich am Eingang an. Sie wurden von Frasers neutraler Miene begrüßt, was ihr auf den Magen schlug. Sie hatte Fraser noch nie so ernst gesehen.

Fergus' Zwilling nickte zur Tür. „Komm. Die Drachen kommen näher. Wir müssen euch beide reinbringen."

Ginas Herz trommelte in ihrer Brust. „Wissen wir schon, wer sie sind?"

Fraser schüttelte den Kopf. „Nein, aber es gibt ein Video von den Überwachungskameras unten. Du kannst einen Blick darauf werfen und uns sagen, ob einer der Drachen zu BroadBay gehört oder nicht."

Fergus legte eine Hand an ihren Rücken. „Egal, hier bist du sicher, Mädel. Wir lassen nicht zu, dass jemand versucht, dich oder das Kleine zu entführen."

Gina sah zu ihrem Drachenmann auf. „Ich möchte die Aufnahme dennoch sehen. Wenn sie von BroadBay sind, erkenne ich sie vielleicht. Das könnte euch einen Vorteil gegen sie verschaffen."

Als sie die Treppe hinunterstiegen, runzelte Fergus die Stirn. „Ich dachte, du hättest sie nie in Drachengestalt gesehen."

„Nicht viele. Aber ich würde Travis überall wiedererkennen." Die Pupillen beider MacKenzie-Zwillinge blitzten. Bevor einer von beiden sprechen konnte, tat es Gina. „Versprecht mir, dass ihr nicht versucht, ihn zu töten. Egal, was er getan hat, ich will sein Blut nicht an meinen Händen haben."

Sie schwiegen, und Gina stach Fergus in die Brust. „Versprich es mir, Fergus MacKenzie."

Fergus knurrte: „Oder was, womit willst du mir drohen?"

Sie schüttelte den Kopf. „Keine Drohung. Ich bitte dich, das für mich zu tun."

Fergus schwieg eine Sekunde, bevor er antwortete: „Aye, ich verspreche es. Aber wenn er dich oder jemanden aus dem Clan angreift, ist er Freiwild."

„Damit kann ich leben", erklärte Gina.

Fraser öffnete eine letzte Tür, und sie betraten

einen Raum mit Hightech-Ausstattung — Flachbildschirme, Touch-Bedienelemente und viele Geräte und Knöpfe, die sie nicht erkannte. Ein männlicher und ein weiblicher Drachenwandler besetzten die Stationen vorn, aber obwohl sie wie Geschwister aussahen, mit den gleichen schwarzen Haaren und blauen Augen, kannte sie keinen von beiden. Sie musste sich auf Fraser und Fergus darin verlassen, dass sie vertrauenswürdig waren.

Dann fiel Ginas Blick auf das Video, in dem die Drachen in mehreren V-Formationen am Himmel mit den Flügeln schlugen.

Fergus drückte gegen ihren Rücken. „Und, Mädel? Gehört einer von denen zu BroadBay?"

Sie überprüfte die Drachen darauf, ob sie ihr bekannt vorkamen, und antwortete schließlich: „Ich glaube nicht."

Fraser meldete sich zu Wort. „Dann sind es wohl die Verräter. Ich werde es Grant wissen lassen."

Gina hob eine Hand. „Es könnten immer noch sie sein. Ich habe nur wenige Mitglieder des Clans BroadBay in Drachengestalt gesehen."

„Aye, nun, wir wissen, dass der Bastard nicht dabei ist, und auch nicht der Clan-Führer, da wir ein Bild von Steven Roberts in den Akten haben. Das ist ein Anfang. Ich muss es Grant trotzdem sagen. Alle Informationen werden helfen."

Als Fraser nach vorn ging, lehnte sich Gina gegen Fergus' Seite. Sie seufzte: „Ist es falsch von mir zu hoffen, dass es die Verräter sind und nicht der amerikanische Clan?"

Er zog sie fest gegen sich. „Nein, aber es ist noch etwas früh, um zu feiern. Soweit wir wissen, könnten sie zusammenarbeiten."

Sie hob ihren Kopf. „Weißt du etwas, das ich nicht weiß?"

„Vielleicht."

„Ich weiß, dass deine Arbeit geheim ist, und ich würde nie verlangen, dass du deinen Clan gefährdest. Aber gibt es irgendetwas, das du mir sagen kannst? Bitte, Fergus, wenn sie kommen, um mich und mein Baby zu holen, muss ich es wissen."

Fergus starrte sie an. Eine Sekunde verging und dann die nächste. Schließlich antwortete er: „Es gab in den letzten Tagen Gerüchte über britische Drachenwandler, die sich mit amerikanisch klingendem Akzent unterhalten haben. Obwohl alle Zeugen menschlich sind und falsch eingeschätzt haben könnten, ob es sich tatsächlich um Drachenwandler handelte, werde ich das nicht so leichtfertig abtun. Das MDA auch nicht."

„Wird uns das MDA helfen?"

Fergus seufzte. „Ich weiß es nicht, Mädel. Ein Teil von Finns Mission in Stonefire bestand darin, sie davon zu überzeugen, uns in Bezug auf deine Belange zu unterstützen."

Sie blinzelte. „Was?"

„Aye, Finn ist in England, um hier deine Zukunft zu sichern."

Finns wahre Absicht von Gina fernzuhalten, hatte Fergus fast in zwei Teile gerissen. Doch die Argumentation seines Cousins war sinnvoll: Es war dumm, einen sicheren Zufluchtsort anzubieten, bevor ein Deal abgeschlossen werden konnte. Gina hatte bereits so viel gelitten, und Finn wollte ihre Hoffnungen nicht wecken, um sie dann zu zerstören. Daher hatte Fergus zugestimmt, das Geheimnis zu wahren.

Gina drehte sich zu ihm um. „Aber Finn hat mich nie gefragt, ob ich bleiben will."

Sein Drache brüllte in seinem Hinterkopf, aber Fergus ignorierte es. „Mein Cousin ist ziemlich gut darin, Menschen zu lesen. Hat er sich geirrt, dass du hierbleiben willst?"

Fergus' Herz stolperte bei Ginas Schweigen. Er weigerte sich zu glauben, dass Gina nicht genug an ihm lag, um zu bleiben.

Oder hatte er sich so sehr nach einer Gefährtin gesehnt, dass er das Bild in seinem Kopf nur konstruiert hatte?

Nein. Fergus wusste, dass Gina etwas für ihn empfand.

Sein Drache knurrte. *Deshalb mussten wir ihr sagen, dass wir sie lieben. Deine Vorsicht könnte uns unsere Gefährtin gekostet haben.*

Du irrst dich, Drache. Wenn wir die Worte zu früh gesagt hätten, hätte sie Angst bekommen.

Sein Tier schnaubte. *Wir werden es schon früh genug erfahren.*

Gott sei Dank musste er nicht länger warten. Als

Gina antwortete, war ihre Stimme stark. „Genau deshalb wollte ich mit ihm sprechen, weißt du. Und darum war ich auch so wütend, dass er immer wieder abgesagt hat." Sie stellte sich auf die Zehenspitzen und flüsterte: „Ich wollte dir keine falschen Hoffnungen machen, bis ich meine Zukunft kannte."

Fergus' Drache meldete sich zu Wort: *Frag sie, ob sie bei uns bleiben will.*

Wäre Fergus rational gewesen, hätte er sich diese Unterhaltung für einen späteren Zeitpunkt aufgehoben. Aber bei dem Brüllen seines Drachen und seiner eigenen Neugier fragte er: „Also hast du daran gedacht, meine Gefährtin zu werden?"

Letzte Woche hatte das Wort Panik in ihren Augen ausgelöst. Aber in der Gegenwart war Ginas Blick nur voller Hoffnung. „Ich habe mich für die Idee erwärmt."

Er legte seine Hände besitzergreifend an ihre Hüfte. „Das ist keine ausreichend gute Antwort."

Sie lächelte und legte eine Hand an seine Wange. Die sanfte Berührung ihrer Finger löste seine Anspannung um einen Bruchteil. „Ich dachte, du wärst der geduldige MacKenzie."

Er beugte sich hinab und knabberte an ihrer Unterlippe. „Das bin ich auch, außer, wenn es um dich geht, Mädel. Es ist, als würde ich bei dir zu einer ganz anderen Person werden."

Sie neigte den Kopf. „Ist das eine schlechte Sache?"

„Ja. Nein. Verdammt, es ist beides." Er hielt sie

fester und zog sie näher an sich heran. „Aber ich würde nichts ändern, Gina MacDonald. Du bist alles, von dem ich nie wusste, dass ich es wollte."

Ihre Augen wurden feucht, und sein Tier knurrte. *Bring sie nicht zum Weinen.*

Manchmal sind Tränen glücklich.

Mir gefällt es trotzdem nicht.

Gina wischte sich mit dem Handrücken über die Augen und sagte: „Ich wünschte, ich wüsste, ob Finn einen Weg gefunden hat, mich bleiben zu lassen. Es gibt so viel zu sagen."

„Dann sag es, Mädel. Denn selbst wenn ich hier wegmuss, um dir zu folgen, werde ich es tun. Und nicht nur, weil ich dein Wächter bin oder weil du meine wahre Gefährtin bist. Ohne dich wäre das Leben einsam."

Gina schüttelte den Kopf. „Aber du kannst deine Familie nicht verlassen, und ich würde dich nie darum bitten."

Einer seiner Mundwinkel zuckte hoch. „Oh, sie würden schon einen Weg finden, um sich davonzuschleichen und mich zu besuchen. Mein Bruder und ich haben geheime Verstecke überall in den Highlands."

Belustigung funkelte in ihren Augen. „Voller Schätze?"

Fergus schmunzelte. „Vielleicht wirst du das eines Tages herausfinden."

Als sie einander anstarrten, wünschte sich Fergus, das Mädel würde seine Meinung sagen. Aber bevor sie etwas sagen konnte, eilte Fraser zu ihnen und rief: „Tut mir leid, dass ich eure Turtelei unterbrechen muss, aber wir haben ein Problem."

Fergus runzelte die Stirn. „Spuck's schon aus, Bruder."

Fraser antwortete: „Iris hat zurückgerufen. Sie hat mehrere Flügel von Drachenwandlern direkt hinter dem Naver-Wald gefunden." Fraser richtete seinen Blick auf Gina. „Die in menschlicher Gestalt sprechen mit amerikanischem Akzent. Einige haben Virginia erwähnt."

Ginas Körper verkrampfte sich unter seinen Fingern. „BroadBay."

Fraser nickte. „Aye, wir denken schon. Noch schlimmer ist, dass Roderick McFarland bei den Yanks ist."

Verwirrung blitzte in Ginas Gesicht auf, und Fergus informierte sie: „Roderick ist einer der Verräter, die nicht nur lieber den Clan verließen, als Finns Führung zu akzeptieren, sondern auch vor einigen Monaten bei dem Angriff auf das menschliche Krankenhaus und Holly mitgewirkt haben."

Gina legte eine Hand auf ihren Bauch und sah zwischen den Zwillingen hin und her. „Also, was wird jetzt passieren?"

Fergus streichelte ihre Seite. „Wir warten ab. Es liegt jetzt in den Händen von Grant und den Beschützern."

Gina antwortete: „Aber ich will nicht, dass jemand für mich stirbt, Fergus. Und das ist eine Möglichkeit."

Er knurrte. „Wenn du glaubst, dass ich dir einfach so erlaube, da rauszugehen und dich zu stellen, dann irrst du dich gewaltig." Gina öffnete den Mund, aber er kam ihr zuvor, indem er Fraser fragte: „Können wir von hier aus eine Verbindung zu Stonefire herstellen?"

Fraser zuckte die Schultern. „Vermutlich."

Fergus kniff die Augen zusammen. „Dann mach es. Ich möchte mit Bram Moore-Llewellyn sprechen."

Fraser rührte sich nicht. „Bist du dir sicher, dass das eine gute Idee ist, Bruder? Finn mag es nicht, wenn wir ihm auf die Füße treten, und den englischen Clan-Führer zu kontaktieren, wird das definitiv tun. Wir sollten es in seiner Abwesenheit durch Grant klären."

Fergus schüttelte den Kopf. „Nein, wir haben keine Zeit. Was ich Bram fragen muss, hat ohnehin nichts mit den Beschützern zu tun. Hol ihn mir einfach in die Leitung." Fraser blieb still, und Fergus knurrte: „Lass mich nicht noch einmal bitten."

„Gut", antwortete Fraser. Als er in den vorderen Teil des Raumes ging, murmelte er: „Aber es ist deine Beerdigung, wenn Finn sauer wird."

Ginas Stimme füllte seine Ohren. „Was ist so wichtig, dass du mit dem Stonefire-Führer sprechen musst?"

Fergus sah ihr wieder in die Augen. „Es geht weniger um ihn als um seine Gefährtin, Mädel. Aber bevor wir sie in der Leitung haben, brauche ich deine Erlaubnis zu erzählen, was Travis dir und den anderen Frauen angetan hat. Wenn das MDA weiß, was BroadBay mit diesen trügerischen Schwangerschaften gemacht hat, können sie eingreifen und so helfen, dass ein Kampf und Blutvergießen verhindert werden."

Zögern flackerte in den Augen seines Menschen, und er hob eine Hand an ihre Wange. „Die Informationen werden nicht öffentlich bekannt werden, Gina. Nur die, die es wissen müssen, werden es erfahren. Niemand in Lochguard außerhalb dieses Raumes und abgesehen möglicherweise von Finn und Grant, wird wissen, was der amerikanische Bastard dir angetan hat. Und wenn einer von ihnen davon spricht, werde ich sie zu Brei schlagen, um deine Ehre zu verteidigen."

Als sein Drache in seinem Hinterkopf auf- und abging, hielt Fergus die Luft an und wartete auf Ginas Antwort.

Tief im Innern wusste Gina, dass sie einfach Ja sagen und Fergus ihr Geheimnis erzählen lassen sollte. Doch als sie versuchte, ihren Mund zum Laufen zu bringen, wurde ihr Kopf von Erinnerungen an ihre sogenannten College-Freunde geflutet, die sie für verrückt erklärt hatten, weil sie den Bastard eines Drachen behalten wollte. Oder wie ihre Eltern ihr gesagt hatten, dass sie, wenn sie das Kind behalten würde, sie nie wieder sehen wollten. Sie wollten ihre jüngere Schwester nicht mit einer Drachenhure in Verbindung bringen.

Nur ihre kranke Großmutter hatte sie mit offenen Armen aufgenommen. Aber als sie vor ein paar Monaten gestorben war, war Gina allein in Schottland geblieben.

Alle in Lochguard waren bis jetzt nett zu ihr gewesen, aber würden sie das auch bleiben, wenn sie die Wahrheit wüssten? Oder wenn ihr Schutz sie das Leben ihrer Lieben kostete?

Fergus streichelte ihre Wange, und sie zwang sich, in seine freundlichen stählernen Augen zu sehen. Er sagte sanft: „Ich kann dir nicht helfen, wenn du mir nicht sagst, was in deinem Kopf vor sich geht."

Sie schluckte die Emotionen in ihrem Hals herunter und flüsterte: „Wenn die Wahrheit ans Licht käme, würden mich alle entweder bemitleiden oder mich mit Ekel in den Augen ansehen. Und wenn es zu einem Kampf kommt, nur um mich zu beschützen, und ein Familienmitglied dafür ums Leben kommt, dann werden sie mich schneller aus dem Clan werfen, als man Lochguard sagen kann."

Wut blitzte in Fergus' Blick auf. „Wovon zum Teufel sprichst du?"

Sie runzelte die Stirn. „Schrei mich nicht an. Ich bin seit einer Woche hier, und ich bin nicht mal deine Gefährtin. Außerdem trage ich das Kind eines anderen Drachenwandlers, das vom amerikanischen MDA gesucht wird. Ich weiß, du wirst sagen, dass der Clan Arabella trotz der Gefahren und ihrer

Vergangenheit aufgenommen hat. Aber Ara ist eine Drachenwandlerin. Ich bin ein Mensch, der Schmuggelware trägt. Ich kann mir nicht vorstellen, dass ein Drachenclan mich beschützen will, wenn es sie ihr Leben kostet."

Finns Stimme dröhnte durch den Raum. „Mädel, dann kennst du uns überhaupt nicht."

Gina zuckte ihren Kopf zum Bildschirm vorn, auf dem Finn und ein weiterer Drachenwandler mit dunklen Haaren und blauen Augen zu sehen waren, den sie noch nie zuvor gesehen hatte. „Finn."

Der schottische Drachenführer antwortete: „Aye, ich bin's. Und das hier ist Stonefires Anführer, Bram. Aber genug mit der Vorstellung. Sag es mir jetzt, Gina MacDonald. Willst du in Lochguard bleiben? Und komm mir nicht mit irgendwelchen Ausreden. Ja oder nein."

Angesichts der Dominanz in Finns Stimme fühlte sie sich gezwungen, wahrheitsgetreu zu antworten. „Ja."

Finn nickte. „Aye, das ist gut genug für mich." Er sah auf den anderen Drachenführer. „Was ist mit dir, Bram?"

Die Antwort des Drachenmanns war trocken. „Spielt es eine Rolle, was ich sage?"

Eine weibliche Stimme von außerhalb des Bildschirms zischte „Bram!"

Bram seufzte. „Okay, Evie." Der englische Drachenführer begegnete Ginas Blick. „Ich habe noch eine andere Frage an Sie, Miss MacDonald. Bevor meine Gefährtin ihre Magie beim MDA einsetzt: Haben Sie vor, Fergus MacKenzie zu paaren?"

Fergus knurrte an ihrer Seite, aber sie versetzte ihm einen Schlag auf seine Brust. „Hör auf, Fergus."

Er hielt sie fester an den Hüften und antwortete: „Das sollte nicht überstürzt werden, Gina. Du musst die Entscheidung zu deinen eigenen Bedingungen treffen."

Sie blickte zu ihrem Drachenmann auf. Fergus setzte ihre Bedürfnisse immer an erste Stelle. Selbst in der kurzen Zeit, in der sie in Lochguard war, war er immer freundlich, geduldig und fürsorglich gewesen. In diesem Moment akzeptierte sie die Wahrheit – Fergus würde sie niemals so im Stich lassen, wie Travis es getan hatte. Sie vertraute ihrem Drachenmann vollkommen.

Verdammt, sie war bereits halb verliebt in den Mann.

Sie atmete tief durch und antwortete schließlich: „Ich treffe die Entscheidung nach meinen eigenen Bedingungen. Ich will bei dir bleiben, Fergus MacKenzie, vorausgesetzt, du willst, dass ich bleibe."

Eine Emotion, die sie nicht identifizieren konnte, blitzte in seinen Augen auf, bevor seine Pupillen zu Schlitzen und wieder rund wurden. „Natürlich will ich verdammt nochmal, dass du bleibst, Gina. Wenn du das immer noch nicht weißt, dann muss ich vielleicht noch viel überzeugender sein und es dir zeigen."

Er beugte sich nach unten, um sie zu küssen, als Finns Stimme sie unterbrach. „Gut, dann werdet ihr euch jetzt gleich paaren, aber in der Kurzfassung mit mir und Bram als Zeugen."

Gina blinzelte. „Was?"

Finn fragte: „Hast du Zweifel, Mädel? Denn es ist jetzt oder nie."

Fergus brummte: „Gina hat mehr verdient."

Finn hob die Brauen. „Ihr könnt später noch eine romantische, alle Register ziehende Zeremonie veranstalten. Ich weiß, dass du eine geplant hast, seit du Anfang zwanzig warst, Cousin. Wir lassen deinen Traum später wahr werden."

Bevor Gina auf Finns Enthüllung antworten konnte, knurrte Fergus: „Gut. Aber du wirst später dafür bezahlen, Finn."

Finn zuckte die Schultern. „Damit komme ich klar." Der Drachenmann deutete auf sie beide. „Beeilt euch und formuliert eure Ansprüche. Je eher dies geschieht, desto eher können wir sehen, ob das MDA dazu beitragen wird, die Verräter und Yankees in der Nähe von Lochguard aufzuscheuchen."

Fergus drehte ihren Körper ganz zu sich um. „Bist du bereit, Gina?"

Gina legte ihre Hand über den Bauch und nickte. Es war an der Zeit, ihre Wahl und ihre Chance auf eine Zukunft anzunehmen. „Wie ihr Schotten sagt: Aye, das bin ich."

Kapitel Fünfzehn

Sowohl Mensch als auch Tier taumelten noch immer von Ginas Antwort. In ein paar kurzen Sätzen wäre Gina ihre Gefährtin.

Sein Drache knurrte. *Dann beeil dich und sag die Worte. Der Mensch hat keine Ahnung, was er tun soll.*

Fergus nahm Ginas Hände. „Ich, Fergus MacKenzie, möchte dich, Gina MacDonald, zu meiner Gefährtin nehmen. Du bist stur, klug und immer darauf aus, mich zu provozieren. Du wirst eine fantastische Mutter und eine Ergänzung zum Clan sein. Mit dir an meiner Seite werde ich ein glücklicher Drachenmann sein. Die einzige Frage ist — willst du meinen Anspruch akzeptieren?"

Gina lächelte. „Schätze schon." Fergus knurrte, und Gina lachte. „Okay, ja, ich will. Wir wollen doch deinen Drachen nicht verärgern."

Fergus öffnete den Mund, um zu antworten, als Finn sie unterbrach: „Mach dasselbe, Gina. Und zwar schnell. Das muss erledigt werden."

Er musste seiner Menschenfrau hoch anerkennen, dass sie nur nickte. Er liebte es, dass sie sich auf das Wesentliche konzentrieren konnte, selbst wenn es bedeutete, einen Befehl entgegenzunehmen.

Gina drückte seine Hände und erklärte: „Ich möchte dich, Fergus, zu meinem Gefährten nehmen. Sicher, du bist heiß und muskulös, aber du bist so viel mehr als die äußere Verpackung. Du bist wirklich klug, loyal und netter als die meisten, die ich kenne. Um ehrlich zu sein, frage ich mich manchmal, ob du meine Gedanken lesen kannst, weil du so gut verstehst, was ich brauche. Ich denke auch, dass du jemanden wie mich brauchst, der dir hilft, dich zu entspannen, und dich hin und wieder zu einer Pause zwingt." Fraser schnaubte an seiner Seite, aber ein schneller finsterer Blick brachte seinen Bruder zum Schweigen. Gina fuhr fort: „Wir passen zusammen, und ich denke, ich muss nur wissen, ob du meinen Anspruch auf dich akzeptierst."

Fergus zog Gina sanft gegen sich. „Natürlich tue ich das, verdammte Frau."

Sie grinste ihn an, und Fergus beugte sich nach unten, um sie zu küssen. Er hatte kaum an ihrer Lippe geknabbert und seine Zunge in ihren Mund geschoben, als Finns Stimme wieder dröhnte. „Gut, es ist getan und bezeugt." Fergus unterbrach den Kuss. Er und Gina drehten sich zum Bildschirm. „Bram und ich werden sehen, was wir hier tun können. In der Zwischenzeit bleibt ihr im

Bunker. Ich weiß nicht, was sie geplant haben, und Grant beginnt gerade erst, die Teile zusammenzusetzen."

Fergus meldete sich zu Wort. „Lass mich dir helfen, Finn. Wenn ich mich per Mobiltelefon an einige meiner Kontakte in der Gegend wende, haben diese möglicherweise zusätzliche Informationen."

Finn nickte. „Aye, mach das. Aber bleib im Bunker und beschütze deine Gefährtin. Apropos Gefährtin, wo ist Arabella?"

Fraser antwortete: „Sie ruht sich in einem der hinteren Zimmer aus, während Holly, Mutter und Ross Wache halten. Ara hat sich heute zweimal übergeben und ist erschöpft."

In Finns Augen blitzte Sorge auf. „Ich möchte, dass ihr zwei Holly helft, nach ihr zu sehen."

Fergus antwortete: „Natürlich."

Finn klatschte in die Hände. „Brillant. Dann haltet durch, bis —"

Faye platzte in den Raum, ihr Gesicht vom Laufen gerötet. Sie bemerkte Finn auf dem Bildschirm. „Hallo, Cousin."

Bram ergriff schließlich das Wort. „Finn, bist du mit dem Familiengeschäft fertig? Evie wird unsere Hilfe brauchen, wenn wir die Zukunft des Menschen in Lochguard sichern wollen."

Fergus meldete sich zu Wort. „Warte, da ist noch etwas, das du hören musst, Finn."

Finn durchbohrte ihn mit einem Blick, aber Fergus zuckte nicht mal mit der Wimper. „Dann sag es, Fergus. Es gibt viel zu tun und nicht viel Zeit dafür."

Gina drückte seine Hand, um ihn zu ermutigen, und er erzählte von Travis' Wette und was der Bastard mit Gina und den anderen neun Frauen gemacht hatte.

Finn und Bram fluchten beide. Finn war der Erste, der sprach. „Es tut mir wirklich leid, dass du die schlimmste Drachenwandler-Art erleben musstest, Gina. Ich werde alles in meiner Macht Stehende tun, um sicherzustellen, dass BroadBay und besonders dieser Bastard dafür bezahlt."

Gina lehnte sich gegen Fergus. „Danke, Finn. Aber ich will nur dafür sorgen, dass Travis niemandem mehr wehtut."

Finn sah zwischen Fergus und Gina hin und her, bevor er fragte: „Noch etwas, das wir wissen müssen?"

Sobald Fergus den Kopf schüttelte, warf Finn Bram einen Blick zu. „Machen wir uns an die Arbeit."

Der Bildschirm wurde leer.

Fergus legte einen Arm um Ginas Taille und wartete, wer zuerst sprechen würde.

Faye betrachtete den Raum. „Was hab' ich verpasst?"

Zu einem späteren Zeitpunkt würde Fergus seine Schwester umarmen müssen, weil sie Ginas Vergangenheit nicht erwähnt hatte.

Fraser zwinkerte. „Oh, nichts Wichtiges. Nur, dass dein ältester Bruder sich gepaart hat."

Fayes Blick ging zu Fergus und Gina. „Was?"

Er zog Gina fester an sich und legte einen Arm um ihre Schulter. „Aye, du hast eine neue Schwester."

Faye grinste. „Ich freue mich so für euch beide!" Sie wandte sich den beiden Beschützern zu, die sich vorn um die Technik kümmerten. „Erzählt mir, was passiert ist."

Während Faye in ihre Arbeit vertieft war, massierte Fergus Ginas Arm und sagte leise: „Komm, Mädel. Wir könnten einen Moment allein gebrauchen."

Etwas piepte auf der vorderen Konsole, und eine Stimme kam über die Leitung: „Drachenverräter voraus. Bereitet euch auf einen Angriff vor."

Im nächsten Moment bebte der Boden unter ihnen, und Fergus verdrehte seinen Körper, um Gina zu beschützen, als sie zu Boden fielen.

Alles geschah in einem langen Augenblick. Der Boden zitterte, die Lichter flackerten, und sie fiel.

In letzter Sekunde bewegte Fergus seinen Körper, um die Hauptlast des Sturzes abzufangen, und Gina drehte sich, um nicht auf den Bauch zu fallen.

Trotzdem, als sie stürzten, vibrierte ein Schmerz von der Seite ihres Bauches, und sie schrie auf.

Fergus fragte: „Was ist los, Gina? Sag es mir!"

Ein weiterer Knall hinderte sie daran, etwas zu sagen. Faye und Fraser schrien im Hintergrund, aber sie konnte nicht verstehen, was.

Fergus drehte sie um, damit sie auf dem Boden lag, und beugte sich auf Händen und Knien über ihren Körper. „Gina, geht's dir gut?"

Sie atmete einmal tief ein und konzentrierte sich auf ihren Bauch und das Baby. Aber obwohl da ursprünglich Schmerzen gewesen waren, gab es unten links nur eine wunde Stelle. „Ich glaube schon. Ich habe mich wohl nur erschreckt."

Er beugte seinen Kopf hinunter. „Sei jetzt nicht so stark, Mädel. Wenn du irgendwo Schmerzen hast, sag es mir."

„Ich glaube, ich bin okay. Aber sobald wir wissen, was zum Teufel los ist, können wir Holly und den Arzt bitten, unseren Sohn und mich zu untersuchen, okay?"

Fergus starrte sie eine Sekunde an, bevor er sich zurücklehnte und ihre Hände nahm. Sobald er sie beide wieder aufrecht hatte, bellte er seine Schwester an: „Was ist los, Faye?"

„Gib mir eine verdammte Sekunde, Fergus", antwortete Faye, bevor sie das Sicherheitsvideo aufrief.

Der Bildschirm war kurz leer, bevor er eine Szene von Drachen zeigte, die über Lochguard-Land flogen, und einige warfen große Bündel ab. Sie sahen alle zu, wie eins fiel und beim Aufprall explodierte.

Das Blut wich aus Ginas Gesicht. „Warum bombardieren sie uns? Ist das nicht illegal?"

Faye antwortete: „Aye, das ist es." Sie machte etwas an den Kontrollen, und ein paar Sekunden später erschien Grants Bild. Faye fragte: „Wird das MDA helfen?"

Grant nickte. „Sie sehen sich die Aufnahmen an, aber es dauert noch fünfzehn Minuten, bis die ersten Hubschrauber landen."

Fergus fluchte. „Bis dahin haben wir vielleicht keinen Clan mehr."

Grant begegnete seinem Blick. „Ich habe bereits die Erlaubnis erhalten, zurückzuschlagen." Grants Augen wandten sich zu Faye. „Du musst ein Team mit dem Manöver führen, das wir geübt haben."

Fraser knurrte. „Faye wird hierbei verdammt nochmal nicht rausgehen. Sie kann kaum geradeaus fliegen."

Grants Stimme war wie Stahl. „Sie kann und sie wird."

Fraser öffnete seinen Mund, um zu antworten, aber Faye starrte ihren älteren Bruder finster an. „Wenn du mir überhaupt vertraust, Fraser, lass es gut sein. Jede Sekunde, die wir mit Streiten verbringen, ist eine weitere Sekunde, in der jemand sterben könnte."

Grant fügte hinzu: „Sie hat recht. Deine Schwester kann dieses Manöver fliegen. Du hast mein Wort dafür."

Faye ging zur Tür. „Ich brauche deine Erlaubnis ohnehin nicht. Kümmere dich um alle hier."

Faye ging, und alle Augen bewegten sich zum Bildschirm. Grant hob eine Braue. „Bleibt da. Wenn einer von euch versucht zu gehen, haben meine Männer dort die Erlaubnis, euch festzuhalten."

Der Bildschirm wurde leer, und im Raum wurde es still. Gina hob ihren Blick, um Fergus anzusehen. „Können wir irgendetwas tun, um zu helfen?"

Fergus drückte sie fester an seine Seite. „Aye, dableiben."

Fraser ging zu seinem Zwilling. „Das ist eine verdammt blöde Idee, Fergus. Wir sollten helfen."

Holly kam aus einem Seitenflur. Sie eilte an Frasers Seite und stieß ihn an. „Denk nicht einmal daran, da rauszugehen", warnte sie ihn. „Ihr hattet Glück beim Krankenhaus, aber das hier ist viel schlimmer."

Fraser fuhr sich mit einer Hand durchs Haar. „Aber ich kann nicht einfach nur hierbleiben und nichts tun, Honey. Jede Faser meines Wesens will sich dem Kampf anschließen."

Holly lehnte sich gegen ihren Gefährten. „Wir können etwas tun. Hol Dr. Innes und Layla ans Telefon. Wir können ein medizinisches Eingreifteam organisieren, damit wir sofort handeln können, sobald Grant und Faye sich um die Bedrohung gekümmert haben."

Fraser gab Holly einen kurzen Kuss. „Es gibt so viele Gründe, warum ich dich liebe, Mädel."

Holly küsste ihn erneut und stieß ihn dann zur Konsole. „Fang an. Ich werde erst mal sehen, wie es Gina geht."

Mit einem Nicken bellte Fraser Befehle, und die Männer vorn hörten zu.

Als von Sterben und Verletzungen die Rede war, vergrub Gina ihr Gesicht an Fergus' Seite. Es war sehr wahrscheinlich, dass das alles ihre Schuld war.

Fergus rieb ihren Rücken und flüsterte: „Selbst ohne dich hier hätte der Angriff früher oder später passieren müssen, Gina. Mach dir das Leben deswegen nicht so schwer."

Sie hob ihren Kopf. „Für dich ist es einfach, das zu sagen. Aber ohne die Amerikaner wäre der Angriff viel weniger stark."

Fergus nickte. „Aye, du hast vermutlich recht. Wenn Lochguard jedoch bei einer neuen Herausforderung zusammenbricht, dann sind wir es nicht wert, ein eigener Clan zu sein. Vertrau mir, Mädel. Wir haben Kriege, Räumungen und Attentate durchgemacht. Ein paar Yankees mit glänzendem Spielzeug werden uns nicht aufhalten."

Holly kam endlich zu ihnen. „Er hat recht, weißt du. Ich bin vielleicht kein Drachenwandler, aber Geschichten über Lochguards Überleben wurden über die Jahrhunderte weitergegeben, sogar in Aberdeen. Sie sind fast so wacker wie die menschlichen Highlander."

Fergus stöhnte. „Wir sind wackerer."

Holly verdrehte die Augen. „Ich werde Ja sagen, nur um die Debatte zu beenden." Sie sah Gina in die Augen. „Vertrau mir, Mädchen. Wenn Lochguard mich nach dem Kampf um das Krankenhaus in Elgin als eine der ihnen aufgenommen hat, dann werden sie dasselbe für dich tun. Der wahre Gefährte eines Drachen ist eine seltene Sache, und wenn einer im Clan seinen findet, arbeiten sie zusammen, um das Überleben ihres Clanmitglieds zu sichern."

„Wirklich?", fragte Gina.

Holly nickte. „Ja, aber es liegt an dir, dir danach ihren Respekt und ihr Vertrauen zu verdienen. Und irgendwie denke ich, dass du das gut machen wirst." Holly deutete auf ihren Bauch. „Darf ich dich untersuchen?"

Gina nickte. „Sicher."

Als Holly die Hände um ihren Bauch legte, hoffte Gina nur, dass die Frau recht hatte und Lochguard sie akzeptierte. Gina war sich nicht sicher, ob sie noch eine weitere Ablehnung durch die überlebte, die sie mittlerweile als Freunde betrachtete.

Fergus war hin- und hergerissen, seine Gefährtin zu trösten oder sich an Kontaktpersonen in der Gegend um Hilfe zu wenden. Aber so viel ihm auch an Gina lag, er konnte nicht tatenlos zusehen und nichts für seinen Clan tun.

Er küsste ihre Stirn und sagte: „Ich könnte Kontakte haben, die uns helfen können. Ist es in Ordnung, wenn ich dich vorerst bei Holly lasse?"

Gina hob ihr Kinn. „Natürlich. Mir wird es

schon gut gehen. Wenn du ihnen irgendwie helfen kannst, dann tu es, Fergus."

Er wollte ihr sagen, wie sehr er ihren Esprit, ihre Unterstützung und, zur Hölle, alles an ihr liebte. Aber es war nicht die richtige Zeit.

Sein Drache meldete sich zu Wort. *Beschütze den Clan, und wir können Gina in eines der Hinterzimmer bringen und ihr auf viele Arten zeigen, wie sehr wir sie lieben.*

Verdammtes Tier. Wir werden angegriffen und Gina ist gestürzt. Hör auf, mit deinem Schwanz zu denken.

Sein Drache schnaubte. *Das habe ich nie vorgeschlagen.*

Fergus ignorierte sein Tier, drückte Gina einen sanften Kuss auf die Lippen und ging nach vorn. Er fragte Fraser: „Hast du Dr. Innes kontaktiert?"

Sein Zwilling antwortete: „Er geht nicht ans Handy. Aber Layla stellt bereits ein Team zusammen. Sobald die Entwarnung kommt, helfe ich ihr, auf dem Luftweg verletzte Drachen in ihren provisorischen OP zu transportieren."

Fergus runzelte die Stirn. „Dass Innes nicht ans Telefon geht, bereitet mir Sorgen, Bruder."

„Mir auch. Aber wir sitzen hier fest, bis man sich um die Eindringlinge gekümmert hat. Layla wird versuchen, zu sehen, ob der Arzt von Stonefire kommen und helfen kann."

Fergus holte sein Handy heraus. „Ich könnte vielleicht auch helfen. Ich rufe in Seahaven an."

Fraser sah ihn schief an. „Bist du dir sicher, dass das eine gute Idee ist? Du hast erst in den letzten Monaten Kontakt zu ihnen aufgenommen. Sie sind immer noch sehr verbittert darüber, dass der frühere Anführer sie rausgeschmissen hat."

Seahaven war ein kleiner Clan ehemaliger Lochguard-Drachenwandler. Unter Duncan, dem Clan-Anführer vor Finn, wurde jedem, der einen menschlichen Gefährten hatte, gesagt, er solle gehen. Vor fünfzehn Jahren wurde ihnen ein kleines Stück Land zugeteilt, und sie lebten in Harmonie mit den Menschen vor Ort. Fergus hatte fast ein Jahr damit verbracht, den Anführer, Euan MacKay, dazu zu bringen, Lochguard zu besuchen. Obwohl es immer noch nicht geschehen war, nahm der Anführer nun zumindest Fergus' Anrufe entgegen.

Wenn er Glück hatte, konnte Euan ihnen bei dem Angriff und der Versorgung helfen.

Er wählte Euans Nummer und sagte zu seinem Bruder: „Ich werde es probieren."

Nach dreimaligem Klingeln füllte Euans Stimme die Leitung. „Fergus?"

„Hör zu, Euan, ich muss schnell machen. Du weißt es vielleicht oder auch nicht, aber Lochguard wird angegriffen."

Der Seahaven-Anführer schwieg eine Sekunde, bevor er antwortete: „Aye, ich weiß. Aber wenn du anrufst und uns um Hilfe bittest, lautet die Antwort Nein."

Sein Drache knurrte, und Fergus hielt sein Tier im Hinterkopf. „Ich bitte niemanden aus Seahaven, zu kämpfen, aber –"

Euan unterbrach ihn. „Hör zu, Junge, ich weiß, was du vorhast. Aber wir sind nur einen Bruchteil so groß wie Lochguard. Wenn eure Verräter hierherkommen, haben wir keine Chance. Ich habe eine Tochter zu beschützen."

Fergus hielt das Telefon fest und seine Stimme ruhig. „Lass mich ausreden, und dann kannst du immer noch ablehnen, ja? Ich möchte nur wissen, ob wir uns euren Arzt für ein paar Tage ausleihen können, wenn die Schlacht vorbei ist. Wir haben über den Austausch medizinischer Informationen gesprochen, und das wäre der perfekte Zeitpunkt, um das zu versuchen."

Fergus wartete auf eine Antwort. So sehr er dem Anführer auch sagen wollte, er solle sich verdammt nochmal beeilen, würde das Euan nur wegstoßen. Der Austausch medizinischer Behandlungsmethoden und Hilfe war einer der Punkte, an denen Fergus mit Seahaven gearbeitet hatte.

Euan antwortete endlich. „Lass mich mit Dr. Daniel Keith sprechen, und ich rufe zurück."

Die Leitung war tot, und Fergus nahm das Telefon herunter. Fraser verschwendete keine Zeit, sondern fragte: „Und? Hat der alte Euan dich abgewiesen?"

„Er hat nicht Ja, aber auch nicht Nein gesagt. Wir werden abwarten müssen." Fergus blickte auf den Bildschirm, der zeigte, wie Lochguards Drachen begannen, die Eindringlinge anzugreifen. „Und für mehr als Seahavens Antwort."

Fraser packte seine Schulter. „Aye, ich mache mir auch Sorgen um Faye. Aber sie ist da draußen, und wir können nichts tun, als an sie glauben."

Fergus seufzte. „So sehr es mich schmerzt, das zu sagen, aber du hast recht."

Fraser legte eine Hand ans Ohr. „Was war das? Ich habe dich nicht hören können."

Er knurrte. „Ich werde jetzt nach meiner Gefährtin sehen."

Fraser zwinkerte Fergus zu und wandte sich wieder dem Bedienfeld zu.

Kapitel Sechzehn

Faye MacKenzie streckte ihre Flügel ein letztes Mal aus und hielt ihre Muskeln für warm genug, um sie ohne Verletzungen zu benutzen. Oder zumindest ohne weitere Verletzungen.

Ihr Drache knurrte. *Es wird uns schon gut gehen. Lass uns die Bastarde erledigen und unserem Clan helfen.*

Das werden wir. Aber wenn wir nicht aufpassen, machen wir alle Monate harter Arbeit und Physiotherapie zunichte.

Du machst dir viel zu viele Sorgen. Unsere Muskeln sind warm. Gehen wir.

Als Faye über die hellblaue Haut ihrer Schulter blickte, berührte sie die eine Flügelspitze mit der anderen. Die Drachen hinter ihr folgten und bestätigten den Befehl zum Fliegen.

Sie stellte sicher, die Kunststoffkapseln in ihren vorderen Krallen fest-, aber nicht zu festzuhalten, um die Dichtung nicht zu brechen. Wenn etwas von dem Spezialpulver ihre Haut berührte, wäre das Spiel vorbei. Schlimmer noch, sie würde Grant im

Stich lassen. Nach seinem Glauben an sie und seiner Unterstützung würde sie lieber sterben, als zu scheitern.

Ihr Drache knurrte. *Dann versage nicht. Es ist ganz einfach.*

Faye ging in die Hocke und sprang in die Luft. Die ersten Schläge ihrer Flügel waren am härtesten, da die Knochen in ihrem rechten Flügel schmerzten. Aber sobald sie hoch genug war, um die Windströmungen auszunutzen, linderten sich der Schmerz und die Knoten, wo ihre Flügel auf ihre Schultern trafen.

Es war an der Zeit, den Clan zu schützen und die Eindringlinge auszuschalten.

Ihr Tier grunzte. *Ja, also beeil dich.*

Sie ignorierte ihren Drachen und nahm die Szene auf. Faye und ihr Drachen-Geschwader waren von einem versteckten Bereich hinter dem Land des Clans gestartet. Alle Anschläge schienen sich auf das Eingangstor und die wichtigsten Wohnbereiche zu konzentrieren, in denen Lochguards Beschützer den Clan verteidigen wollten.

Am Rande ihres Sichtfelds ließen ein paar andere Dracheneindringlinge ihre Bomben auf Bauwerke rund um den Clan fallen. Der Palas war bereits teilweise zerstört und immer noch unter Beschuss.

Faye erinnerte sich an all die Events und Feiern, die im Laufe der Jahre im Palas stattgefunden hatten, kniff ihre Augen zusammen und flog auf die Angreifer in der Nähe des Gebäudes zu.

Sie bemerkte kaum die Anspannung in ihren Rückenmuskeln, als sie schneller mit den Flügeln flatterte. Timing und das Überraschungsmoment waren die einzige Möglichkeit, wie das geheime Manöver funktionieren würde.

Kurz bevor ihr Drachen-Geschwader mit einer Gruppe von Feinden kollidierte, breiteten sich Faye und ihr Team aus, um eine Linie zu bilden. Als sie auf der Stelle schwebten, schrien die Feinde, und die Hälfte wandte sich Faye und ihren Leuten zu. Aber Faye blinzelte nicht; sie alle hielten die Linie. Es kam auf das Timing an.

Als sie die schwarzen geschlitzten Pupillen des Drachen auf sich zukommen sah, warf Faye eine ihrer Kapseln nach ihm. Aus dem Augenwinkel sah sie die anderen in ihrem Team dasselbe tun.

Das Plastik barst an der Haut des roten Drachen, und das Pulver im Inneren verstreute sich über die Schuppen des Angreifers. Der Eindringling sah unbeeindruckt aus und streckte seinen Unterarm aus, um anzugreifen, als er für eine Sekunde in seine menschliche Gestalt blitzte, dann wieder zum Drachen und wieder zum Menschen, während er in Richtung Boden stürzte.

Alle Drachen, die von den Kapseln getroffen wurden, zeigten die gleiche Reaktion; die kurze blitzartige Rückkehr in die Drachengestalt ermöglichte es jedem Zielobjekt, seinen Fall mit den Flügeln zu verlangsamen. Sie hätten verletzt werden können, wenn sie abstürzten, aber sie sollten es überleben.

Das modifizierte Gebräu aus Immergrün und Alraunwurzel funktionierte.

Nicht, dass Faye daran gezweifelt hätte. Schließlich war sie Teil der Testgruppe mit Grant und einigen anderen gewesen. Sie wusste aus erster Hand, dass es verdammt weh tat, zwischen den Gestalten zu wechseln. Es war, als würden Knochen und Haut gestreckt und dann zusammengerammt, wobei sich der Zyklus alle zehn bis fünfzehn Minuten wiederholte.

Ihr Tier knurrte. *Hör auf zu trödeln. Es ist an der Zeit, die anderen auszuschalten.*

Faye wandte sich wieder ihrer Aufgabe zu und tauchte auf eine andere Gruppe von Feinden hinunter, die Bomben auf den Palas warfen. Sie ließ ihre zweite Kapsel los, bevor sie im letzten Moment hochzog. Die Kapsel zerbrach, und bald kam es erneut zum Blitzen zwischen den Gestalten.

Faye wartete darauf, wie die anderen Eindringlinge reagieren würden, bevor sie sich zum Rückzug und Nachladen entschied.

Die Angreifer, die weiter weg waren, begriffen schließlich, was passierte. Die Anführer gaben das Signal zum Rückzug und drehten um. Als sie flohen, verfolgten Grant und sein Beschützergeschwader sie.

Sie hatte schon immer gern gesehen, wie eine Gruppe von Drachen beharrlich ihre Flügel schlugen, während sie in ihren Übungsmanövern tauchten und aufstiegen. Als sie Chefbeschützerin gewesen war, hatten Übungen oberste Priorität gehabt. Natürlich war ihr die Rolle genommen worden, als sie verletzt wurde und nicht in der Lage war zu führen. Grant McFarland hatte ihren Platz eingenommen.

Noch vor einigen Monaten hätte Faye vor Neid gebrannt, dass Grant ihre Rolle wahrnahm und den Clan schützte. Aber als sie die Gestalt seines davonfliegenden grünen Drachen sah, bewunderte sie seine Stärke, als er einem der Eindringlinge den Weg abschnitt und den Feind gegen einen Baum schmetterte. Er war nicht mehr der junge Mann, der alles in seiner Macht Stehende tat, um sie schlechtzumachen oder zu unterwandern.

Grants Glaube an sie nach ihrer Verletzung hatte die Lage zwischen ihnen verändert.

Ihr Tier schnaubte. *Ich verstehe nicht, warum. Sein Drache ist zu großspurig.*

Das sagst du, und dennoch forderst du ihn bei jeder Gelegenheit heraus. Du bist wie ein Schulkind, das auf dem Spielplatz andere provoziert.

Bin ich nicht. Geh und sichere die Verräter.

Zufrieden, dass sie gegen ihr Tier gewonnen hatte, tauchte Faye auf die blitzenden Dracheneindringlinge auf dem Boden zu. Ein paar von Lochguards Beschützern waren bereits dort, um sie zu sichern.

Sie landete an einem großen offenen Platz in der Nähe und stellte sich vor, wie ihre Flügel in ihren Rücken schrumpften, ihre Schnauze sich in ihre Nase verwandelte und ihre Schuppen in Haut. Faye ignorierte die kalte Januarluft und fing an, Befehle zu bellen. Sie würde lieber an Unterkühlung sterben, als einen der Eindringlinge entkommen zu lassen. Grant und der Clan zählten auf sie.

Wenn sie etwas in der Sache zu sagen hätte, würde Faye MacKenzie weder sie noch sich je wieder im Stich lassen. Es war ein neues Jahr, und sie war bereit, wieder die Kontrolle über ihr Leben zu übernehmen.

Gina überlegte, ob sie sich im Kommandoraum des Bunkers setzen sollte, als Fraser schrie: „Verdammt nochmal! Seht euch Faye an!"

Auch wenn Gina nicht viele Wandler in ihren Drachengestalten identifizieren konnte, beobachtete sie die Gruppe der Drachen, als die etwas auf die Eindringlinge warfen. Innerhalb von Sekunden blitzten sie von Drachen zu Menschen und wieder zurück. „Was passiert da?"

Fergus strich an ihren Armen hinauf und hinab. „Das ist eine neue Sache, an der Faye und Grant gearbeitet haben. Eine Kombination aus Immergrün- und Alraunwurzel, die einen Drachenwandler zum Zurückwandeln zwingt."

Sie lehnte sich gegen Fergus. „Natürlich wusstest du davon. Du scheinst alles zu wissen."

Fergus schmunzelte. „Ich wäre vorsichtig mit

diesen Worten, Mädel, sonst wird mein Drache übermütig."

Sie gab ihm einen Klaps auf den Bauch. „Du weißt, was ich meine. Aber warum blitzen sie? Ich dachte, das Spezialpulver verhinderte tagelang das Wandeln."

Fergus legte einen Finger unter ihr Kinn und hob ihren Kopf, bis sie ihm in die Augen sah. „Und woher weißt du das?"

Noch vor einer Woche hätte Gina gezögert. Aber nicht mehr. Fergus war ihr Gefährte, und sie musste ihm vertrauen. „Ich habe möglicherweise meine eigene Ampulle als Schutzmaßnahme gekauft."

Einer von Fergus' Mundwinkeln zuckte nach oben. „So wolltest du mich also aufhalten."

„Hey, weis' mich nicht einfach so zurück. Du solltest deine jüngeren Beschützer besser trainieren. Einer von ihnen hat mich es direkt nach Lochguard tragen lassen. Ich musste nur sagen, dass es sich um eine spezielle Tee-Mischung für die Schwangerschaft handelt."

Fergus runzelte die Stirn. „Ich werde später mit Grant reden müssen. Seine Beschützer sollten es besser wissen, als auf den Charme eines schönen Mädels hereinzufallen."

Bevor Gina sich überlegen konnte, wie sie auf Fergus' Kompliment reagieren sollte, füllte Frasers Stimme den Raum. „Haltet die Klappe, ihr zwei! Da kommt ein Videoanruf von Stonefire."

Finns und Brams Gesichter erschienen auf dem

Bildschirm. Finn sprach ohne lange Vorrede. „Da Faye und Grant anderweitig beschäftigt sind, brauche ich euch, um die Aufräumarbeiten zu koordinieren."

Fergus fragte: „Wir haben zwar die Aufnahmen gesehen, aber wir konnten nicht alles sehen. Seid ihr sicher, dass es in der Nähe keine Drachen mit Bomben mehr gibt?"

„Aye", antwortete Finn. „Iris hat die Umgebung unter Kontrolle, und das MDA arbeitet bereits mit ihr zusammen, um alle Bedrohungen innerhalb eines 10-Meilen-Radius um Lochguard zu beseitigen. Ich weiß, dass solche Übungen nicht zu euren üblichen Pflichten gehören, aber ich vertraue euch beiden. Und jetzt muss ich vorsichtig sein, wem ich vertraue."

Gina platzte heraus: „Warum?"

Finn zögerte nicht. „Sie kannten unseren Standort und unsere Schwachstellen ein wenig zu gut. Die Lagerhäuser sind neu, und ich glaube, dass jemand Informationen weitergibt."

Bram murmelte an seiner Seite: „Immer die verdammten Verräter in unserer Mitte."

Finn sah Bram an. „Aber nicht mehr lange." Sie begegnete wieder Fergus' Blick. „Sobald alle Verletzten oder Obdachlosen versorgt sind, möchte ich, dass ihr eine Liste derjenigen erstellt, die den Clan niemals verraten würden." Finn winkte den beiden Drachenwandlern zu, die die Konsole bedienten. „Ian und Emma MacAllister habe ich selbst zusammen mit Grant ausgesucht. Jeder, der gerade in diesem Bunker ist, ist überprüft. Je eher du eine Liste zusammenstellen kannst, Fergus, desto besser."

Gina sah ihren Gefährten an, und er nickte. „Wird erledigt."

Finn seufzte. „Gut, dann muss ich mich wieder mit dem MDA auseinandersetzen. „Bin gleich zurück."

Der Bildschirm wurde schwarz.

Ohne nachzudenken, flüsterte Gina: „Finn vertraut mir."

Fergus drückte sanft ihre Schultern. „Es scheint so, nicht dass ich überrascht bin."

Sie wollte nichts mehr, als sich gegen Fergus zu lehnen und in der Sicherheit seiner Arme zu schwelgen. Aber das in diesem Moment zu tun, wäre egoistisch. Mit großer Anstrengung lehnte sie sich zurück, bis Fergus sie freiließ. „Geh und hilf deinem Bruder."

Er streichelte sanft ihre Wange mit der Rückseite seiner Finger. „Bist du sicher, Mädel?"

Gina richtete sich weiter auf und deutete nach vorn. „Geh und hilf dem Clan. Ich sollte ohnehin nach Arabella und deine Mutter sehen."

Fergus sah aus, als wollte er etwas sagen, aber stattdessen beugte er sich vor und küsste sie. Als er sich zurückzog, sagte er: „Ich komme zu dir, sobald ich fertig bin."

Sie blickten einander in die Augen, und Ginas Herz erwärmte sich. Es war ihr nicht egal, dass sein Bruder zuhörte, und sie sagte: „Ich bin froh, dass du an dem Tag heruntergekommen bist, um nach mir zu sehen. Wenn ich noch im Cottage meiner Großmutter wohnte, wäre ich vielleicht gefangen genommen werden oder Schlimmeres."

Fergus' Pupillen wurden zu Schlitzen und wieder rund. „Aber du lebst, und du bist meine Gefährtin. Jeder, der versucht, dich zu entführen, wird sich dem kollektiven Zorn von Lochguard stellen müssen. Zweifle nie daran, Gina MacDonald."

„Nach dem heutigen Tag glaube ich dir."

Er lächelte. „Hartnäckige Frau." Er gab ihr einen weiteren schnellen Kuss und fügte hinzu: „Ich sollte meinem Zwilling helfen. Geh zu Ara. Sie ist wahrscheinlich mittlerweile vom Geschwätz meiner Mutter gelangweilt."

Mit einem Nicken ging Gina Richtung Korridor. „Und ich das deiner Mum gegenüber erwähnen."

Fergus knurrte, und Gina lachte. Da sie ihren Drachenmann nicht länger aufhalten wollte, stürzte sie den Flur hinunter bis zur einzigen Tür, die nicht geöffnet war. Sie klopfte. Ein gedämpftes „Herein" schaffte es durch die Tür, und Gina trat ein.

Drinnen saß Arabella aufrecht im einzigen Bett und beobachtete Lorna und Ross. Das Paar bemerkte Gina nicht einmal, als sie in der Tür stand.

Lorna runzelte die Stirn. „Du versuchst, diesen Bunker zu verlassen, und ich ziehe deinen Arsch zurück in diesen Raum und binde dich an den Stuhl."

Ross machte einen Schritt auf Lorna zu. „Ich bin kein Invalide und möchte helfen."

„Du hast die Behandlung erst vor ein paar Wochen beendet. Sei nicht albern, Ross. Du bleibst."

„Ich bin vier Jahre älter als du, Lorna MacKenzie. Du solltest auf die Älteren hören. Ich gehe."

Lorna schnaubte. „Leere Drohungen, Mensch. Ich mag ja eine Frau sein, aber selbst eine Drachenwandlerfrau ist stärker als ein menschlicher Mann."

Ross bedeutete Lorna vorzutreten und antwortete: „Dann stell dich mir, Frau."

Arabella traf auf Ginas Blick und verdrehte die Augen. Anscheinend hatte sie versucht, sie aufzuhalten – ohne Erfolg.

Als Lorna sich darauf vorbereitete, Ross anzugreifen, stürzte Gina zwischen sie und hielt ihre Hände hoch. Glücklicherweise blinzelten sie und versuchten nicht, eine hochschwangere Frau umzurennen. Gina zeigte auf die eine und dann den anderen. „Hört auf. Finn hat uns befohlen, hierzubleiben. Werdet ihr ihn wirklich missachten?"

Lorna verschränkte die Arme vor der Brust. „Erzähl das dem Menschen. Er ist derjenige, der gehen will."

Ross knurrte. „Ich war als junger Mann Freiwilliger bei der Feuerwehr, als ich noch auf dem

Land gelebt habe, bevor ich nach Aberdeen zog. Ich kann helfen."

Gina warf ein: „Wie wäre es damit? Wenn Finn das nächste Mal die Basis kontaktiert, kannst du ihn fragen, ob du helfen kannst."

Ross runzelte die Stirn. „Gibt es nichts, was ich jetzt tun kann? Ich mag es nicht, im Bunker zu hocken."

Lorna verdrehte die Augen. „Du bist fünfundsechzig, Ross, kein junger Mann."

Gina meldete sich erneut zu Wort. „Ross, wie wäre es, wenn du rausgehst und nachsiehst, ob Fergus, Fraser und Holly deine Hilfe brauchen? Sie koordinieren die Aufräum- und Ärzteteams. Ich bin sicher, dass sie etwas für dich zu tun haben, wenn du fragst."

Ross grunzte. „Solange sie mich nicht als alten Mann wegschicken, wie Lorna es tut."

Lorna ging zu Ross. „Es ist nichts dagegen zu sagen, dein Alter einzugestehen –"

„Spar dir das, Lorna. Wir können das später besprechen", antwortete Ross, bevor er zur Tür ging. „Aber du hast mein Wort, dass ich nicht versuchen werde zu gehen, bis Finn mir die Erlaubnis erteilt."

Und damit verschwand er.

Arabella seufzte. „Ich dachte schon, sie würden nie aufhören. Danke, dass du mir zu Hilfe geeilt bist, Gina."

Lorna schnaubte. „Ich lasse dir das durchgehen, da dir heute so übel war. Außerdem ist es nicht meine Schuld. Dieser verdammte Mann lebt dafür, mir auf die Nerven zu gehen."

Gina kämpfte gegen ein Lächeln. „Ich bin mir sicher, dass ihr euch noch viele Jahre lang gegenseitig reizen werdet."

Lorna wedelte mit einer Hand. „Lass gut sein, Kind. Ich bin nicht in der Stimmung, mich mit deinen Scherzen abzugeben. Erzähl uns alles, was Finn gesagt hat."

Gina sah Arabella an. „Er hat dich nicht angerufen?"

Arabella antwortete: „Ich habe einen sehr kurzen Anruf erhalten, weil er hören wollte, ob es mir gut geht, aber das war's."

Gina grunzte. „Das ist nicht sehr hingebungsvoll von ihm, wenn man bedenkt, wie übel dir war."

Arabella zuckte mit den Schultern. „Er ist der Clanführer. Wenn er sich nur hingebungsvoll um mich kümmerte, dann wäre Lochguard anfällig für Angriffe und möglicherweise schon ausgerottet." Sie klopfte auf einen leeren Platz auf dem Bett neben sich. „Komm und setz dich, Gina. Du bist blass, und mir gefällt das nicht."

Das Adrenalin vom Angriff war gesunken, nicht dass Gina es zugegeben hätte. Denn wer wusste, wie viele Lochguard-Clan-Mitglieder verletzt worden waren oder Schlimmeres, und das lag zum Teil an ihrer Anwesenheit hier.

Sie musste jedoch gesund bleiben, um ihres Sohnes willen. Sie war heute schon einmal umgekippt; das musste sie nicht noch einmal tun.

Gina ging zum Bett und setzte sich. „Finn hat nicht viel gesagt, fürchte ich. Aber du hättest Faye sehen sollen."

Gina erklärte Fayes Kampfhandlungen, und Lorna meldete sich: „Ich möchte glauben, dass Faye mutig und wieder ganz dabei ist, aber ich mag dennoch nicht, dass sie da draußen ist und kämpft."

Arabella sah Lorna an. „Faye ist clever. Sie hätte den Clan nie riskiert, wenn sie nicht bereit gewesen wäre."

Lorna seufzte. „Ich weiß. Aber sie ist immer noch mein kleines Mädchen, und ich will nur, dass sie sicher ist."

Gina nickte. „Ich weiß, aber es wird ihr gut gehen." Sie hielt inne und fügte dann hinzu: „Oh, und ich habe vergessen, euch zu erzählen: Fergus und ich sind jetzt Gefährten."

„Was?", wollten beide Frauen gleichzeitig wissen.

Für den Bruchteil einer Sekunde trübten Zweifel ihr Herz. Gina schluckte sie herunter und richtete sich auf. „Das sind wir. Und auch wenn ihr mich noch nicht lange kennt, werde ich mich um ihn kümmern."

Lorna schnaubte. „Fergus kümmert sich um sich und alle anderen, seit er laufen kann."

Gina runzelte die Stirn. „Du weißt, was ich meine. Ich kümmere mich um ihn und er sich um mich."

Lorna musterte sie und sagte: „Aye, und ich wette, es ist mehr als nur Fürsorge."

Während Gina versuchte, sich etwas einfallen zu lassen, wie sie darauf reagieren sollte, röteten sich ihre Wangen. Ihr lag etwas an Fergus, wirklich. Aber es war nur etwas mehr als eine Woche. Auf keinen Fall hatte sich schon in ihn verliebt. Sicher, sie war dabei, aber sie hatten noch so viel über einander zu lernen.

Sie zermarterte sich noch das Hirn, wie sie antworten sollte, als Schmerzen durch ihren Bauch rissen. Sie schrie auf und schloss die Augen.

Lornas beruhigende Hände landeten auf ihren Schultern. „Was ist los, Mädchen? Sag es mir!"

Gina biss die Zähne gegen den Schmerz zusammen und brachte keine Antwort heraus. In diesem Moment brach ihr Wasser.

Kapitel Siebzehn

Sobald Fergus Ross in seine Rolle eingewiesen hatte, die Verletzten im Auge zu behalten, nahm er sein Handy und wählte Euan MacKays Nummer. Dr. Innes war unter einigen Ziegeln verschüttet gefunden worden, wo er ein Kind abgeschirmt hatte. Der Arzt war am Leben, aber bewusstlos. Cassidy Jackson von Stonefire kam, aber Lochguard brauchte auch Hilfe vom Clan Seahaven.

Euan ging endlich ran. „Fergus, ich rede hier immer noch mit meinem Arzt."

Fergus entschied, dass die Zeit für gegenseitige Höflichkeiten vorbei war. „Schau, Euan, unser Chefarzt ist verletzt und unser AIPler ist überfordert. Wenn es jemals eine Zeit gab, in der wir eure Hilfe brauchten, dann jetzt."

Euan hielt eine Sekunde inne und fragte: „Und was sagt Finn dazu?"

„Er hat mir die volle Kontrolle über die

Beziehungen zu Seahaven gegeben. Das ist mein Einsatz. Wenn was schiefgeht, liegt die Verantwortung bei mir."

„Gib mir eine Sekunde." Die Leitung wurde etwa dreißig Sekunden lang still, bevor Euans Stimme wieder zu hören war. „Daniel Keith wird kommen, vorausgesetzt, er kehrt morgen zurück."

Fergus würde nehmen, was er bekommen konnte. „Abgemacht."

„Gut, er wird zu euch fliegen. Ich schicke ein Bild von seinem Drachen, damit eure Beschützer wissen, auf wen sie achten müssen."

Fergus sollte es nicht ansprechen, aber seine Neugier siegte. „Warum hast du es dir anders überlegt?"

„Daniel ist ein entfernter Cousin von Gregor Innes. Unabhängig von der Vergangenheit kann er der Familie nicht den Rücken kehren, egal, ob andere es getan haben."

Euans Worte waren eine deutliche Erinnerung an Lochgards früheren Anführer und dessen harsche Erlasse an diejenigen mit menschlichen Gefährten oder unmittelbare Verwandte mit menschlichen Gefährten. „Danke, Euan. Ich bin sicher, dass dies der erste Schritt zur Verbesserung unserer Beziehungen sein wird."

„Darauf würde ich nicht wetten", murmelte Euan, bevor die Leitung tot war.

Fergus sah Fraser an. „Es hat funktioniert. Daniel Keith von Seahaven kommt. Euan schickt uns ein Bild von ihm, damit wir wissen, dass es kein weiterer Verräter ist."

Fraser klopfte ihm auf die Schulter. „Deine Geduld und dein diplomatischer Mist haben auch ihre Vorteile."

„Fraser, ich möchte dich daran erinnern, wie oft meine ‚Geduld und mein diplomatischer Mist' dir den Arsch gerettet haben."

Fraser öffnete den Mund, um zu antworten, als Lorna in den Raum gerannt kam und Hollys Hand ergriff. „Komm, mein Kind. Wir brauchen deine Hilfe."

Holly runzelte die Stirn. „Was ist los?"

Lorna sah Fergus in die Augen. „Gina ist in den Wehen."

Fergus' Drache erwachte aus seinem Schlummer und brüllte. *Sie braucht unsere Hilfe!*

Fraser meldete sich zu Wort. „Geh, Fergus. Mit Ross hier können wir alles gut koordinieren."

Er sah seinen Bruder an. „Danke, Fraser."

Ohne abzuwarten, was sein Zwilling sagte, stürzte Fergus den Flur hinunter und folgte Holly und seiner Mum in den anderen Raum. Gina lag mit geschlossenen Augen auf einem Bett; Arabella hielt ihre Hand am Bettrand.

Fergus versuchte, Gina zu erreichen, doch Holly winkte ihn weg. „Ich weiß, dass du besorgt bist, aber ich muss sie zuerst sehen. Sprich mit ihr. Das wird helfen."

„Gina, Mädel." Seine Gefährtin öffnete die Augen, und sein Drache brüllte über den Schmerz, den er dort sah. „Dein Kleines hat ein tadelloses Timing, das muss man ihm lassen."

„Jetzt ist nicht die Zeit, mich zu aufzuziehen, Fergus MacKenzie. Auch wenn es nicht dein Sperma ist, das unseren Sohn gezeugt hat, werde ich dich trotzdem für ihn verantwortlich machen."

Sowohl Mensch als auch Tier richteten sich bei der Bemerkung weiter auf. „Dann gib alles, Mädel. Ich werde schon damit fertig." Gina hob ihren Mittelfinger, und er schmunzelte. „Ich bin mir nicht sicher, ob das das Erste ist, was der Kleine auf dem Weg nach draußen sehen sollte."

Arabella ließ Ginas Hand frei und stand auf. „Setz dich, Fergus." Er zögerte, denn er wollte Arabella nicht den Platz wegnehmen. Sie verdrehte die Augen und zeigte hinter ihn. „Ich kann da drüben sitzen. Wird das deine schützende männliche Natur beruhigen?"

Er grunzte, und Arabella eilte davon. Nicht, dass er dem Mädchen einen Vorwurf hätte machen können – sie würde das hier Ende des Jahres selbst durchmachen müssen, aber dreimal. Ginas Schmerz erinnerte sie sicher nur an das, was kommen sollte.

Wenigstens war Arabella eine Drachenwandlerin und sollte es leichter haben. Wenn Menschen ein Drachenwandlerkind trugen, konnte alles gut laufen oder fatal enden.

Sein Drache meldete sich. *Es wird ihr gut gehen. Gina ist jung und stark.*

Das Alter macht im Vergleich zur Genetik wenig Unterschied.

Sein Tier schnaubte. *Hör einmal auf, so rational zu sein, und denk' positiv. Gina wird dein Unbehagen und deinen Zweifel spüren, was die Situation verschlimmern könnte.*

Fergus musste zugeben, dass sein Drache recht hatte, nahm er den Platz ein und ergriff Ginas Hand. Die andere Hand nutzte er, um ihre Stirn zu streicheln. Obwohl er seine Gefährtin ansah, richtete sich seine Frage an Holly. „Wie weit ist sie, Holly?"

Sie antwortete: „Da wir nicht über genügend Ressourcen verfügen: Weiter, als ich es mir wünschte. Aber wir werden das Beste daraus machen."

Fergus versuchte, sich nicht auf Hollys Kommentar „nicht genügend Ressourcen" zu haben zu konzentrieren. Stattdessen küsste er Ginas Handrücken und wollte seine Kraft in seine Frau fließen lassen.

Gina lächelte ihn an. „Versprich mir, dass du bei mir bleibst."

Er nickte. „Wilde Hunde könnten mich nicht hier wegbekommen."

Sie lachte halb. „Ich sage immer noch, dass ich diese Theorie testen muss."

Fergus öffnete den Mund, um zu antworten, aber eine Kontraktion ergoss sich über seine Gefährtin. Gina packte seine Hand, während sie knurrte. Es war wieder typisch für sein hartnäckiges Mädel, nicht vor Schmerz zu schreien.

Als es vorüber war und Ginas Körper sich

entspannte, warf Fergus einen Blick auf Holly. Für Fremde war ihr Gesicht ruhig und gefasst. Fergus sah jedoch, dass ihre Augenwinkel verkrampft waren, was ihre Sorge signalisierte.

Er überlegte, wie er das Thema ansprechen konnte, ohne Gina Angst zu machen. Doch sein Mädel sprach zuerst. „Warum sagst du es mir nicht, Holly? Ich spüre, dass dich etwas belastet."

Fergus zwang seinen Blick auf die Gefährtin seines Bruders, als sie antwortete: „Die Geburt könnte schwierig sein, wenn die Hormonspiegel deines Drachenwandlers ansteigen oder dein Blutdruck zu hoch wird. Die Schwierigkeit wird darin bestehen, dich hier zu überwachen, anstatt auf einer Krankenstation."

Lorna meldete sich hinter Fergus zu Wort. „Gibt es hier nichts, was wir nutzen können? Ich weiß, dass der Bunker noch nicht ganz fertig war, aber es gibt sicher Vorräte, die irgendwo verstaut sind."

Holly nickte. „Fraser erwähnte, dass sie letzte Woche mit der Bevorratung begonnen haben. Wenn wir Glück haben, haben sie zuerst mit der medizinischen Versorgung begonnen." Holly sah Lorna an. „Kannst du herausfinden, was wir hier haben? Fraser sollte wissen, wo sich alles befindet. Es sollte ein oder zwei Kisten mit der Aufschrift ‚Entbindungskit' geben. Wenn ja, bring sie her."

„Aye, ich werde es herausfinden", antwortete Lorna, bevor sie den Raum verließ.

Nach einer kurzen Stille füllte Ginas Stimme den Raum, und Fergus konzentrierte sich wieder auf seine Gefährtin. „Fergus, erzähl mir eine deiner Geschichten darüber, wie du und Fraser in Schwierigkeiten geraten seid. Ich könnte eine Ablenkung vertragen."

Ohne zu zögern, drückte er vorsichtig Ginas Hand. „Aye, das kann ich tun. Habe ich dir erzählt, wie ich Fraser bei der Erstellung einer Nessie-Sichtung geholfen habe?"

Sie lächelte. „Nein. Erzähl mir alles."

Während er die Geschichte aus seinen späten Teenagerjahren wiedergab, wünschte sich Fergus heimlich von ganzem Herzen, seine Gefährtin würde die Geburt trotz der nicht perfekten Bedingungen überleben. Da Dr. Innes bewusstlos war und Layla nach dem Rest von Lochguard sah, hatte Gina vielleicht keinen Arzt zur Hand, der half, wenn etwas schiefging. Holly war eine verdammt gute Hebamme, aber sie könnte Gina nicht allein retten.

Er hielt die Hände seiner Gefährtin fester und verdrängte seine Sorgen. Sein stures Mädel und sein Sohn würden das durchziehen. Sie mussten es.

Dr. Cassidy Jackson ballte ihre Finger, als der MDA-Hubschrauber auf Lochguards Land zusteuerte.

Sie hasste das Fliegen.

Manche mochten es bei einer Drachenwandlerin für seltsam halten, aber Sids Drache war während ihrer Jugendzeit still geworden. Das Fliegen erinnerte sie nur daran, was sie nie allein tun könnte. Darüber hinaus war sie einer riesigen Maschine ausgeliefert.

Beide Gründe ließen ihr Herz klopfen und die Handflächen schwitzen.

Doch als sie sich Lochguards Landeplatz näherten, vertrieb der in den Himmel steigende Rauch ihre Vergangenheit und Ängste. Der schottische Clan brauchte ihre Hilfe, und sie wollte sie ihnen geben. Obwohl sie Dr. Gregor Innes nie persönlich getroffen hatte, war sein Ruf als guter Arzt, der sich seinem Clan hingebungsvoll widmete, bekannt. Es war Sids Pflicht, während seiner Genesung zu helfen; sie könnte eines Tages denselben Gefallen brauchen.

Der Hubschrauber schwebte etwa eine Minute lang, bevor er sich in ein kleineres Landegebiet zurückzog, das sich weiter innerhalb der Grenzen des Clans befand. In der Sekunde, als er den Boden berührte, stieß Sid einen Atem aus. Wenn es Zeit war, nach Stonefire zurückzukehren, würde Sid mit dem Auto nach Hause fahren.

Die Seitentür öffnete sich. Sid schnallte sich ab, nahm ihren Arztkoffer und sprang heraus. Sie bewegte sich schnell weg von den wirbelnden Rotorblättern hin zu einer Drachenwandlerin mit schwarzem Haar, braunen Augen und getöntem Teint. Die Frau hatte Sid vorhin kurz angerufen. Layla MacFie war Lochguards Ärztin im Praktikum.

Die Ärztin wies auf ein provisorisches OP-Zelt

in der Nähe. „Hier lang. Sie müssen sich um das Zelt kümmern und nach Gregor sehen."

Sid konnte leicht auf Arbeitsmodus schalten. „Wie viele sind verletzt?"

„Etwa fünfzig. Das einzig Gute ist, dass es nur zwei Tote gab."

Die beiden Frauen näherten sich dem größten von zwei Zelten, und Layla ging voraus. Sie fuhr fort: „In dem anderen Zelt sind diejenigen, die in Drachengestalt verletzt wurden. Es sind nicht so viele, die meisten hat es in menschlicher Gestalt erwischt. Wenn du mit diesem Zelt zurechtkommst, werde ich mich um die Drachen kümmern."

Sid spürte, dass Layla ihre Gefühle mit der Aufteilung der Aufgaben schonen wollte. Aber als sie die blutenden und stöhnenden Menschen im Zelt sah, vergaß sie alles, außer, sich um den Schmerz zu kümmern. „Stell mich nur den Pflegern vor, und sie können mir dann alles zeigen."

Layla nahm ein Funkgerät und drückte die seitliche Taste. „Dr. Jackson ist hier."

Sid schüttelte den Kopf. „Jeder nennt mich Dr. Sid."

„Dann also Dr. Sid." Zwei Frauen und drei Männer mit zerzausten Haaren näherten sich ihnen. Zwei von ihnen hatten eine Menge Blut auf ihren Oberteilen. Als sie nahe genug waren, deutete Layla auf Sid. „Das ist Dr. Sid. Helft ihr, sich hier zurechtzufinden. Ich übertrage es euch, sich um sie zu kümmern."

Ein Mann nickte und antwortete: „Wir werden

zurechtkommen, Layla. Geh. Ich weiß, dass du eine Operation durchführen musst."

Holly strich sich eine dunkle Haarsträhne hinters Ohr. „Gut, dann. Ich seh' nach dir, wenn ich fertig bin."

Sid deutete auf die Tür. „Geh. Ich komme schon klar."

Als die junge Frau das Zelt verließ, wandte sich Sid an die fünf Pfleger. „Ist die Prüfung abgeschlossen?" Derselbe Mann von vorher nickte. Sid fuhr fort: „Gut, lasst mich schnell nach Dr. Innes sehen, und dann arbeiten wir die Liste ab. Es sei denn, jemandes Leben hängt nur noch an einem seidenen Faden?"

Derselbe Mann schüttelte den Kopf. „Nein. Layla hat sich schon darum gekümmert. Wir haben hauptsächlich Verbrennungen, Schürfwunden und gebrochene Knochen, die einen Gips brauchen. Und ein paar Panikattacken."

„Gut. Wie heißt du?", fragte Sid.

„Logan Lamont."

„Okay, Logan. Du bringst mich zu Innes, und der Rest von euch geht zurück an die Arbeit. Zögert nicht, zu schreien, wenn irgendwas schiefgeht."

Logan reichte ihr ein Ersatzfunkgerät. „Das ist für dich. Sie sind einfacher als Mobiltelefone."

Sid nahm es, und die vier anderen Pfleger stürzten zurück zu ihren Abschnitten des Zeltes. Als Sid und Logan nach hinten gingen, sah sie den jüngeren Mann an. „Wer waren die Opfer?"

Logans Gesicht wurde finster. „Eine Mutter und

ihr Kind. Eine Bombe hat ihr Haus getroffen, bevor sie fliehen konnten. Die einzig gute Nachricht ist, dass der Vater und die andere Tochter draußen waren, als es passierte."

Die Erwähnung der Familientragödie weckte eine Erinnerung an Sids eigene Vergangenheit. Aber sie ignorierte sie. „Es ist selten, dass eine Familie zwei weibliche Kinder hat."

„Aye, aber die Innes' haben eine seltene Erfolgsbilanz, der zufolge mehr Frauen als Männer geboren wurden."

Sid strauchelte. „Innes?"

Logan streckte eine Hand aus. „Nein, Gregor hat nie eine andere Gefährtin gefunden, geschweige denn ein Kind bekommen. Aber seine Schwester und ihr jüngstes Kind waren es, die ums Leben gekommen sind."

Sid hatte sich mit reichlich vielen Tragödien auseinandergesetzt. Vom Verlust von Menschen, die bei der Geburt von Drachenwandler-Babys starben, bis hin zu leichtsinnigen Teenagern, die von Drachenjägern gefoltert wurden; Sid hatte alles gesehen.

Aber Gregor Innes' Vergangenheit war in der medizinischen Gemeinschaft der Drachenwandler wegen seiner einjährigen Freistellung vor mehr als einem Jahrzehnt bekannt. Der Mann hatte seine Frau bei der Entbindung verloren, und es hatte ein Jahr gedauert, bis er die Kontrolle über seinen Drachen wiedererlangt hatte.

Sid atmete tief durch und erinnerte sich an ihre

jahrelange Ausbildung und Arbeit als Ärztin. Sie musste um ihrer Patienten willen ruhig und gefasst sein. Sie würde sich um Gregor Innes kümmern, sobald er aufwachte.

Apropos Männer, sie kamen in einen mit einem Vorhang abgetrennten Bereich. Ihre Augen fielen auf den bewusstlosen Drachenmann auf dem Bett.

Sogar blass, mit blauen Flecken im Gesicht, sah er gut aus. Sein dunkelblondes Haar war ein bisschen zu lang, und leichte Stoppeln bedeckten seine Wangen. Die Lachfältchen an den Mundwinkeln sagten ihr, dass er ein Mann war, der letztlich seine Vergangenheit überwunden hatte, um ein gewisses Maß an Glück zu finden.

Sid merkte nicht einmal, dass sie gestarrt hatte, bis ein weiterer Mann zu ihrer Linken sich zu Wort meldete. „Wer ist das, Logan?"

Sie zwang ihren Blick von dem Mann weg, der Gregor Innes sein musste, und begegnete dem Blick des rothaarigen, braunäugigen Mannes, der seine schlafende vier- oder fünfjährige Tochter hielt. „Ich bin Dr. Sid von Stonefire. Und Sie sind?"

„Ich bin Gregors Schwager, Harris Chisolm." Der Mann umarmte seine schlafende Tochter fest. „Und das ist meine Tochter, Fiona."

„Mein Beileid für Ihren Verlust, Harris."

Die Stimme des Mannes brach. „Danke."

„Ich hasse es, so taktlos zu sein, aber ich muss Gregor untersuchen und mich dann um die anderen Patienten kümmern. Ich empfehle Ihnen, sich etwas zu essen zu suchen und sich dann mit

Ihrer Tochter auszuruhen." Sie sah Logan an. „Kannst du ihnen helfen, während ich Gregor schnell untersuche?"

Logan nickte. „Aye." Er wandte sich dem Mann zu. „Komm mit mir, Harris."

Als Harris kaum folgte, hatte Sid das Gefühl, dass der Mann sich geschlagen fühlte. Sie war normalerweise ziemlich gut darin, ihre Gefühle zu kontrollieren, wenn es um Tragödie und Tod ging, aber Harris' Fall war einem anderen zu ähnlich.

Nicht jetzt, Jackson. Sid pumpte etwas antibakterielles Gel aus einem Behälter und rieb es auf ihre Hände. Dann zog sie das Laken herunter und wurde von Gregors nackter Brust begrüßt. Der leichte Haarflaum und die Muskeln sagten ihr, dass selbst der Arzt sich Zeit nahm, um fit und gesund zu bleiben.

Sie legte ihre Finger an seinen Hals und war überrascht, wie warm seine Haut war. Nicht zu heiß, aber so warm, dass sie sich am liebsten auf ihn gelegt und sich daran gelabt hätte.

Sie blinzelte wegen dieser unangebrachten Idee, sah auf ihre Uhr und konzentrierte sich auf jeden Schlag seines Herzens. Der Rhythmus war stabil, es gab nichts, worüber man sich Sorgen machen musste. Nachdem sie die Reaktionsfähigkeit seiner Pupillen getestet hatte, spürte sie seinen Hals und strich dann mit den Händen über seine Brust und die Seiten. Sid hatte genau das schon tausendmal getan, aber sie ertappte sich dabei, dass sie an seiner

Taille innehielt. Es war fast so, als wollte sie nicht loslassen.

Vielleicht hatte Evie recht, und Sid musste anfangen, das Leben ein wenig mehr zu genießen. Sid konnte sich nicht an das letzte Mal erinnern, dass sie Sex gehabt hatte. Selbst ohne eine Drachenhälfte, die das verlangte, würde die Befriedigung einige Spannungen lösen, die sich aufgrund ihrer Beschäftigung aufgestaut hatten.

Während sie an Sex dachte, wanderten ihre Augen Gregors Brust hinunter zu der hellen Haarlinie direkt unter seinem Nabel. Das Laken hielt sie davon ab, ihre Betrachtung zu beenden. Sie zögerte, versicherte sich aber dann, dass sie ihn ganz untersuchen müsse. Es war ihre Pflicht als Ärztin.

Und es war definitiv nicht, weil sie neugierig war, was sich unter dem Tuch befand.

Sie atmete tief durch und warf das Tuch zurück. Gregor Innes war in der unteren Körperhälfte nicht verletzt worden. Jeder Zentimeter seines langen Penis war intakt.

Was machst du denn da? Sid war Ärztin. Sie hatte noch nie das geringste Interesse daran gehabt, einen ihrer Patienten anzugaffen. Vielleicht lag es daran, dass sie normalerweise nicht Clanmitglieder von Lochguard behandelte.

Ihre Augen bewegten sich zu seinem Gesicht und Gregors gemeißelten Wangenknochen und dem kräftigen Kiefer. Was auch immer es war, es war höchst unprofessionell von ihr. Sid musste sich zusammenreißen. Es gab verletzte und sterbende Menschen, die Hilfe brauchten.

Sie warf das Tuch zurück über die untere Körperhälfte und untersuchte seinen Kopf. Die große Beule war wahrscheinlich der Grund, warum er bewusstlos war. Da alle seine anderen Vitalparameter die richtigen Werte zeigten, musste sie nur warten, bis er aufwachte.

Mit einem letzten Blick auf das Heben und Senken seiner Brust atmete Sid tief durch und verließ den abgetrennten Raum, um sich ins Getümmel zu stürzen. Glücklicherweise hatte sie, als sie einen Patienten nach dem anderen untersuchte, keinen weiteren unangemessenen Gedanken. Nur Gregor Innes hatte diese Wirkung auf sie, und Sid weigerte sich, an den Grund dafür zu denken.

Sie würde alles in ihrer Macht Stehende tun, um sich von dem Arzt fernzuhalten, sobald sie Lochguard verließ. Das sollte sie vor jeglicher gefährlichen Hoffnung schützen.

Schließlich war die Einsamkeit die beste Möglichkeit für einen Drachenwandler ohne Drachen, um zu verhindern, dass er seinen Verstand verlor und verrückt wurde.

Kapitel Achtzehn

G ina entspannte sich nach ihrer letzten Wehe. All die Bücher und Artikel, die sie gelesen hatte, hatten sie nicht darauf vorbereitet, wie weh es tat, ein Kind ohne Schmerzmittel auf die Welt zu bringen. Um genauer zu sein, sollten sie sagen: „Eine Kontraktion ist wie jemand, der deine Gebärmutter ergreift und sie dreht, bis du glaubst, dass du in zwei Teile zerbrichst."

Schweiß perlte an der Seite ihres Gesichts hinunter, aber Fergus wischte ihn mit einem Tuch weg. Sie sah zu ihrem Drachenmann hinauf. Während seine Augen ruhig und gefasst waren, erzählte ihm die Anspannung seines Kiefers, wie er sich innerlich um sie sorgte. Sie drückte seine Hand und sagte: „Ich bin froh, dass du hier bist."

Er küsste ihre Stirn und verharrte so. Als er sich schließlich zurückzog, antwortete er: „Ich auch, Mädel. Ich auch."

Hollys Stimme drang durch diesen Moment.

„Du bist vollständig erweitert, Gina. Bis jetzt warst du brillant. Bei der nächsten Kontraktion musst du so hart wie möglich pressen, okay?"

Gina nickte. „Ich versuche es."

Holly blickte zu Lorna an ihrer Seite. „Ist alles eingerichtet, um das Baby zu untersuchen, sobald es da ist?"

„Aye, das ist es. Und wenn er auch nur annähernd wie meine eigenen Verwandten ist, wird er es eilig haben, rauszukommen."

Obwohl es keine Blutbeziehung zwischen Lorna und Ginas Sohn gab, verhielt sich die Drachenwandlerin so, als ob es die doch gäbe. Tränen stachen in ihren Augen. „Danke."

Lorna hob die Brauen. „Wofür? Du gibst mir mein erstes Enkelkind, Mädchen. Je eher er hier ist, desto eher kann ich ihn verwöhnen."

Auf Lornas Bemerkung hin brach Gina in Tränen aus, und Fergus zischte: „Mutter."

Gina hörte nicht auf den folgenden Streit und versuchte, mit dem Weinen aufzuhören. Aber die MacKenzies waren freundlicher, als sie sich je hätte träumen lassen. Mehr als ihre eigene Familie.

Die Worte ihrer Großmutter hallten in Ginas Kopf wider: *Nicht alle Drachenwandler sind schlecht, Gina. Lass nicht zu, dass die Handlungen eines Clans dein Herz für den Rest verschließt.* Zu jener Zeit hatte sich Gina gefragt, warum ihre Großmutter so etwas sagte. Nun wusste sie es – ihre Großmutter hatte wahrscheinlich vorausgesehen, dass Gina die Hilfe des schottischen Clans suchen würde.

Fergus küsste ihre mit Tränen befleckte Wange. Dann erfüllte seine starke und doch gütige Stimme ihr Ohr. „Lass uns den kleinen Mann einfach rausholen und uns später um meine Mum kümmern."

Gina schniefte. „Aber ich weine doch, weil ich glücklich bin, Fergus."

Einer seiner Mundwinkel zuckte hoch. „Wenn du jetzt glücklich bist, bevor du ein Kleines zur Welt bringst, dann warte erst einmal bis später. Ich werde dir Glück zeigen, von dem du nicht einmal geträumt hast."

Sie lächelte. „Ich kann gerade nicht sagen, ob du übermütig oder aufrichtig bist."

Er grinste. „Du wirst einfach abwarten und sehen müssen."

Verdammt, Fergus war zu attraktiv für sein eigenes Wohl, als er vor Unfug grinste, der in seinen Augen tanzte. Vielleicht konnte sie das Grinsen öfter hervorkitzeln.

Gina öffnete den Mund, um ihn zu necken, als eine weitere Kontraktion sie traf. Der Schmerz schnitt durch ihren Unterleib, und sie konnte sich kaum davon abhalten, jede Person im Raum zu verfluchen.

Holly befahl: „Pressen, Gina!"

Sie packte Fergus' Hand und presste so hart sie nur konnte und dehnte Teile von sich, an die sie nicht denken wollte. Der Schmerz war endlich zu groß, und sie schrie. *Bitte, lass das bald vorbei sein.*

Nach einer gefühlten Stunde ließ die

Kontraktion endlich nach. Gina entspannte sich auf dem Bett mit einem großen Seufzen. Sie freute sich nicht darauf, das noch einmal zu machen.

Holly befahl: „Press' nicht noch einmal, bis zur nächsten, egal, wie gern du es tun möchtest."

Fergus wischte ihre Stirn mit einem Tuch ab, und Gina schaffte zu fragen: „Ist er fast da? Bitte sag mir, dass er fast da ist."

Holly lächelte sie an. „Ich sehe seinen Kopf. Ich glaube, er könnte ein Rotschopf sein."

„Das hatte ich gehofft", antwortete Gina.

Fergus betupfte ihre Braue und sah ihr in die Augen. „Wer braucht schon die drei Musketiere, wenn wir die drei Rotschöpfe sein können?"

Sie versuchte zu lachen, aber es tat weh, und Gina hielt den Atem an. Hollys Stimme erfüllte ihre Ohren. „Bring sie nicht zum Lachen, Fergus." Fergus murmelte etwas, das Gina nicht verstand, und Holly fuhr fort: „Gina, zurück zu deinem Sohn. Du bist ein starkes Mädel. Ich denke, noch einmal pressen sollte reichen."

Fergus küsste ihre Hand. „Fast geschafft, Gina."

Bei Hollys und Fergus' ruhigen, gleichmäßigen Stimmen konnte sich Gina davon abhalten zu schreien, zu weinen oder wovon zum Teufel sonst bei dem Gedanken daran, einen winzigen Menschen aus ihrer Vagina zu pressen.

Zumindest verspürte sie nicht mehr den Drang, jeden Mann gleichzeitig auf den Schwanz zu schlagen, während sie gleichzeitig Fergus halten und seine Kraft nutzen wollte. Sie war nur entschlossen, fertig zu werden.

Sie konnte es nicht abwarten, nicht mehr schwanger zu sein. Und nicht nur, weil sie sich danach sehnte, ihren Sohn in den Armen zu halten – Gina wollte ihr wahres Selbst ohne den Einfluss von Hormonen wiedererlangen.

Nach ein paar tiefen Atemzügen antwortete sie ihrem Gefährten. Sie brauchte eine Ablenkung, bis die Kontraktion endlich kam. „Apropos unser Sohn, ich habe über seinen Namen nachgedacht."

„Oh, aye?"

„Ich will ihn Jamie nennen, nach deinem Dad."

Ein leises Geräusch kam vom Fußende. Lorna senkte den Blick und hielt sich die Hand vor den Mund. Sie räusperte sich, ließ ihre Hand sinken und sagte: „Warte erst einmal, bis du deinen Sohn kennenlernst, mein Kind. Jamie mag nicht einmal zu ihm passen."

Alle sprachen immer von Lornas Stärke, aber in diesem Moment sah Gina ein Flackern von Sehnsucht und Einsamkeit. Lorna MacKenzie vermisste ihren Mann immer noch.

Vielleicht konnte sie der Frau helfen, wieder Glück zu finden. Schließlich war Gina ziemlich sicher, dass sie und Ross eine Verbindung hatten.

Bevor sie weiter darüber nachdenken konnte, verdrehte eine weitere Kontraktion ihr Inneres.

Als Gina Hollys „Pressen!" hörte, kämpfte sie über den Schmerz hinaus, um mit all ihrer Kraft genau das zu tun. *Es ist Zeit, der Welt beizutreten, mein Sohn. Lass uns nicht warten.*

Sie hörte kaum Fergus murmeln und konzentrierte sich einzig und allein darauf, das Riesenkind aus ihrem Körper zu bekommen. Es war ihr egal, ob er das kleinste Baby war, das jemals auf Lochguard geboren wurde – für sie war er verdammt riesig im Moment.

Sie wechselte zwischen Schreien und Zähneknirschen. *Komm. Raus. Baby.* Nachdem wer-weiß-wie-viel Zeit vergangen war, glitt das Baby aus ihrem Körper. Die nächsten Sekunden der Stille waren die längsten ihres Lebens, bis ein kleiner Schrei den Raum füllte.

Holly arbeitete schnell und hielt bald ihren Jungen hoch. „Dein großer, tapferer Sohn ist da!"

Gina blinzelte ihre Tränen zurück und streckte ihre Arme aus. „Kann ich ihn halten?"

Holly ging zum Kopfende des Bettes. „Aye, für eine Minute. Dann muss ich ihn untersuchen. Er scheint kräftig zu sein, aber er ist ein bisschen früh dran."

Gina konnte kaum nicken, als Holly das kleine Bündel in ihre Arme legte. Ihr Sohn hatte ein rosiges Gesicht und war zerknittert, mit nassen roten Haaren, die ihm auf dem Kopf klebten. Aber für sie war er das schönste Ding auf der Welt.

Sie küsste seine Stirn und flüsterte: „Willkommen auf der Welt, Jamie MacDonald-MacKenzie!"

Fergus war selbst kurz davor zu weinen, als Gina ihrem Sohn den Gruß zuflüsterte. Sein Tier knurrte, und Fergus korrigierte sich – ihrer beider Sohn.

Mit einem Schnauben brüstete sich sein Tier beim Anblick des kleinen Kerlchens. *Er ist stark und gesund. Er wird ein großartiger Schotte sein.*

Fergus schnaubte innerlich. *Er ist eigentlich Amerikaner.*

Ich weigere mich, das anzuerkennen. Geboren in Schottland. Das macht ihn zu einem Schotten.

Fergus ignorierte seinen Drachen, streckte einen Finger aus und strich dem Jungen zärtlich über die Wange. „Hallo, Kleiner. Ich bin dein Dad."

Gina legte ihre Wange gegen seine, und Fergus genoss einfach den Moment. Er hatte sich so lange nach einer eigenen Familie gesehnt. Selbst vor einem Monat hätte er sich nie vorgestellt, dass er eine hätte. Und doch war er hier, mit einer Gefährtin und einem Sohn. Er würde sein Leben geben, um sie beide zu beschützen.

Seine Gefährtin meldete sich zu Wort. „Du solltest ihn auch halten, Fergus. Ich möchte, dass er dich von Anfang an kennt."

Als er vorsichtig den Kleinen nahm, antwortete er: „Warum? Planst du, ihn für eine Weile vor mir zu verstecken?"

„Mach keine Scherze damit, Fergus MacKenzie. Ich versuche doch nur, eine Erinnerung zu schaffen."

Er starrte auf den Kleinen in seinen Armen, küsste dessen Wange und sah dann Gina in die Augen. „Glaub mir, Mädel. Ich werde mich für den Rest meines Lebens an diesen Moment erinnern."

Seine Gefährtin sah wieder so aus, als könnte sie weinen, und er suchte nach Worten. Er wusste, dass es die Hormone in ihrem Körper waren, die Gina emotional machten, aber er wollte sein Mädel dennoch nicht aufregen.

Zum Glück kam seine Mutter zu ihm. „Lass mich den kleinen Jamie nehmen, Fergus. Grandma braucht eine Runde."

Er sah Gina an. Sie nickte, und er übergab seinen Sohn seiner Mutter. Lorna lächelte das Baby an und säuselte: „Richtig, Grandma hat dich."

Als seine Mutter wegging, wäre Fergus ihr fast hinterhergegangen. Ohne nachzudenken, knurrte er: „Ich wollte eine längere Runde."

Gina lachte schwach. „Das werde ich im Hinterkopf behalten, wenn Jamie zu jeder Stunde der Nacht zu weinen beginnt. Ich will ihm seine Daddy-Zeit nicht nehmen."

Fergus stöhnte. „Scherz beiseite, ich werde immer für ihn da sein." Er berührte ihre Wange. „Und für dich."

Er schwor, dass sie flüsterte: „Ich liebe dich", aber da Hollys Stimme dröhnte, war er sich nicht sicher. Seine Schwägerin sagte: „Während ich Gina für die Nachgeburt vorbereite, warum erzählst du Fraser nicht die gute Nachricht?"

Er wollte gerade schon den Kopf schütteln, aber

Gina meldete sich: „Geh, Fergus. Fraser ist mehr als dein Zwilling – er ist dein bester Freund. Ich will ihn auch hier haben."

„Aber ich möchte dich oder Jamie nicht verlassen."

Selbst müde und schwitzend schimmerte ihre Sturheit in den Augen. „Ich komme mit ein paar Minuten allein klar, Fergus. Geh. Je früher du gehst, desto schneller kannst du zurückkehren."

Als er hinüberblickte, wo Lorna seinen Sohn reinigte, wandte seine Mutter den Kopf und deutete zur Tür. „Hol Fraser. Und stell auch sicher, dass Arabella in Ordnung ist. Ich weiß nicht, wo sie ist."

Fergus hatte Arabellas Abwesenheit nicht einmal bemerkt. Sein Drache meldete sich zu Wort. *Finn hat uns gebeten, Arabella zu beschützen.*

Aber Gina braucht uns.

Sie ist stark. Außerdem dauert es nur eine Minute, wenn wir laufen.

Fergus fragte Holly: „Bist du sicher, dass Gina nicht mehr in Gefahr ist?"

Holly sagte: „Ich kann nie 100 Prozent garantieren, aber Gina hat das überlebt, als wäre sie eine Drachenwandlerin. Ich denke, es wird ihr gut gehen, und das ist meine professionelle Meinung."

Einen Moment lang fragte er sich was in Hollys Kopf vorging – und er würde sein Leben verwetten, dass seine Schwägerin herausfinden würde, warum Gina eine für einen Menschen so leichte Entbindung gehabt hatte. Aber er verdrängte den Gedanken schnell und konzentrierte sich auf seine

Gefährtin. „Ich bin in nicht einmal einer Minute zurück."

Sie lächelte. „Okay. Auf die Plätze, fertig, los!"

Er fluchte und rannte aus dem Raum. Zum Glück saß Arabella im Hauptkontrollraum, wenn auch ganz hinten. Zufrieden, dass es der Drachenfrau gut ging, sah er Fraser an und rief: „Mein Sohn ist da! Komm und sieh dir Jamie MacDonald-MacKenzie an!"

Fraser schnaubte. „Das sind aber viele ‚Macs'. Vielleicht sollte ich ihn Mac^2 nennen."

Er zeigte seinem Zwilling den Mittelfinger. „Mum will wissen, was los ist. Sie will dich sehen."

Ohne ein weiteres Wort stürmte Fergus zurück in den Raum. Sowohl Mann als auch Tier seufzten im Geist erleichtert, als er sah, dass Jamie wieder bei Gina war und beide gesund waren.

Er eilte an Ginas Seite und sagte: „Ich habe es in weniger als sechzig Sekunden geschafft, Kleiner. Was habe ich gewonnen?"

Sie sah ihm in die Augen. „Eine Familie."

Er küsste sie, und dann seinen Sohn. „Ich könnte mir kein besseres Geschenk wünschen."

Frasers Stimme füllte den Raum. „Ich weiß nicht, Bruder. Ich würde sie bitten, ein paar versaute Dinge im Schlafzimmer zu tun, sobald sie geheilt ist."

Lorna brüllte: „Ich stehe hier, Fraser Moore MacKenzie!"

„Ts, Mum. Kein Geschrei bei Mac^2."

Fergus starrte seinen Bruder finster an. „So nennst du ihn nicht!"

Sein Bruder ging ans Kopfende des Bettes, nachdem er Holly einen Kuss zu gehaucht hatte, die sich auf das vorbereitete, was Fergus für die Nachgeburt hielt. Fraser sagte: „Was hältst du davon, Gina? Jedes Kind sollte einen Spitznamen haben."

Lorna antwortete: „Ihr könnt später über verdammte Spitznamen sprechen. Geht's Arabella gut?"

Fraser zuckte mit den Schultern und wandte sich seiner Mutter zu. „Ich glaube schon. Sie sitzt still hinten."

Lorna verdrehte die Augen. „Kennst du Ara überhaupt? Still ist gar nicht gut." Lorna beugte sich vor und berührte Jamies Wange. „Ich muss nach Arabella sehen."

Gina nickte. „Ich verstehe. Ich würde ja mit ihr reden, wenn ich könnte."

„Ruh dich aus, Gina. Und Grandma wird gleich wieder da sein, kleiner Jamie."

Lorna verließ den Raum, und Fergus ging, um Jamie zu nehmen. Gina schüttelte den Kopf. „Lass Fraser jetzt mal. Holly sagt, wir haben nicht viel Zeit, bis sie alle rausmüssen."

Fergus' Drache knurrte. *Wir sollten noch einmal an der Reihe sein. Jamie ist unser Sohn.*

Seit wann lehnst du Fraser ab? Er ist unser Bruder.

Sein Tier schnaubte. *Ich will das Baby doch nur nochmal halten.*

Bald. Wir haben ein Leben mit ihm. Fraser kann ein oder zwei Minuten Zeit bekommen.

Mit einem letzten Schnauben verstummte sein Drache.

Gina drückte seine Hand, und er sah auf seine Gefährtin hinunter. Aber sie nickte seinem Bruder zu, bevor einer der beiden sprach. Fergus hob Jamie vorsichtig hoch und wandte sich seinem Bruder zu.

Gina beobachtete, wie Fergus Jamie zärtlich an Fraser übergab. Als sie den großen, komischen Drachenmann sah, wie er ihrem Sohn zu gurrte, zuckten Ginas Mundwinkel hoch. Sie hätte sich nie vorstellen können, dass sich jemand aus BroadBay so verhielte.

Gina wollte sich auf das Glück der Gegenwart konzentrieren und nicht in der Vergangenheit verharren, sondern verwarf alle Gedanken an BroadBay. Es mochte noch Ärger vor ihnen liegen, aber in diesem Moment feierte sie die Geburt ihres ersten Kindes.

Und wenn alles nach Plan lief und sie in Lochguard bleiben konnte, könnte sie sogar einen Weg finden, um die einzige Person zu holen, die in ihrem besonderen Moment fehlte – ihre Schwester Kaylee.

Fraser unterbrach die Stille. „Wart' es nur ab, Mac². Ich werde dein Lieblingsonkel sein. Wir werden in allerlei Schwierigkeiten geraten."

Fergus knurrte zu seinem Bruder: „Im Moment bist du sein einziger Onkel."

Fraser grinste. „Umso besser. Damit bin ich der Beste."

Fergus seufzte und deutete mit seinen Händen. „Du hast ihn lange genug gehalten. Gib mir meinen Sohn."

Fraser schüttelte den Kopf, während er ihm Jamie hinhielt. „Gina wird deine Überfürsorglichkeit ausbalancieren müssen. Sonst erschafft ihr einen kleinen Rebellen."

Fergus kuschelte Jamie an sich. „Nicht, dass das eine Rolle spielte. Ich denke, sein Onkel würde ihm die Ideen zuerst in den Kopf setzen."

Hollys Stimme unterbrach die beiden. „Fraser, Liebling, du musst jetzt bitte kurz gehen."

Fraser grüßte und hauchte ihr einen Kuss zu. „Ich kenne das mittlerweile. Aber komm zu mir, wenn du fertig bist, Honey. Es gibt einige schwangere Frauen, die sich Sorgen machen und deine Zusicherung gebrauchen könnten."

Holly nickte. „Aye, sobald ich hier fertig bin."

Fraser berührte Jamies Wange ein letztes Mal und verließ den Raum. Fergus setzte sich neben Gina aufs Bett und lehnte seinen Kopf gegen ihren. „Danke."

Sie runzelte die Stirn. „Wofür?"

„Dafür, dass du so wunderbar bist. Ob du es weißt oder nicht, du hast heute bei meiner Mutter Brownie-Punkte erzielt, indem du den kleinen Jamie nach meinem Vater benannt hast."

Sie hob die Brauen. „Und was ist mit dir?"

Er passte die Windeln des kleinen Jamie an. „Da du mich gepaart und mir heute einen Sohn geschenkt hast, glaube ich, dass du schon ein paar verdient hast."

„Gut. Ich habe vor, in ein paar Monaten noch mehr zu sammeln."

Während Fergus und Gina schwiegen, starrten sie beide ihren Jungen an und lehnten sich gegeneinander. Gina wusste, dass die Realität über dem Boden auf sie wartete, und sie würden sich bald genug damit auseinandersetzen müssen. Aber im Moment genoss sie einfach die Hitze und Düfte der beiden wichtigsten Männer in ihrem Leben und brannte sie in ihr Gedächtnis ein. Nach den Ereignissen des Tages war Gina bereit, sich ihren Platz auf Lochguard zu erkämpfen. Nicht nur für die Sicherheit ihres Sohnes und für ihre eigene, sondern auch für den Mann, den sie liebte. Fergus MacKenzie gehörte ihr auf mehr als eine Art und Weise, und sie würde ihn nie aufgeben.

Kapitel Neunzehn

Grant McFarland ignorierte die Schmerzen in seiner verletzten Schulter und trat in das zentrale Kommandogebäude der Beschützer ein. Dank seiner Struktur und der verstärkten Bauweise stand es noch.

Andere Beschützer und ausgewählte Mitarbeiter eilten in die Räume hinein und heraus. Grant traute seinen Leuten zu, sich um die Bergung und das Aufräumen zu kümmern. Er hatte eine wichtigere Aufgabe, die er angehen musste, bevor er ihnen helfen konnte.

Als er in den Hauptkommandoraum marschierte, entdeckte er Faye MacKenzie, die auf seinem Stuhl saß und Befehle gab. Trotz der Ereignisse des Tages zuckte sein Mundwinkel nach oben, als er das Mädel in Aktion sah. Faye war in ihre alte Rolle als oberste Beschützerin zurückgefallen und könnte Grant sogar bald seinen Platz streitig machen.

Faye drehte schließlich den Kopf um. Die Erleichterung in ihren Augen erwärmte den Menschen und das Tier. Sein Drache meldete sich zu Wort. *Ich mag es, dass sie auf uns gewartet hat.*

Aye, ich vermute, dir würde es immer gefallen, wenn irgendein hübsches Mädel auf dich wartet.

Sein Tier knurrte. *Faye ist besser als die anderen. Sie ist stark und schön.*

Grant widerstand einem Stirnrunzeln. *Wenn ich die Zeit hätte, würde ich um mehr Details bitten. Aber so bleib still. Ich muss arbeiten.*

Im nächsten Moment schossen Fayes Augen zu seiner Schulter. Ihre Lippen trennten sich, und sie stürmte mit einem Stirnrunzeln herüber. „Von all den blöden Dingen, die man tun muss, Grant McFarland. Warum hast du niemanden sich um deine Verletzung kümmern lassen? Wenn sie eitert, wird der Clan verloren sein."

Grant brauchte nach den jüngsten Ereignissen dringend einen unbeschwerten Moment und hob eine Augenbraue. „Warum? Ich bin sicher, dass du bereits einen Plan hast, um meine Position zu übernehmen."

Faye schüttelte den Kopf und drehte sich um, um ein Erste-Hilfe-Set aus einem Regal in der Nähe zu holen. „Jetzt ist nicht die Zeit für Scherze, Grant. Lochguard würde leiden, wenn es dich verliert."

„Ich möchte fast sagen, dass du mich vermissen würdest."

Faye drehte sich um. Sie musterte ihn und antwortete schließlich: „Vielleicht."

Sein Drache zischte. *Das würde sie.*

Er ignorierte sein Tier und widersetzte sich dem Drang, ein paar lockige braune Haare hinter ihr Ohr zu stecken. „Unabhängig davon muss ich die Geheimnisse der Gefangenen herausfinden. Das MDA könnte jederzeit hier sein, um sie abzuholen, und ich könnte sie zum Reden bringen. Meine Verletzung kann warten."

Faye goss ein Desinfektionsmittel auf einen Baumwolllappen. „Dann hör auf, mich zu unterbrechen, und ich werde das in weniger als einer Minute erledigen."

Bevor er antworten konnte, tupfte sie die nasse Baumwolle auf den Schnitt in seiner Schulter. Er biss die Zähne zusammen und widersetzte sich dem Zischen mit einem Atemzug.

Fayes Fürsorge war vorsichtig, aber fest. Sie arbeitete schnell und effizient, genau wie sie es während ihrer Zeit in der britischen Armee getan hatte.

Da er sich nicht daran erinnern wollte, was sein junges, unreifes Ich getan hatte, platzte er heraus: „Du warst heute brillant!"

Sie nahm einen Mulltupfer, und ihre Augen zuckten für eine Sekunde zu seinen. „Sagt der Mann, der die letzten Eindringlinge vom Land des Clans verjagt hat. Ich konnte einiges davon sehen. Du warst zwar gut, aber ich hätte da noch Vorschläge."

„Natürlich hast du das."

Sie legte den Mull mit etwas mehr Kraft als

nötig über den schlimmsten Teil seines Schnitts. „Du machst mir die ganze Zeit Vorschläge. Ich wünschte, du würdest aufhören, so männlich zu sein, wenn ich dasselbe tue. Ich habe unsere Vereinbarung nicht vergessen."

Sein Tier schnaubte. *Warum machst du sie absichtlich wütend? Sie wird uns nie küssen, wenn du ein Arsch bist.*

Grant antwortete langsam: *Seit wann willst du sie küssen?*

Seit wann wolltest du dasselbe tun?

Seine Augen fielen auf Fayes rosafarbene Lippen. Einmal hatte er alles in seiner Macht Stehende getan, um die Frau vor sich zu beleidigen. Doch im Moment wünschte er sich, alles wäre erledigt, der Clan wäre sicher und er könnte Faye an eine Wand drücken, ihr wildes, lockiges Haar runterlassen und sie davon überzeugen, ihn zu küssen.

Faye beendete das Verbinden seiner Schnittwunde und trat weg, um ihn daran zu erinnern, dass das nicht der richtige Zeitpunkt war. Er seufzte: „Danke."

Sie neigte den Kopf. „Ich hätte nie gedacht, dass ich das von deinen Lippen hören würde."

Mist. Wenn er zu ihr zu nett wäre, würde Faye herausfinden wollen, warum. Grant fiel auf seine Rolle als Hauptbeschützer zurück. „Ich schiebe es auf den Blutverlust." Grant blickte zu seinen Mitarbeitern vorn im Raum. Seine Frage richtete er an Cooper Maxwell, seinen Stellvertreter. „Ich werde die Gefangenen befragen. Du und Faye könnt alles unter Kontrolle halten."

Cooper nickte. „Aye. Ich lasse dich wissen, wenn das MDA sich nähert."

Grant nickte. „Gut, dann bin ich weg." Er sah auf Faye hinunter. Ihre whiskeygoldenen Augen waren neugierig, aber sie blieb still.

Da Grant schon zu lange herumgetrödelt hatte, drehte er sich um und verließ den Raum. Während er den langen Flur entlang marschierte, setzte er eine gleichgültige Maske auf. Wenn er zu eifrig erschien, würden die Gefangenen spüren, dass sie die Oberhand hatten. Grant musste sie überzeugen, dass es ihm nicht weniger wichtig sein konnte, ob sie ihm Informationen gaben oder nicht.

Er gab seinem Drachen ein letztes Kommando. *Bleib still da drin, es sei denn, du spürst etwas Wichtiges in ihrer Stimmung oder ihrem Geruch.*

Natürlich.

Verhöre und Schlachten waren die einzigen Gelegenheiten, zu denen sein Tier kooperativ war.

Grant klopfte an das zugewiesene Zimmer, und sein bester Vernehmungsbeamter Brodie öffnete die Tür und wies ihn in den kleinen, schalldichten Beobachtungsraum. Grant fragte: „Irgendwas Neues?"

Brodie schüttelte den Kopf. „Nicht seit der letzten Aktualisierung vor zehn Minuten. Der Lochguard-Verräter weigert sich, irgendwas zu sagen, außer dass er alt ist und seinen wahren Clan nicht verraten wird. Der Amerikaner fragt nur nach Gina MacDonald."

Grant runzelte die Stirn. Er war einer der wenigen, der die Details von Ginas Vergangenheit kannte. „Glaubst du, es ist Travis Parker?"

„Ich weiß nicht. Wir haben kein klares Bild von ihm gefunden, das wir zum Vergleich nehmen könnten."

Egal, jeder, der mit einem Bastard in Verbindung stand, der Frauen schwängerte, nur, um eine Wette zu gewinnen, hatte Grants Respekt nicht verdient. „Lass mich es versuchen, solange wir noch die Gelegenheit haben. Bleib hier und überwach die Situation. "

Brodie nickte, und Grant konzentrierte sich auf sein Ziel. Mental vorbereitet betrat er den kleinen, fensterlosen Raum und schloss die schwere Tür hinter sich.

Er betrachtete den Mann. Da er in menschlicher Gestalt war, mit Kratzern und einem gebrochenen Bein in einem provisorischen Gips, war er wahrscheinlich einer der Drachen gewesen, die mit den Alraun- und Immergrün-Pulverkapseln getroffen wurden.

Die entspannte Haltung des Mannes und das selbstgefällige Lächeln sprachen Bände für Grant. Der Bastard hatte keine Angst.

Grant duldete keine Folter, aber er war mehr als an Bord mit Psychospielchen. Grant ging zum leeren Stuhl auf der anderen Seite, setzte sich und streckte seine langen Beine vor sich aus. Dann nahm er ein Messer aus seinem Stiefel und säuberte sich die Nägel.

Nach etwa sechzig Sekunden hallte der amerikanische Akzent des Mannes im Raum wider. „Ich weiß, dass du mich nicht verletzen darfst, und alles, was du sagst, ist Schwachsinn, also probiere keine Einschüchterungstechniken bei mir. Sie werden nicht funktionieren."

Grant warf seinen Blick auf den Amerikaner. „Ich glaube nicht daran, Zeit mit Lügen zu verschwenden. Oder dass du versuchst, hier den Alpha abzuziehen. Lass mich uns beide Zeit sparen und dir sagen: Ich habe alle Zeit der Welt."

„Per Gesetz wird das MDA kommen, um mich abzuholen, und du musst mich ihnen ausliefern."

Er hob die Brauen. „Muss ich? Meine Leute haben noch keine endgültige Anzahl der Gefangenen angegeben. Bei all dem Trubel ist es leicht, ein oder zwei zu übersehen."

„Und deinen Clan riskieren? Das bezweifle ich irgendwie."

Grant zuckte mit den Schultern. „Das sind die Highlands, Junge. Wir neigen dazu, Dinge auf unsere eigene Weise zu tun, und die Menschen nehmen es kaum wahr. Meine Mitarbeiter werden meine Entscheidung unterstützen, ohne Fragen zu stellen."

Der Mann musterte ihn und verschränkte die Arme vor der Brust. „Was die illegalen Waffen und Drogen erklärt."

Alle Gefangenen hatten ein Alraunwurzel-

Immergrün-Gebräu gespritzt bekommen, um mindestens einen Tag lang zu verhindern, dass sie sich in einen Drachen verwandelten. „Sagt der Mann, der geholfen hat, einen ganzen Drachenclan zu bombardieren."

Grant machte sich wieder daran, seine Nägel zu reinigen. Das Schaben der Füße des Mannes signalisierte, dass sein Plan funktionierte.

Fünf Sekunden vergingen und dann zehn. Grants Drache ging in seinem Hinterkopf auf und ab, ungeduldig, etwas zu tun.

Grant schnippte mit dem Handgelenk und schickte sein Messer durch die Luft, um hinter und über dem Kopf des Amerikaners zu landen. Grant sah dem Mann in die Augen. „Beim nächsten Mal werde ich tiefer zielen. Ich werde versuchen, dich nicht zum Eunuchen zu machen, obwohl ich das nicht garantieren kann."

Grant stand langsam auf, ging zu dem Yank und zückte sein Messer. Der Amerikaner schluckte. Der Drachenmann war nicht so diszipliniert wie Grants Team.

Er trat fünf Schritte zurück und testete das Gewicht seiner Waffe. Gerade, als er die Klinge zwischen seinen Fingern hielt und ausholte, um zu werfen, schrie der Mann: „Stopp!"

Grant hielt inne. „Gibt es da etwas, das du mir erzählen möchtest? Du hast fünf Sekunden, um es auszuspucken."

Der Mann nickte, während er seine Beine zusammendrückte und seine Knie hochhob, um seinen Schwanz und seine Eier zu schützen. Mit seinen an den Boden geketteten Knöcheln kam er nicht weit genug. „Roberts mag es nicht, wenn man ihm etwas verweigert. Er will die Frau und ihr Baby."

Stephen Roberts war der Anführer des BroadBay-Clans. „Da muss mehr dran sein als das. Nicht einmal Roberts würde einen internationalen Vorfall für eine Mutter und ihr Kind riskieren."

„Ich weiß nichts außer der Tatsache, dass Roberts sie beide lebend haben will."

Grant machte einen Schritt, die Klinge noch zwischen seinen Fingern. „Sag mir warum."

Der Mann blieb stumm, und Grant schwang seinen Arm vor. Der Mann schrie auf, als sich die Klinge hinter Grant in das Holz der Wand bohrte.

Grant beugte sich auf die Augenhöhe des Mannes. „Meine Finger müssen ausgerutscht sein. Um zu sicherzugehen, dass das nicht nochmal passiert, muss ich meine Klinge vielleicht einfach nach oben in deine Eier schwingen."

Als er sich umdrehte, um sein Messer zu holen, sagte der Mann schließlich: „Alles, was ich weiß, ist, dass die Frau was Besonderes ist. Irgendwas mit ihrem Blut. Ich schwöre, mehr weiß ich nicht."

Grant sah über seine Schulter. Der Mann bemühte sich, seine Beine anzuheben.

Beiläufig schlenderte er zu dem Amerikaner, nahm die Kette, die um die Knöchel des Mannes lag, und zwang die Füße des Verräters auf den Boden. „Wie sollten sie überhaupt etwas über Ginas

Blut wissen?" Der Mann fing an, den Kopf zu schütteln, und Grant riss an der Kette. Der Mann schrie, als sein gebrochenes Bein nachgab und er fast vom Stuhl zu Boden fiel. Grant fügte hinzu: „Ich würde vorschlagen, du sagst etwas, solange wir zu zweit sind. Wenn ich dich am Rande des Waldes ankette und deinen Standort durchsickern lasse, gibt es viele Journalisten, die bereit sind, dich zu fotografieren und es überall in den Nachrichten unterzubringen. Wie lange, glaubst du, würdest du wohl überleben, wenn das MDA dich findet und ins Gefängnis steckt? Deine Clanmitglieder sind nicht so ehrenhaft wie meine. Ich gebe dir höchstens eine Woche."

„Du wirst es ihnen sowieso sagen, und ich bin so gut wie tot."

Grant zuckte mit den Schultern. „Erzähl mir alles, und ich meine alles, du weißt schon, und ich werde dich mit den anderen Gefangenen ausliefern. Du kannst ihnen sagen, dass dein Bein untersucht worden ist."

Grant wartete. Der Drachenmann wog eindeutig seine Möglichkeiten ab.

Der Yank stieß einen Seufzer aus. „Alles, was ich weiß, ist, dass sie ihr Blut abgenommen haben, um die Schwangerschaft zu bestätigen. Einige Wochen später wurde der gesamte Clan alarmiert, um die Menschenfrau zu finden. Als wir einen Tipp von einem unserer schottischen Kontakte bekamen, sind wir so schnell wie möglich gekommen. Den Rest kennst du."

Grant musterte den Drachenmann, und sein Drache äußerte sich schließlich. *Ich glaube, er hat uns endlich die Wahrheit gesagt.*

Also glaubst du, er weiß nichts anderes?

Nein. Aber was er uns gesagt hat, ist wertvoll. Und jetzt schlag ihn bewusstlos. Er hat genug von unserer Zeit verschwendet.

Grant trat zurück und klopfte sich die Hände ab. „Du wirst hier noch eine Weile länger warten."

„Aber –"

„Wir sind fertig." Damit verließ Grant den Raum, schloss die Tür hinter sich und blickte zu Brodie am Monitor. „Wende dich an das medizinische Team, sobald sich alles beruhigt. Ich möchte wissen, was sich in Gina MacDonalds Blut verbirgt."

Brodie nickte. „Aye, obwohl es ein oder zwei Tage dauern könnte, bis wir genug Personal haben, um das zu tun."

„Ist in Ordnung. Kümmere dich zuerst um den Clan." Grant deutete in Richtung Monitor. „Behalte ihn im Auge. Wenn das MDA-Team eintrifft, besuch den Amerikaner ein letztes Mal, um sicherzustellen, dass er nichts verheimlicht. Ich habe mein Messer außerhalb seiner Reichweite gelassen, falls du es brauchst. Dann übergib ihn mit dem Rest."

„Natürlich", antwortete Brodie.

Grant verließ den Raum und ging zurück zur Kommandozentrale. Er würde mit Finn unter vier Augen sprechen und ihm mitteilen müssen, was der

Amerikaner gesagt hatte. Aber in der Zwischenzeit verdrängte er die Informationen und konzentrierte sich auf die Liste der Dinge, die zu tun waren. Die Kämpfe mochten vorbei sein, aber die Sicherstellung des Wohlergehens seines Clans hatte erst begonnen.

Kapitel Zwanzig

Am nächsten Morgen lag Fergus neben Gina, als sie erneut versuchte, Jamie zu stillen. Obwohl Hollys Kalender voll war damit, schwangeren Frauen und neuen Müttern zu versichern, dass alles in Ordnung war, kam sie so oft wie möglich vorbei, um Gina zu helfen.

Und sowohl Mann als auch Tier bemerkten, wie Holly jedes Mal, wenn sie Jamie ansah, lächelte. Sein Drache meldete sich zu Wort. *Frag sie einfach.*

Wir sollten Fraser zuerst fragen.

Er ist damit beschäftigt, über der Erde für Finn zu arbeiten. Ich will es wissen. Unser Sohn könnte ein paar Cousins gebrauchen.

Fergus überlegte, ob er, in Anbetracht von Hollys Fehlgeburt im letzten Jahr, das Thema wirklich ansprechen sollte. Bevor er sich jedoch dazu durchringen konnte, sie zu fragen, klammerte Jamie sich schließlich an Ginas Brustwarze und saugte.

Gina rümpfte die Nase. „Das fühlt sich seltsam an. Gut, aber seltsam."

Holly nickte. „Du könntest auch Schmerzen bekommen. Aber ich lasse eine spezielle Creme da, falls du sie brauchst."

Alle beobachteten Jamie für ein paar Sekunden. Der Neun-Pfund-Junge hatte Hunger.

Während sie Jamie nicht aus den Augen ließ, streckte Gina ihre freie Hand aus und nahm Hollys. „Bevor du gehst, sag mir, warum du immer lächelst, wenn du Jamie ansiehst."

Fergus' Tier schnaubte. *Gina hat die Eier, die dir fehlen.*

Halt die Klappe, Drache!

Holly räusperte sich. „Bei allem, was los ist, ist es nicht wirklich an der Zeit."

Gina blickte auf und lächelte Holly an. „Natürlich ist es das. In Zeiten wie diesen sind glückliche Nachrichten dringend erforderlich."

Holly wischte sich imaginären Staub vom Arm. „Ich möchte es nicht verhexen."

Gina grinste. „Ich wusste es. Du bist schwanger!"

Hollys Augen schossen zu der Tür und zurück zu Gina. „Sprich leise. Fraser und ich wollen, dass Lorna es so spät wie möglich erfährt."

Fergus beäugte seine Schwägerin. „Deshalb trägst du eine neue, stärker duftende Lotion. Um den Geruch zu überdecken."

„Aye. Das Letzte, was ich brauche, ist, dass jeder mich wie eine zarte Blume behandelt. Meine Arbeit ist wichtig, und ich darf meine Patienten nicht enttäuschen."

Fergus zuckte die Achseln. „Wenn Fraser es zulässt, werde ich mich nicht mit ihm anlegen."

Holly hob die Brauen. „Oh, aye? Habe ich in dieser Angelegenheit also kein Mitspracherecht?"

Fergus antwortete schnell. „Natürlich hast du das, obwohl Fraser im weiteren Verlauf überfürsorglich sein wird. Du hast einen Drachenmann gepaart. Du wusstest, dass das passieren würde."

Holly seufzte. „Ich weiß. Aber versprich mir, dass du es Lorna vorerst nicht erzählst."

Er streichelte abwesend Ginas Haar und antwortete: „Das werde ich nicht. Du hast meiner Gefährtin bei der Entbindung geholfen. Ich stehe tief in deiner Schuld."

Holly winkte das mit einer Hand ab. „Das ist mein Job. Und so leicht, wie die Geburt gelaufen ist, denke ich, dass es einen Grund dafür gibt. Wenn alles geklärt ist, erlaubst du mir, dir ein paar Fragen zu stellen und Blut abzunehmen, Gina? Wenn ich es den Menschenfrauen in Zukunft erleichtern kann, Drachenwandlerkinder zu bekommen, wird das viel Herzschmerz ersparen."

Gina nickte. „Natürlich. Obwohl ich sehr bezweifle, dass ich eine supergeheime Zutat in meinem Blut habe. Manchmal gebären Menschen Drachenwandler ohne Komplikationen."

„Manchmal, aber es ist selten." Holly berührte sanft Jamies Kopf. „Gut, ich muss jetzt gehen.

Arabella vermisst Finn und versucht, es nicht zuzugeben."

Da die Gespräche mit dem MDA andauerten, konnte Finn es nicht riskieren, wegen seiner Rückreise nach Lochguard nicht erreichbar zu sein. Es gab auch Bedenken, Finn könnte zur Zielscheibe werden, wenn er zu schnell zurückkehrte. Grant und die anderen Beschützer suchten in der Umgebung immer noch nach verbliebenen Feinden.

Fergus deutete mit dem Kopf zur Tür. „Dann hilf ihr."

Gina meldete sich erneut zu Wort. „Sag ihr, sie soll herkommen. Ich könnte Gesellschaft brauchen, wenn Fergus Fraser, Grant und Faye helfen muss."

„Ich habe dir gesagt, dass ich noch einen Tag hierbleiben kann."

Gina hob die Brauen. „Mir wird es schon gut gehen. Der Clan braucht deine Hilfe mehr als ich. Vom Kontrollraum aus kannst du nur begrenzt viel herausfinden."

Holly sammelte ihre Utensilien zusammen und steckte sie in ihre Medizintasche. „Sehen wir erstmal, ob ich Arabella hierherbekommen kann. Ihr Verhalten ... macht mir Sorgen."

Fergus meldete sich zu Wort: „Finn wird bald zu Hause sein. Wenn irgendjemand etwas aus ihr herausholen kann, dann mein Cousin."

„Aye, ich hoffe es", sagte Holly. „Ich glaube, sie ist deprimiert wegen der Drillinge. Wenn ich Melanie Hall-MacLeod ans Telefon holen kann,

kann sie vielleicht helfen. Mel hat einen guten Draht zu Arabella."

Fergus erwiderte: „Nun, Dr. Sid ist hier. Du könntest sie versuchen lassen, mit Arabella zu reden."

„Das könnte funktionieren." Holly nahm ihre Tasche. „Ich habe mein Mobiltelefon eingeschaltet. Ruf an, wenn es einen Notfall gibt."

Wieder allein küsste Fergus Ginas Wange. Er beobachtete, wie ihr Sohn saugte, bevor er seine Hand über ihre legte. „Ich wünschte, ich könnte immer hierbleiben."

Gina kuschelte sich an ihn. „Ich auch. Aber du hast diesen Konferenzanruf. Und ich habe eine Idee, die ich Jane Hartley vorstellen will."

„Der ehemaligen Reporterin? Warum?"

„Weil wir diese Katastrophe vielleicht in etwas Positives verwandeln können."

„Ich dachte, du müsstest erschöpft sein."

Einer von Ginas Mundwinkeln zuckte nach oben. „Ich bin müde, aber mein Gehirn schaltet oft den Turbogang ein, wenn ich wirklich müde bin. Als ich versucht habe, ein Nickerchen zu machen, bevor Jamie aufgewacht ist, hatte ich eine Idee."

„Aye? Ich höre."

„Neben dem Marketing habe ich viel über Öffentlichkeitsarbeit gelernt. Ähnlich wie in der Werbung, wenn man eine Emotion oder das Bedürfnis, etwas zu kaufen, auslösen möchte, kann dasselbe bei einem Vollmachtgeber oder einem Gesetz funktionieren. Nachdem Stonefire angegriffen wurde, hat sich die Öffentlichkeit bewegt, um sie zu unterstützen. Als Folge dessen und Melanies Bemühungen wurden Stonefire besondere Privilegien gewährt. Drachenmenschen können eine spezielle Lizenz beantragen, um sich mit einem Menschen zu paaren. Doch sie sind der einzige Clan, der dies tun darf."

„Das sind sie, aber ich bin mir nicht sicher, ob ich dem folgen kann."

„Wenn ich dich hätte paaren können, hätte ich den Schutz des MDA erlangt. Der Angriff hätte wahrscheinlich nicht stattgefunden."

Fergus runzelte die Stirn. „Das weiß ich nicht. Die Verräter sind entschlossen, Lochguard stürzen zu sehen."

„Aber das MDA hätte schneller eingegriffen. Oder zumindest auf etwaige von Lochguards Beschwerden gehört."

Fergus stöhnte. „Das MDA hilft nur selten, es sei denn, sie sind dazu gezwungen."

Gina passte Jamie an ihrer Brust an. „Trotzdem, wenn wir verhindern könnten, dass eine andere Frau sich Sorgen um ihre Zukunft macht, weil sie sich in einen Drachenwandler verliebt, würde das helfen."

„Aye, du hast recht. Aber was erwartest du von Jane Hartley?"

Gina begegnete seinem Blick. „Sie könnte einen Sonderbericht mit Filmmaterial über die Aufräumarbeiten machen. Meinst du, Finn würde das erlauben?"

Sein Drache richtete sich auf. *Unsere Gefährtin ist clever. Sie wird dich auf Trab halten.*

Das ist dir erst jetzt klar?

Er ignorierte sein Tier und antwortete Gina. „Ich werde es Finn zuerst erzählen, wenn er Zeit hat. Denk daran: er arbeitet hart daran, dass du hierbleiben kannst. Ich möchte, dass das zuerst erledigt wird."

„Aber Fergus, seit wann stellst du deine eigenen Wünsche über den Clan?"

Er umarmte seine Gefährtin fester. „Wenn es um dich geht, Mädel, werde ich alles tun, um dich zu behalten. Nicht nur, weil du meine wahre Gefährtin bist. Ich liebe dich, Gina MacDonald, und ich lasse dich niemals gehen."

Gina sah ihm in die Augen. „Fergus."

„Ist das ein gutes, gehauchtes ‚Fergus' oder ein schlechtes?"

Einer ihrer Mundwinkel hob sich. „Ein gutes."

Er beugte sich zu ihren Lippen hinunter und murmelte: „Willst du mir sagen, warum?"

„Weil ich dich auch liebe, Fergus MacKenzie."

Sie hob ihren Kopf, bis ihre Lippen auf seine trafen. Er verschlang ihren Mund und ließ sie wissen, wie viel ihm an ihr lag. Er hoffte nur, dass Finns Charme beim MDA funktionierte. Gina hatte ein richtiges Zuhause verdient und auch geliebt zu werden. Er wollte nicht, dass sie wieder auf der Flucht war.

Oder ihm genommen wurde.

Fergus küsste sie leidenschaftlicher und machte

noch einmal seinen Anspruch geltend. Egal, was nötig war, er würde Gina MacDonald und den kleinen Jamie behüten. Und niemand würde ihn davon abhalten.

Sid beendete ihre letzte Visite bei den Langzeitpatienten. Während ein Mann ein Bein und ein anderer einen Arm verloren hatte, war niemand außer den beiden weiblichen Drachen bei der Bombardierung gestorben.

Sie würde gerne denken, dass es an ihrer Weigerung lag, sie sterben zu lassen. Aber sie wollte auch ihren Clanführer Bram nicht im Stich lassen. Sid wollte die Beziehungen zwischen den Ärzten im Vereinigten Königreich und im Ausland stärken. Bram würde es ihr nie wieder erlauben, den Clan zu verlassen, wenn sie nicht 100 Prozent geben und nicht alles daransetzen würde, jedes Leben zu retten.

Na ja, das stimmte vielleicht nicht ganz. Bram vertraute ihr. Sid hatte sich das im Laufe ihres Lebens verdient. Es gab noch einen anderen Grund.

Sie blickte zu dem abgetrennten Bereich hinten im Zelt und gab tief im Inneren zu, dass sie auch Dr. Gregor Innes nicht im Stich lassen wollte. Es war wirklich dumm. Sid war Ende dreißig und hatte ihre Karriere vor langer Zeit einem Gefährten vorgezogen. Sie wusste überhaupt nichts über

Lochguards Arzt. Er konnte genauso gut ein herrischer, dominanter Arsch sein.

Red' dir das ruhig ein, Sid. Alle sprachen in höchsten Tönen von dem überfürsorglichen Arzt und dessen tragischer Vergangenheit. Die meisten der ungebundenen Frauen bekamen einen verträumten Blick in den Augen, wenn sie von ihm redeten. Ein paarmal schon hatte sie weggehen wollen, anstatt sich mit der Eifersucht auseinanderzusetzen, die tief in ihr selbst aufflammte.

Nachdem sie etwas Wasser getrunken hatte, stellte Sid ihren Becher ab und ging in Richtung des Abschnitts auf der Rückseite. Sie hatte lange genug die Untersuchung ihres letzten Patienten aufgeschoben. Es hatte keine Veränderung gegeben, laut dem Bericht der Krankenschwester vor einer Stunde. Wenn sie schnell wäre, könnte Sid seine Vitalwerte überprüfen, notieren und in fünf Minuten für ihre geplante Mittagspause fertig sein. Dann hätte sie etwas Zeit, um zu versuchen, ihre Gedanken von ihm zu befreien. Wieder einmal.

Sie schlüpfte durch die Öffnung und blinzelte. Gregor Innes saß mit dem Rücken zu ihr und blätterte durch seine Akte.

Eine Sekunde lang bewunderte sie seine breiten Schultern und die schmale Taille. Dann schüttelte sie den Kopf und wechselte in den Arztmodus. „Gregor Innes, was zum Teufel tun Sie denn? Legen Sie sich wieder hin!"

Gregor sah sie an, seine Augenbrauen über

seinen grauen Augen zusammengezogen. „Sie sind Engländerin. Wer sind Sie?"

Sie ging hinüber und nahm ihm die Akte aus den Fingern. „Ich bin Ihre Ärztin. Mein Name ist Cassidy Jackson."

Seine Pupillen wurden zu Schlitzen. „Die Stonefire-Ärztin."

„Ja. Da das jetzt aus dem Weg ist, legen Sie sich hin, und lassen Sie sich von mir untersuchen."

Seine Augen blitzten wieder. „Wo ist Layla?"

Sid war kein Neuling, wenn es um hartnäckige Drachenwandlermänner ging. Sie deutete auf das Bett. „Letzte Warnung. Legen. Sie. Sich. Hin!"

Sie starrten einander eine Sekunde lang an, und Sid überlegte, wie sie Innes am besten ins Bett brachte.

Ein Bild von sich auf einem nackten, gebräunten Gregor, blitzte in ihren Geist. Bevor sie es verbannen konnte, schlug ihr Herz doppelt so schnell. Was um alles in der Welt stimmte nicht mit ihr?

Einer von Alistairs Mundwinkeln zuckte nach oben. „Ich kann sehen, wie sehr Sie mich untersuchen wollen, Doktor. Ich werde ein guter Patient sein."

Sid verdrehte die Augen. „Es heißt, Ärzte sind die schlimmsten Patienten, und ich glaube, es ist wahr."

Gregors Lachen war ein reicher, warmer Klang, der eine Welle der Sehnsucht über sie branden ließ.

Aus irgendeinem merkwürdigen Grund wollte sie das noch einmal hören.

Dann kam Logans Stimme über das Funkgerät und brach den Zauber. „Sie haben ein paar neue Patienten, die Sie sprechen möchten, Dr. Sid."

Sie nahm das Funkgerät und drückte die Taste. „Ist es dringend?"

Logan antwortete: „Nicht besonders, aber ich würde Finns Gefährtin nicht warten lassen wollen."

Arabella war hier. „Gib mir ein paar Minuten, ich bin gleich da."

Sid senkte ihr Funkgerät und deutete mit der Hand. „Legen Sie sich hin. Ich habe viel zu tun, und mit Ihnen zu flirten gehört nicht dazu."

Gregor legte sich zurück und bedeckte seine untere Hälfte mit einem Laken. Auch wenn das ungewöhnlich war, wenn man bedachte, dass Drachenwandler nicht zweimal über Nacktheit nachdachten, ließ Sid es durchgehen. Sie ging an seine Seite und berührte vorsichtig die Beule an seinem Kopf. Sie war halb so groß wie am Tag zuvor. „Die Beule geht zurück und sollte morgen weg sein. Da auf Ihren früheren Scans nichts zu sehen war, können Sie noch heute anfangen, Layla zu helfen. Ihr anderer Helfer, Daniel Keith, ist heute Morgen abgereist."

Gregors Stimme war neutraler, als er fragte: „Was ist mit dem Clan? Wie geht's ihm?"

Sid sah ihn von der Seite an. „Den meisten geht es gut." Sie hielt inne und beschloss, die schlechten Nachrichten auszuspucken. „Ihre Schwester und deren älteste Tochter waren die einzigen Todesopfer. Tut mir wirklich leid, Gregor."

Alle Anzeichen seines früheren Humors verschwanden, ersetzt durch ein Stirnrunzeln und blitzende Augen. „Wo sind Harris und Fiona?"

„Ich habe sie nach Hause geschickt, damit sie sich ausruhen. Ich lasse sie bald von einer Krankenschwester herrufen."

Gregor hob eine Hand. „Stören Sie sie nicht. Ich weiß aus Erfahrung, dass er etwas Zeit braucht, um sich für Besucher zusammenzureißen."

Als Ärztin sollte Sid nicht nach persönlichen Informationen fragen, die einen Patienten aufregen könnten. Aber sie platzte heraus: „Wegen Ihrer Gefährtin und Ihres Sohnes."

„Aye."

Gregor unterbrach nicht den Augenkontakt. Sid wusste nicht, wie lange sie einander angestarrt hatten, aber sie wollte nicht diejenige sein, die den Blick abwandte. Es gab versteckte Schmerzen in seinen Augen, wahrscheinlich ähnlich wie in ihren. Sie hatten jeweils eine andere Vergangenheit, hatten aber mehr gemeinsam, als Gregor je wissen würde. Beide kannten tiefen Verlust.

Logans Stimme kam wieder über das Funkgerät. „Dr. Sid?"

Sie zwang endlich ihren Blick von ihm, um zu antworten. „Bin schon unterwegs." Als sie auf Gregor zurückblickte, fügte sie hinzu: „Ich muss gehen."

„Aye, ich schätze, das müssen Sie. Danke für die Hilfe, Cassidy."

Niemand hatte sie Cassidy genannt, seit sie ihren Drachen verloren hatte. Nur durch bloße Willenskraft verhinderte sie, dass ihr Tränen in die Augen traten bei den Erinnerungen an die Zeit, als sie Cassidy anstatt Sid gewesen war.

Doch sie konnte sich nicht überwinden, ihn zu korrigieren. Sie wollte fast, dass er ihren vollen Namen noch einmal sagte, was lächerlich war.

Dann erinnerte sie sich an Arabella und ihre Pflichten. „Gerne. Ich bin mir sicher, wir sehen uns wieder, bevor ich abreise."

Sid drehte sich um. Als sie den Raum verließ, hörte sie Gregor murmeln: „Aye, das werden wir, Mädel. Das werden wir."

Sid verdrängte ihre Neugier über seine Bemerkung und eilte zum vorderen Teil des Zeltes. Ein Blick auf Arabella, und Sid vergaß Gregor. Sid legte einen Arm um die Schulter der Frau und führte sie in einen leeren Bereich. In der Sekunde, als sie allein waren, sagte Sid: „Sag mir, was los ist, Arabella MacLeod."

Arabella blieb einige Sekunden still, bevor sie sich an Sid wandte und sie umarmte. Überrascht klopfte Sid ihr auf den Rücken. „Ara? Sag es mir. Nichts kann so schlimm sein wie die Drachenjäger." Als Arabella still blieb, senkte Sid ihre Stimme. „Du kannst mir alles erzählen. Ich werde es Bram nicht erzählen, es sei denn, Stonefire wird bedroht."

„Es gibt keine Bedrohung", sagte Arabella.

„Dann hör auf, Zeit zu schinden, und sag es mir. Ich habe das Gefühl, dass du vor Lochguard nicht schwach erscheinen willst. Das verstehe ich. Aber ich habe dich an deinem Tiefpunkt gesehen, Ara, und ich habe dich auf deinem Hochpunkt gesehen. Es gibt nicht viel, was du sagen könntest, das mich überraschen würde."

Arabella atmete einmal tief ein und antwortete schließlich: „Ich glaube nicht, dass ich mit drei Babys umgehen kann. Wenn Finn hier ist, kann ich mir seine Kraft leihen. Aber wenn er weg ist, kann ich es einfach nicht. Und ich weiß, dass er der Clanführer ist, und ich will nicht, dass er Lochguard aufs Spiel setzt. Aber ich brauche ihn, oder ich werde scheitern."

Sid nahm Arabellas Schultern und zwang die Frau zurück, um ihr in die Augen zu sehen. „Du wirst nicht scheitern, Ara. Du hast jetzt Familie in zwei Clans, die helfen können. Niemand würde es einer Mutter von Drillingen übelnehmen, wenn sie um Hilfe bittet."

„Aber das bedeutet, dass ich nicht mit meinen eigenen Kindern umgehen kann. Ich möchte nicht wieder die ‚arme Arabella' werden."

Sid hatte Arabella ihr ganzes Leben gekannt und war eine der wenigen, die nach ihrer Folter mit der Frau gesprochen hatten. Arabella war so weit gekommen, sie würde nicht zulassen, dass sie sich wieder zurückzog. „Es reicht, wir rufen jetzt Finn."

„Nein —"

„Ich weiß, dass er beschäftigt ist, aber wenn er

wüsste, dass ich dich so gesehen und ich es ihm nicht gesagt habe, würde er mich nie wieder hierherkommen lassen." Sid streckte ihre Hand aus. „Gib mir dein Handy. Ich möchte zuerst mit ihm reden."

Arabella zögerte eine Sekunde, bevor sie es befolgte. Sid wählte Finns Nummer, und der ging beim ersten Klingeln ran. „Arabella? Was ist los, Liebes?"

„Finn, Sid hier."

Finn unterbrach sie, bevor sie mehr sagen konnte. „Geht's Ara gut? Ist etwas mit den Kleinen passiert?"

„Den Babys geht's gut. Aber du musst mit Arabella reden, und es kann nicht warten."

„Dann gib sie mir!", befahl er.

Sid hielt das Handy hin und flüsterte Arabella zu: „Rede mit ihm. Finn ist vielleicht beschäftigt, aber er wird immer Zeit für dich haben."

Arabella nahm vorsichtig das Handy. Sie atmete tief durch, und ihre Stimme brach, als sie sagte: „Finn."

Um ihr Privatsphäre zu geben, trat Sid aus dem Zelt und stand Wache. Ihr Mittagessen konnte warten. Arabella brauchte sie.

Doch als ihre Augen den Raum durchsuchten, fiel ihr Blick auf den hinteren Teil. Gregor trat hinter der Abtrennung hervor, vollständig bekleidet in Krankenhauskleidung und einem weißen Kittel. Sie sollte ihn anschreien, er solle sich ausruhen, aber Sid verstand sein Bedürfnis, dem Clan zu helfen.

Alle guten Ärzte machten den Clan zu ihrer obersten Priorität.

Seine Augen begegneten ihren, und ein Funke zog über ihren Rücken. Zum ersten Mal seit langer Zeit fragte sie sich, wie es wäre, sich auf jemand anderen zu stützen, wenn es schwierig wurde.

Aber Gregor blickte weg und eilte auf das andere Ende des Zeltes zu, weg von ihr, und erinnerte sie daran, wie dumm ihre Fantasien waren. Sid war ohne ihren Drachen nur eine halbe Frau. Auch wenn sie gegenwärtig stabil war, war sie es in Zukunft vielleicht nicht mehr. Sie musste sich darauf konzentrieren, anderen zu helfen, solange sie noch konnte. Mit nichts konnte sie sich selbst helfen.

Ihre Drachenhälfte würde niemals zurückkehren.

Kapitel Einundzwanzig

Zwei Tage später trat Gina zum ersten Mal seit Tagen an die frische Luft und kuschelte ihr Baby an die Brust.

Teile des Lagers lagen in Schutt und Asche, während ein Teil auf wundersame Weise überlebt hatte. Das brachte Gina nur dazu, sich zu fragen, wie der Rest von Lochguard aussah.

Fergus drückte ihre Schultern. „Komm schon, Mädel. Bringen wir den kleinen Jamie nach Hause."

Gina riss ihren Blick von den Trümmern und flüsterte ihrem Sohn zu: „Lass uns deinen Daddy nicht zu sehr beunruhigen. Komm."

Fergus grunzte. „Es ist verdammt kalt hier draußen. Der Junge darf sich nicht erkälten."

Sie gingen los. „Es wird ihm gut gehen. Ich schwöre, du hast ihn in fünf Decken gewickelt. Außerdem könnte ich etwas Vitamin D von der Sonne gebrauchen."

Es war ein selten klarer, sonniger Tag. „Der Kleine ist ein Halbdrachenwandler. Er braucht das nicht. Und du kannst Vitamine nehmen."

Gina verdrehte die Augen. „Deine Mutter hatte recht – du wirst mich noch in den Wahnsinn treiben."

„Aye, und ich bin stolz darauf."

Sie gingen eine Minute schweigend, und Gina schwelgte in der Normalität dieser Handlung. Doch so sehr Fergus versuchte, stark zu tun, so sprach die Anspannung seiner Muskeln Bände. Sie blickte zu ihm hinüber. „Ich bin mir sicher, Finn hat gute Neuigkeiten."

„Wenn er das hätte, warum wollte er es uns dann nicht am Telefon sagen?"

Gina zuckte die Achseln. „Er hat seine Gründe. Vielleicht gibt es etwas Geheimes, das nicht durchsickern darf."

„Lochguard wird nicht abgehört."

„Soweit ihr wisst."

Fergus seufzte. „Nicht das schon wieder."

Gina hob die Brauen. „Hey, warum nicht? Du bist schlau, und ich liebe dich, aber ein Superspion könnte sich ins Land schleichen und es einrichten. Wenn man bedenkt, dass die meisten eurer Feinde früher hier gelebt haben, ist das durchaus möglich."

„Mit der erhöhten Sicherheit wird sich niemand in Lochguard einschleichen. Nicht einmal vom Himmel."

„Nur weil das MDA immer noch in der Gegend

ist und nach Feinden sucht, aber das MDA wird nicht ewig bleiben. Das Gleiche gilt für die Unterstützer draußen."

Ein paar Bilder waren an die Presse von der Zerstörung in Lochguard durchgesickert. Das war ein kalkuliertes Risiko gewesen, aber die Unterstützer vor der Tür und die Botschaften, die von den Menschen in Schottland, insbesondere von den Highlands und den Inseln, an ihren Clan geschickt wurden, waren außergewöhnlich. Ihr Erinnerungsvermögen war gut, und viele erinnerten sich noch an die schottischen Drachen, die während der Highland Clearances im 18. und 19. Jahrhundert geholfen hatten. Nicht einmal Dougal Munros harter Umgang mit den Einheimischen – Dougal war vor Finn der Anführer gewesen – hatte die Dankbarkeit der schottischen Menschen für vergangene Taten völlig ausgelöscht.

Fergus drückte sie ganz fest. „Eins nach dem anderen, Mädel. Wir haben es schon einmal neu aufgebaut und werden es wieder tun. Und jetzt hör auf zu trödeln. Unser Sohn muss ins Haus."

Gina verdrehte die Augen und gehorchte. „Hat jemand versucht, sich an die Anhänger zu wenden?"

„Aye, ich habe es versucht. Die meisten sind nicht bereit, ihre Adressen oder Telefonnummern anzugeben, fragen aber immer wieder, ob wir eine Social-Media-Seite haben."

Sie sah zu ihm hinüber. „Weißt du was, das wäre

keine schlechte Idee. Wenn wir Jane Hartleys Video-Podcast starten wollen, müssen wir das einrichten."

Fergus rümpfte die Nase. „Das überlasse ich dir. Wenn ich mir einen Computer zu lange ansehe, wird mein Drache nervös. Ich bevorzuge Papier. Wie Arabella beim Schreiben von Codes stundenlang auf einen Laptop starren kann, begreife ich nicht."

„Jeder ist da anders. Sieh dir dich und Fraser an. Dein Bruder hasst es, um den heißen Brei herumzureden oder diplomatisch zu sein, aber du bist hervorragend darin. Vielleicht braucht Lochguard noch mehr Menschen, um den Clan abzurunden, sich mit ihnen zu identifizieren und sie zu erreichen."

Fergus sah ihr in die Augen. „Dass du bleibst ist meine oberste Priorität. Die anderen können warten."

Sie lächelte und lehnte sich gegen Fergus. „Wir werden es irgendwie funktionieren lassen, Fergus. Wir lassen es irgendwie funktionieren."

Während sie weitergingen, verlor sich Gina in ihren Gedanken. Ein winziger Teil von ihr machte sich Sorgen über Finns Ankündigung, aber sie weigerte sich, davon überwältigt zu werden. Selbst in den dunkelsten Stunden, in denen sie von ihren Eltern abgewiesen worden war, war Gina entschlossen und optimistisch geblieben. Sie würde auch mit ihrer unsicheren Zukunft so bleiben.

Als Gina auf die roten Haarbüschel hinunterblickte, die Jamies Decken entwischt waren und auf seiner Stirn lagen, lächelte sie. Sie war eine neue Mutter, aber sie wollte jetzt schon die Welt zu einem besseren Ort für ihn machen. Sobald sie herausfand, wie man Schlafmangel mit der Pflege ihres Sohnes in Einklang brachte, würde sie diese Zukunft mit allem in Angriff nehmen, was sie hatte.

Sie näherten sich dem Hauptwohnbereich, und Gina hielt den Atem an. Während sie die Zerstörung in den Aufnahmen gesehen hatte, war sie im wirklichen Leben noch viel schlimmer.

Einige Cottages lagen in Trümmern, während andere nur Löcher in einer Wand hatten. Einige weitere hatten einen Teil ihrer Bedachung verloren. Familien waren bereits an der Arbeit, um die Schäden zu beheben, die repariert werden konnten. Dort, wo die zerstörten Cottages waren, räumten Männer und Frauen die Trümmer weg und bereiteten alles darauf vor, sie wiederaufzubauen. Da Fraser der Chefarchitekt des Clans war, hatte er nun viel zu tun.

Was sie daran erinnerte, dass sie später mit ihrem Schwager sprechen musste. Die neuen Häuser sollten bunkerähnliche Keller erhalten, um die Familien im Notfall zu schützen. Gina hoffte aufrichtig, dass es nie wieder einen Angriff gab, aber Vorsicht war besser als Nachsicht.

Fergus drückte sie fester an seine Seite, während sie gingen. Zweifellos dachte ihr Gefährte auch daran, Lochguard für die Zukunft stärker zu machen. Auch wenn Fergus versucht hatte, es zu verheimlichen, hatte sie seine nächtlichen Anrufe in

Seahaven und bei seinen anderen Kontakten gehört. Die meisten Anrufe hatten damit geendet, dass Fergus auflegte und fluchte, aber nicht alle. Veränderungen kamen auf sie zu, aber sie hatte keine Ahnung, welcher Art.

Sie näherten sich schließlich dem alten Sinclair-Haus. Es war größtenteils intakt, bis auf ein kaputtes Fenster vorn. Fraser entfernte gerade den alten Rahmen, drehte sich aber um, als sie sich näherten. Er hob eine Hand. „Da seid ihr ja. Ich war mir nicht sicher, wie lange ich die Überraschung noch für mich behalten kann."

Fergus runzelte die Stirn. „Welche Überraschung?"

Fraser grinste. „Komm, dann zeige ich es dir."

Fergus knurrte. „Du weißt doch, dass wir unseren ein paar Tage alten Sohn bei uns haben, oder? Keine Streiche."

Fraser legte eine Hand über sein Herz und schüttelte den Kopf. „Du denkst immer das Schlimmste von mir, Bruder." Er sah wieder auf. „Aber hoffentlich wird diese Überraschung dazu beitragen, das zu ändern."

Gina sah zwischen den beiden Brüdern hin und her und beschloss, einzugreifen. Andernfalls würden sie für immer weitermachen. „Was ist die Überraschung, Fraser?"

Fraser drehte sich um und legte seine Hand um seinen Mund. „Holly!"

Die Tür auf der rechten Seite des geteilten Hauses öffnete sich. Holly stand mit einem

Lächeln da. „Komm, holen wir euch beide aus der Kälte."

Gina sah auf die Tür auf der linken Seite. „Aber wir wohnen dort."

„Aye, das tut ihr", antwortete Holly. „Aber Fraser und ich wohnen hier."

Fergus platzte heraus: „Was?"

Fraser ging auf sie zu und schlängelte sich zwischen Gina und Fergus. Er legte eine Hand um ihre Hüften und drückte sie sanft nach vorn. „Ich weiß, dass du mich tief im Inneren vermisst. Wir waren einmal ein Ei. Wir sollten nie weit voneinander entfernt sein."

Fergus seufzte. „Ich glaube, ich habe deine Albernheiten noch nie vermisst."

Fraser klopfte Finn auf die Schulter. „Und denk darüber nach – wir zusammen, beschützen unsere Gefährtinnen und Kleinen, das ist besser, als es allein zu versuchen. Dank jahrelanger Wagnisse und Tricks sind wir ziemlich gut am Himmel, besonders als Team."

Gina beugte sich vor, um Fergus ins Gesicht zu blicken. Ihr Gefährte kämpfte mit einem Lächeln. Schließlich füllte seine Stimme den Raum. „Aye, das sind wir."

„Gut, dann ist das abgemacht."

Sie kamen an der Treppe an, und Holly wies sie hinein. „Kommt, lasst uns versuchen, euch aufzuwärmen, bevor wir zu Finns Ankündigung gehen."

Fraser schob seinen Bruder vor sich und

führte ihn in die Küche. Holly tippte sanft Jamies Nase an und flüsterte Gina zu: „Ich hoffe, es ist in Ordnung. Als die einzigen Menschenfrauen im Clan dachte ich, dass es nicht schaden könnte, zusammenzuhalten. Es könnte uns auch unsere überfürsorglichen Gefährten vom Nacken halten."

„Das wäre ein Bonus." Gina übergab Jamie an Holly und zog ihren Mantel aus. „Aber was ist mit deinem Dad? Wird er auch hier wohnen?"

Holly schnaubte. „Das bezweifle ich. Er ist ziemlich begeistert von Lorna, auch wenn er es nicht zugeben will."

Holly bot ihr Jamie zurück, aber Gina schüttelte den Kopf. „Halte ihn kurz. Meine Arme könnten eine Pause gebrauchen."

Holly sah hinunter, lächelte und gurrte dem Baby zu. Mit ganzem Herzen wünschte sich Gina, dass Holly ihr eigenes sicher zur Welt bringen würde.

Da fiel ihr etwas ein. „Hast du meiner Blutprobe etwas entnommen?"

„Die Laborwerte wurden zurückgestellt, aber ich sollte die Ergebnisse bald haben. Die meisten Verletzten von Lochguard sind entlassen worden, und das dürfte eine Menge Ressourcen freisetzen." Holly deutete zur Küche. „Kommt. Wir haben nicht viel Zeit und ihr könntet heißen Tee gebrauchen." Sie hielt Jamie kurz hoch. „Und dann werde ich ihn wickeln."

„Bist du dir sicher? Ich liebe meinen Sohn, aber

seine Windeln sind ziemlich ekelhaft. Ich kann das machen."

„Nein, lass mich. Du musst dich noch erholen. Kuschel mit deinem Gefährten und genieß es. In den kommenden Monaten wird es nicht viel Zeit für euch allein geben."

Schuldgefühle entflammten. Gina liebte ihren Sohn, aber sie wünschte, sie hätte Zeit mit Fergus. Ohnehin konnten sie wochenlang keinen Sex mehr haben. Und selbst dann: Der Rausch konnte einsetzen, und Gina war sich nicht sicher, ob sie sofort ein weiteres Kind wollte. Nicht, weil sie sich kein Zweites wünschte, aber sie freute sich auch darauf, eine Weile nicht schwanger zu sein.

Vor allem, wenn sie und Fergus Lochguard verlassen mussten, um für sich selbst zu sorgen.

Holly stieß ihren Arm an. „Ich bin mir sicher, Finn hat gute Neuigkeiten."

„Das sagen alle immer wieder, aber wir haben keine Ahnung."

Holly rückte Jamie zurecht. „Nun, wir finden es alle in etwa einer Stunde heraus. Bis dahin, genieß einfach den Moment. Wenn du down oder deprimiert wirkst, wird Fraser nur versuchen, dich zum Lachen zu bringen. Und glaub mir, er wird alle Hebel in Bewegung setzen, um es zu ermöglichen. Ich würde ihm zutrauen, dass er eine Art unbeholfenen Improvisationstanz aufführt, den du nie wieder ungesehen machen kannst."

Als sie die Küche betraten, hob Fraser seine Augenbrauen. „Das hab' ich gehört, Honey."

Holly neigte den Kopf. „Habe ich etwas gesagt, das nicht wahr ist?"

„Nein", antwortete Fraser.

Holly lachte. „Gut, dann. Setz den Wasserkessel auf und lass uns alle aufwärmen, bevor wir zu den Ruinen des Palas wandern müssen."

Bei der Erwähnung des Palas legten plötzlich alle den Gang ein. Holly machte sich daran, Jamie zu wickeln, und Fraser kümmerte sich um den Tee.

Fergus kam auf sie zu und zog sie in eine Umarmung. Seine Stimme war kaum hörbar, als er murmelte: „Tut mir leid, dass mein Bruder unangekündigt nebenan eingezogen ist. Ich hoffe, das ist in Ordnung?"

Sie zog sich zurück, um ihm in die Augen zu sehen, und berührte seine Wange. „Ist in Ordnung. Du kannst es leugnen, aber du liebst ihn. Außerdem ist es schön, von Leuten umgeben zu sein, die mir wichtig sind, nachdem ich Monate allein in diesem Cottage am Loch Shin verbracht habe."

Er zeichnete ihre Wange mit seinem Finger nach. „Und wenn ich etwas zu sagen habe, wird es auch so bleiben."

Gina wollte die wenige kostbare Zeit, die sie mit Fergus hatte, wertschätzen, legte ihren Kopf gegen seine Brust und lauschte seinem Herzschlag. Sie hatte einen Mann gefunden, den sie liebte und dem sie von ganzem Herzen vertraute.

Sie konnte sich ein Leben ohne ihn nicht mehr vorstellen.

Jamies Schrei durchbohrte die Luft, und Fergus ließ sie los. „Ich sehe nach ihm. Du setzt dich."

Ohne ein weiteres Wort eilte ihr Drachenmann zu ihrem schreienden Sohn. Sie setzte sich hin und merkte sich jedes Detail – von Fergus' breitem Rücken über seine weiche Babystimme für Jamie, der sich an seinem Finger hielt.

In einer Stunde würde sie das Schicksal ihrer Zukunft kennen.

Fergus stand mit Gina unter seinem Arm vor der Menge und hielt ihren Sohn. Fraser und Holly waren an ihrer rechten Seite. Seine Mutter, Ross und Faye auf der anderen Seite.

Alle gesunden Mitglieder des Clans standen vor den Ruinen des Palas. Nicht einmal die kalte Januarluft würde sie fernhalten.

Ein provisorisches Podest stand vor der Menge. Alles, was sie jetzt noch brauchten, waren Finn und Arabella.

Fergus hatte den ganzen Tag versucht, seinen Cousin zu kontaktieren, aber seine Anrufe gingen immer auf die Mailbox. Da Finn kein Feigling war, ging Fergus davon aus, dass Finns Nachrichten nicht allzu schlimm waren.

Zumindest hoffte er das.

Sein Drache schnaubte. *Natürlich wird Finn uns helfen. Selbst wenn er dem MDA gegenüber lügt, zwingt er uns nicht weg.*

Das sagst du, aber der Führungswettbewerb für den Leiter des MDA ist fast vorbei. Wenn Jonathan Christie gewinnt, wird er nicht zweimal darüber nachdenken, Clans zu bestrafen, die sich nicht an die Regeln halten.

Sein Tier peitschte mit dem Schwanz. *Rosalind Abbott ist die Vernünftigere und Erfahrenere. Sie wird gewinnen.*

Red' dir das nur weiter ein.

Vergiss einmal deinen Bedarf an harten Fakten, und glaube einfach.

Fergus wollte das unbedingt tun, aber es widersprach seiner Natur. *Wir werden es schon früh genug erfahren.*

Bevor sein Drache weiter argumentieren konnte, kamen Finn und Arabella Hand in Hand heraus. Was auch immer Arabella beunruhigt hatte, musste vorübergegangen sein; die Frau lächelte und sah glücklicher aus, als er es seit einiger Zeit gesehen hatte.

Die beiden blieb mitten auf dem Podest stehen. Finn hob die Hand und die Versammlung schwieg. Mit einem Nicken ließ Finn seine Stimme dröhnen. „Danke, dass ihr gekommen seid! Ich möchte euch nicht lange aufhalten, also komme ich direkt zum Punkt.

Lochguard wird weitere Veränderungen erfahren." Die Menge tuschelte, und Finn hob wieder die Hand. Als der Lärm nachließ, fuhr er fort: „Vor einigen Monaten haben wir zugestimmt, dass eine Forscherin für sechs Monate bei uns bleibt. Das wird immer noch passieren, obwohl sich ihre

Ankunft verzögert hat. Der Grund dafür ist, dass zusätzlich zu dem Menschen, der uns studieren will, sie eine Gruppe potenzieller Opfer begleiten wird."

Jemand rief: „Warum?"

Finn zögerte nicht. „Weil Lochguard der Probeclan für eine neue Opferpraxis sein wird. Mehrere Frauen besuchen den Clan und interagieren mit den alleinstehenden Männern. Wir hoffen, dass die Paarungen natürlicher verlaufen und weniger Raum für Unglücksfälle oder Katastrophen lassen. Das wird für beide Seiten von Vorteil sein. Und wenn die beiden einander genug mögen, könnten sie sogar zusammenbleiben."

Fergus blickte zu seinem Zwilling, und sie tauschten Blicke aus. Zweifellos war die Einführung der neuen Praxis durch die Schwierigkeiten zwischen Fergus und Fraser wegen Holly beeinflusst worden.

Trotzdem hielt Fergus es für eine gute Idee. Zwangsweise jemanden zusammenzuführen war notwendig gewesen, als die Menschen die Drachenclans gefürchtet hatten. Zumindest in den Highlands waren die Menschen jedoch nicht so ängstlich. Die Praxis wäre ähnlich wie bei den Clans in der Vergangenheit.

Finns Stimme dröhnte erneut. „Um einen breiteren Kandidatenpool zu fördern, werden wir auch die alte Praxis der Wächter wiedereinführen. Entweder ein menschlicher Verwandter des Opfers oder ein Freiwilliger unserer Beschützer wird ein Jahr lang über das Opfer wachen, um sicherzustellen, dass ihr Wohl gewährleistet ist. Wenn dem Opfer innerhalb des Clans etwas zustößt, wird der Wächter bestraft. Und wenn das Opfer gegen das Gesetz verstößt, wird sich das MDA darum kümmern."

Irgendein Mann rief: „Das klingt für mich nach weniger Freiheit!"

Finns Stimme war entschlossen, als er antwortete: „Ich bin anderer Meinung. Ich glaube, dass dieser Weg zu mehr Freiheit führen wird, zumal das MDA uns auch die Möglichkeit gegeben hat, spezielle Gefährten-Lizenzen zu beantragen. Wenn zufällig ein Verwandter eines Opfers oder ein einheimisches Mädel einen Paarungsrausch auslöst und beide Seiten sich paaren wollen, wird das MDA dies ermöglichen. Angesichts unserer jüngsten Probleme wird mir dieses Zugeständnis erlauben, nicht grau zu werden, bevor ich vierzig bin."

Einige Clanmitglieder lachten leise. Finn grinste. „Und da ich bald auch auf drei Kleine aufpassen muss, würde ich lieber ein paar meiner blonden Haare für sie aufbewahren. Wir alle wissen, dass drei kleine Stewarts, die Amok laufen, meine Haare in ein oder drei Jahren grau machen werden."

Einige der Spannungen in der Menge ließen nach, als mehr Leute über Finns Kommentar schnaubten. Sein Cousin war immer gut darin gewesen, Probleme zu zerstreuen.

Finn zog Arabella zur Seite und legte seinen Arm um ihre Schulter. „Und eine letzte Sache: Wenn jemand Interesse daran hat, die kleinen

Teufelchen babyzusitten, dann erstelle ich vielleicht einfach ein Anmeldeformular. Wir beide könnten Hilfe gebrauchen, obwohl ich sicher bin, dass sie verwöhnt werden."

Fergus schüttelte den Kopf und sagte leise zu Gina: „Du denkst, er scherzt, aber er hat gerade etwa ein Dutzend Babysitter gefunden, ohne es auch nur zu versuchen. Finn war schon immer schlau."

Gina lächelte zu ihm auf. „Für mich ist das in Ordnung. Das bedeutet, dass deine Mum uns mehr helfen kann."

Fergus schmunzelte. „Aye, mir gefällt, wie sich das anhört."

Finn sprach die Menge erneut an. „Ich denke, das sind genug Ankündigungen für den Tag. Ara und ich werden heute so viele wie möglich vom Clan besuchen und den Rest in den nächsten Tagen. Ich bin entschlossen, mir all eure Beschwerden anzuhören und zu sehen, wie Lochguard so schnell wie möglich wiederhergestellt werden kann. Wenn es eine Sache gibt, die wir schottischen Drachen können, dann ist es uns aufzuraffen und stärker daraus hervorgeht als je zuvor. Wir werden im Palas feiern, bevor ihr wisst, was euch geschieht."

Die Mehrheit der Zuschauer jubelte. Mit einem letzten Winken stieg Finn die Treppe hinab, mit Arabella neben sich. Das Paar kam direkt in Richtung Fergus und Gina. Als er nahe genug war, strich Finn über Jamies Wange. „Der Junge sieht stark aus." Finn sah Gina und dann Fergus an. „Glückwunsch euch beiden!" Finn sah Gina wieder an. „Ich habe davon gehört, dass du ihn nach Onkel Jamie benannt hast. Danke, Mädel. Das bedeutet uns allen viel."

Gina kuschelte sich an Fergus' Seite. „Das ist das Mindeste, was ich tun konnte, wenn man bedenkt, was Fergus und eure Familie für uns getan haben."

Lorna meldete sich zu Wort. „Unsinn, Kind. Das war nichts Besonderes."

Fergus wusste, dass es für Gina schon besonders war. Doch anstatt Zeit damit zu verschwenden, seine Familie davon zu überzeugen, sah er Finn in die Augen. „Wir sollten besser der erste Besuch des Tages sein. Ich bin mir nicht sicher, wie lange ich noch warten kann, unser Schicksal zu erfahren."

Arabella runzelte die Stirn. „Hat Tante Lorna es euch nicht gesagt?"

Fergus blickte seine Mutter an. „Nein."

Lorna musterte Fergus' Gesicht. „Bist du sicher, dass ich es dir nicht gesagt habe, Fergus? Ich bin mir ziemlich sicher, dass ich es getan habe." Sie wandte sich Faye zu. „Oder nicht?"

Bevor Faye antworten konnte, knurrte Fergus. „Nein, aber wie wäre es, wenn du es mir jetzt sagtest?"

Ross meldete sich zu Wort. „Pass auf deinen Ton auf, Junge! Deine Mutter stand unter viel Stress."

Fergus war kurz davor, Ross zu sagen, er solle sich um seine eigenen Angelegenheiten kümmern, als Gina Jamie gegen seine Brust drückte. Fergus nahm den Kleinen, ohne eine Frage zu stellen, aber bevor er noch ein weiteres Wort sagen konnte, kam Gina ihm zuvor. „Wir haben alle unter Stress gestanden. Wie wäre es, wenn ihr es uns jetzt erzähltet?"

Finn antwortete: „Eure Verpaarung wurde vom MDA akzeptiert. Du und dein Kind werdet hierbleiben."

Kapitel Zweiundzwanzig

Gina hörte eine Sekunde auf zu atmen. Sie hatte ein Zuhause, eine Familie und eine Zukunft. Sie würde ihrem Sohn auch helfen können, seine Drachenhälfte zu verstehen; und Fergus würde sicherstellen, dass Jamie nie zum Schurken wurde.

Und wer wusste es schon, sie könnte mit Lochguard und dem MDA zusammenarbeiten, um BroadBay oder einen anderen Clan daran zu hindern, in Zukunft weitere Frauen zu verletzen.

Zum ersten Mal seit langer Zeit war sie hoffnungsvoll.

Sie wandte den Kopf zu Fergus und musste Tränen zurückblinzeln, um nicht zu weinen. „Wir können bleiben!"

Fergus manövrierte Jamie in einen Arm und zog Gina an seine Seite. Nachdem er ihr Haar geküsst hatte, murmelte er: „Ich liebe dich, Mädel."

Eine Träne rollte ihr über die Wange, als sie antwortete: „Ich liebe dich auch."

Gerade, als sie den Kopf hob, um Fergus zu küssen, unterbrach Finn sie. „Ich hasse es, den glücklichen Moment zu stören, aber es gibt ein paar Dinge, die ihr zuerst wissen solltet."

Fergus knurrte: „Dann beeil dich, und sag es uns verdammt nochmal."

Finn schüttelte den Kopf. „Nicht hier. Kommt. Das muss unter vier Augen besprochen werden." Finn sah seine Verwandten an. „Obwohl ihr auch kommen könnt, wenn Fergus und Gina es erlauben."

Gina sprach vor Fergus. „Für mich ist das okay. Ich musste in letzter Zeit schon zu viele Geheimnisse bewahren." Sie blickte zu Fergus auf. „Ich hoffe, das ist in Ordnung."

Fergus küsste ihre Nase. „Natürlich." Ihr Drachenmann sah Finn an. „Beeil dich einfach, und bring uns irgendwo hin, wo wir reden können."

Arabella ging ein paar Schritte und zog Finns Hand. „Bringen wir sie hier hinten hin."

Als die gesamte MacKenzie- und Stewart-Brut Arabellas Führung folgte, blinzelte Gina, um nicht zu weinen. Egal, was Finns Nachricht war, es würde die Liebe und das Glück, die durch ihren Körper liefen, nicht ruinieren. Ihr Kind würde unter ehrenwerten Drachenwandlern aufwachsen. Der kleine Mac^2 würde nie wie sein biologischer Vater werden; sie würde dafür sorgen.

Arabella zog die Tür zu einem kleinen Gebäude

auf, das etwa fünf Meter vom Palas entfernt lag. Es war gemauert und hatte zwei kleine Fenster. Nach dem Moos und dem Efeu zu urteilen, die an der Seite hinaufwuchsen, war es seit einiger Zeit nicht mehr benutzt worden.

Einer nach dem anderen gingen sie hinein. Ein riesiger Kamin nahm die ferne Seite ein. Mehrere Backsteinöfen waren in den Kamin eingebaut. Obwohl es keine Möbel gab, hatte Gina eine Vorstellung davon, was das Gebäude war. „Das war einmal die Küche für den Palas."

Finn nickte. „Aye, bevor wir eine moderne im Palas installiert haben." Er zog Arabella an seine Seite. „Heutzutage wird es für private Momente verwendet."

Arabella lächelte, als sie ihm in die Seite schlug. „Jetzt müssen wir was anderes finden."

Finn zwinkerte. „Gut, dass wir eine lange Liste von Orten haben."

Fergus räusperte sich. „Cousin, erzähl uns die Neuigkeiten, sonst muss ich dich vielleicht schlagen."

Lorna schnalzte mit der Zunge. „Fergus hat recht. Spart euch eure Liebeseskapaden für später. Warum sind wir hier, Finlay Ian Stewart?"

Finns Blick ging zu Gina. „Es hat mit den Ergebnissen deiner Bluttests zu tun, Mädel."

Gina runzelte die Stirn. „Warum? Was ist dabei herausgekommen?"

Finn antwortete: „Eine Mischung aus menschlicher und Drachenwandler-DNA."

Sie blinzelte. „Ich verstehe nicht. Meine Eltern sind Menschen. Und wenn meine Mutter eine Affäre mit einem Drachenwandler gehabt hätte, hätte ich einen inneren Drachen, da die Drachenwandler-DNA immer dominant ist. Und ich habe keinen."

Arabella meldete sich. „Finn ist zu dramatisch. Die Mischung ist normal für einen Menschen, dem irgendwann in seinem Leben Drachenblut gespritzt worden ist. Bist du sicher, dass niemand in deiner Familie ein Opfer war und es dazu verwendet hat, dein Leben zu retten?"

Gina schüttelte den Kopf. „Nein. Meine ganze Familie, bis auf meine Schwester, hasst Drachenwandler. Auch alle meine Cousins sind Menschen."

Fergus meldete sich zu Wort. „Dann ist die einzige logische Erklärung, dass deine Eltern Drachenblut vom Schwarzmarkt gekauft haben, wahrscheinlich, bevor du alt genug warst, um dich zu erinnern."

Gina runzelte die Stirn. „Ich verstehe nicht. Sagen wir mal, meine Eltern haben getan, was du gesagt hast. Warum würden sie mir das nicht erzählen?"

Fergus antwortete: „Viele Menschen haben Vorurteile gegen alles, was mit dem Opfersystem zu tun hat, wozu auch gehört, sich das heilende Blut eines Drachen spritzen zu lassen. Sie wollten, dass du nicht verachtet wurdest."

In diesem Moment ergab das vergangene

Verhalten ihrer Eltern einen Sinn. „Seit Jahren haben sie alles in ihrer Macht Stehende getan, um Drachenwandler zu verunglimpfen. Als ich dennoch fasziniert von ihnen war, versuchte meine Mutter nur noch mehr, mich zum Hass gegen Drachen zu bewegen." Sie blickte zu Jamie hinunter. „Trotz allem bin ich immer noch von der Vereinigung befleckt."

Lorna stellte sich vor sie und hob ihr Kinn. „Nicht befleckt, Mädel. Du bist gesegnet."

Gina fragte: „Aber wie?"

Holly antwortete: „Weil ich das Gefühl habe, dass, weil du in jungen Jahren Drachenblut gespritzt bekommen hast, das der Grund ist, warum du Jamie so problemlos hast zur Welt bringen können. Wir könnten Injektionen bei anderen Menschen ausprobieren und sehen, wie es wirkt."

Lorna wandte sich Holly zu. „Aye, beginnend mit dir, Holly MacKenzie."

„Woher wusstest −", begann Holly.

Lorna unterbrach sie. „Ich bin vielleicht im mittleren Alter, aber mein Geruchssinn ist genauso scharf wie als junges Mädel. Du stinkst nach Fraser."

Fraser knurrte. „Mum."

Lorna lächelte. „Und zwar nicht auf schlechte Weise." Sie sah wieder zu Gina. „Dank dir könnte meine andere Schwiegertochter eine größere Chance haben, ein langes Leben zu führen, umgeben von einer Horde von Kindern."

Holly sagte: „Ich weiß nichts von einer ‚Horde'."

Als Holly, Fraser, Lorna und Ross begannen, über Respekt und Widerworte zu streiten, beugte sich Fergus hinunter und flüsterte ihr ins Ohr: „Bist du in Ordnung, Gina? Das ist eine Menge zu verarbeiten."

„Das ist es. Ich wünschte, ich wüsste mehr darüber, warum oder wie meine Eltern es getan haben."

„Du könntest sie fragen", sagte Fergus.

Ein kleiner Teil von ihr war versucht. Aber das würde bedeuten, sich noch einmal mit der Verachtung und Enttäuschung auseinandersetzen zu müssen. „Vielleicht eines Tages. Aber im Moment möchte ich meinen neuen Sohn und meinen neuen Ehemann genießen."

Er schob ihr eine Strähne hinters Ohr. „Vielleicht, wenn wir uns jetzt rausschleichen, werden sie es nicht bemerken. Ich würde selbst gerne etwas genießen. Meinen Sohn und meine Gefährtin auf der Couch neben mir zu halten, vielleicht mit deinem kleinen Kater neben uns, klingt für mich wie der Himmel."

„Ach, Fergus!"

„Komm schon, Mädel. Bevor sie aufhören zu streiten."

Fergus zog an ihrer Hand und ging Richtung Tür. Er kam nicht mehr als zwei Schritte weit, bevor Finn rief: „Noch nicht, ihr zwei! Wir haben noch ein paar weitere Dinge zu besprechen!"

Fergus knurrte, als er den Kopf seinem Cousin zuwandte. „Dann beeil dich und erzähl es uns, Finn. Ich will sehen, dass meine Familie zur Ruhe kommt."

Finn hob die Brauen. „Aber ich denke, deine Gefährtin wird das mögen."

Fergus' Drache knurrte. *Wenn er nicht bald auf den Punkt kommt, sollten wir ihn am Boden festhalten und Antworten verlangen.*

Du weißt schon, dass er der Anführer ist, aye?

Im Moment ist er kein Clanführer — er ist unser nerviger älterer Cousin.

Lorna ging zu Finn und packte ihn am Ohr. Finn schrie auf. „Was zum Teufel tust du denn?"

Lorna verdrehte sein Ohr und kniff die Augen zusammen. „Im Privaten bist du nur mein Neffe. Hüte deine Zunge, Finlay!"

Fergus biss sich auf die Lippe, um nicht zu lächeln. Aus Erfahrung wusste er, dass seine Mutter auch sein Ohr packen würde, wenn sie die Gelegenheit dazu hätte.

Arabella seufzte. „Wie wäre es, wenn ich es ihnen einfach erzähle, Finn? Andernfalls könnten wir noch eine Stunde hier sein, und ich habe zur Abwechslung mal Hunger."

Finn betrachtete besorgt seine Gefährtin. „Machen dir die Kleinen Probleme, Ara? Du hast versprochen, mir zu sagen, wenn sie es tun, egal, was ich gerade mache."

Arabella schüttelte den Kopf. „Sie benehmen sich tatsächlich, was bedeutet, dass ich verhungere."

Arabella sah Fergus und Gina an. „Was mein lieber Gefährte sagen wollte, ist, dass es neben der ständigen Überwachung von BroadBay, um sicherzustellen, dass sie keinen Ärger mehr verursachen oder weitere Angriffe planen, eine andere Bedingung des MDA gab."

Erleichterung überflutete Fergus' Körper. Wenn BroadBay keinen Weg fand, das MDA zu bestechen, wären Gina und Jamie sicher.

Fergus würde Finn später die Details rund um BroadBay entlocken. Er musste wissen, was er sonst noch vom MDA zu erwarten hatte. „Eine Bedingung, die über die Änderungen des Opfersystems hinausgeht?"

Arabella nickte. „Ja. Das war etwas, das Finn mit Bram ausbaldowert hat. Dieses nächste bisschen war ein Antrag des amerikanischen MDA-Büros." Arabella lächelte Gina an. „Du wirst deine Schwester Kaylee früher sehen, als du erwartet hast."

Gina packte seine Hand und stand vollkommen still. „Bitte erklär' mir, was du meinst, Arabella."

Arabella zuckte mit den Schultern. „Das amerikanische MDA untersucht BroadBay und die Handlungen ihrer Clanmitglieder. Obwohl dieser Travis-Bastard nicht am Angriff auf Lochguard beteiligt war, waren es einige andere BroadBay-Mitglieder. Daher befürchtet das amerikanische MDA Vergeltungsmaßnahmen gegen eure Familie. Deinen Eltern und Kaylee wurde ein Umzugsprogramm angeboten, komplett mit neuen

Identitäten. Der einzige Haken ist, dass sie nie wieder Kontakt zu dir aufnehmen dürfen."

Fergus verlagerte seinen Sohn und legte seinen Arm um Ginas Schultern. „Es muss etwas passiert sein."

Arabella antwortete: „Korrekt. Kaylee hat abgelehnt. Sie wollte hierher umgesiedelt werden."

Ginas Antwort war atemlos. „Und?"

Finn meldete sich: „Ich habe dem Plan zugestimmt. Sie ist eben angekommen und wartet im zentralen Kommandogebäude der Beschützer. Wenn du etwas Zeit brauchst, um dich an den Gedanken zu gewöhnen, bevor du sie siehst, wird sie bei mir und Ara bleiben, bis du bereit bist."

Gina machte einen Schritt nach vorn. „Nein!" Sie blickte zu Fergus auf. „Kannst du mich jetzt dorthin bringen?"

Sein Drache meldete sich zu Wort. *Tu es.*

Aber was ist mit Jamie? Die Temperatur sinkt von Minute zu Minute.

Lorna ließ Finn los und streckte ihre Arme aus. „Gib mir meinen Enkelsohn. Ich werde ihn einpacken und euch folgen."

Fergus sah Gina an und nickte. „Bitte, Fergus! Ich möchte nur meine Schwester sehen. Deine Mum wird auf Jamie aufpassen und sicherstellen, dass es ihm gut geht."

Er übergab seinen Sohn ohne Zögern. „Achte nur darauf, dass er warm genug ist, Mum."

Lorna rückte die Decke des kleinen Jamie zurecht. „Ich habe euch drei und Finn großgezogen, nicht wahr? Und jetzt geht! Je eher ihr es tut, desto eher können wir Kaylee MacDonald in unserer Familie begrüßen."

Gina wandte sich Lorna zu. „Aber du weißt nichts über sie."

„Aye, aber sie hat sich für dich entschieden, mein Kind. Mehr brauche ich nicht zu wissen." Lorna deutete auf die Tür. „Geht!"

Er zog Fergus mit sich und eilte mit Gina an die frische Luft. Bevor seine Gefährtin loslaufen konnte, hob er sie in seine Arme. „So geht es schneller."

Während er halb joggte, legte Gina ihren Kopf ohne Beschwerde an seine Brust. Die beiden waren von ihrem ersten Tag am Loch Shin weit gekommen.

Sein Tier schnaubte. *Natürlich. Ich bin ja auch ziemlich charmant.*

Fergus schnaubte innerlich. *Nur weil Gina denkt, dass du in Drachengestalt schön bist, heißt das nicht, dass wir sie so gewonnen haben.*

Ich schätze, das werden wir nie wissen.

Oh, ich kenne die Gründe. Leb in deiner Fantasie, wenn du es möchtest.

Sein Drache wandte Fergus den Rücken zu und ging in Richtung seines Hinterkopfs. *Beeil dich einfach und mach unsere Gefährtin glücklich, damit wir sie endlich nach Hause bringen können.*

Fergus erhöhte seine Geschwindigkeit und nutzte jedes bisschen Kraft, das er besaß. So wie er ohne seine Familie unvollständig war, hatte er das

Gefühl, dass es Gina genauso mit ihrer Schwester ging.

Es war Zeit, dagegen etwas unternehmen.

Gina schloss die Augen und genoss den Herzschlag von Fergus, als er rannte. Ein geringerer Mann hätte sich darüber ärgern können, dass ein ruhiger Abend allein abgesagt wurde, um eine neue Schwägerin zu begrüßen. Aber nicht Fergus. Obwohl Gina ihre jüngere Schwester nur ein paarmal erwähnt hatte, verstand er instinktiv ihre Sehnsucht nach Kaylee.

Sie konnte die Entscheidung ihrer Schwester immer noch nicht glauben.

Es stimmte, Gina sollte sich noch mehr freuen, dass BroadBay überwacht und überprüft wurde, da es bedeutete, dass sie und Jamie sicher waren. Aber in der Gegenwart konnte sie nur daran denken, endlich ihre Schwester zu sehen.

Eine Schwester, von der Gina geglaubt hatte, sie nie wieder zu sehen.

Fergus verlangsamte sein Tempo, und seine tiefe Stimme rollte in seiner Brust. „Wir sind fast da, Mädel. Ich werde dich am Eingang absetzen."

Gina öffnete die Augen und blinzelte, um sich an das verblassende Licht zu gewöhnen. Zehn Sekunden später verlangsamte sich Fergus bis zum Stillstand und stellte sie vorsichtig ab. Er bewegte sich auf die Tür zu, aber sie legte eine Hand an seine Brust, um ihn aufzuhalten. „Danke, Fergus!"

Er lächelte und hob ihr Kinn. „Ich beabsichtige, zu einem späteren Zeitpunkt etwas dafür einzufordern."

Sie hob eine Braue. „So viel zum Thema edel sein."

Er gab ihr einen schnellen Kuss. „Ich kann edel sein, aber ich bin auch ein Mann. Ich habe Pläne, wenn du geheilt und nackt bist." Gina blinzelte, aber Fergus legte eine Hand an ihren unteren Rücken und drückte, bevor sie antworten konnte. „Das können wir später diskutieren. Komm. Deine Schwester wartet."

Jeder Schritt ließ Ginas Herz nur schneller schlagen. Kaylee hatte ihr Leben aufgegeben, um nach Lochguard zu kommen. Im Moment mochte das für sie in Ordnung sein, aber wer wusste schon von der Zukunft. Trotz allem, was ihre Eltern Gina angetan hatten, waren sie vor Ginas ungewollter Schwangerschaft liebevolle Eltern gewesen. Kaylee könnte es noch bereuen, die Bande gekappt zu haben.

Von Zeit zu Zeit sehnte sich sogar Gina danach, die Gesichter ihrer Eltern wieder zu sehen.

Fergus sagte: „Sprich zuerst mit deiner Schwester und entscheide dann, ob du dir Sorgen machen musst."

Sie sah auf. „Woher weißt du, dass ich mir um irgendetwas Sorgen mache?"

„Wenn du besorgt oder nervös bist, klopfst du deine Finger aneinander." Er nahm seine von ihrem Rücken zu ihrer Hand und verflocht seine Finger mit ihren. „Wir werden ihr gemeinsam gegenübertreten, Mädel. Keine Sorge!"

Sie nutzte die Kraft von Fergus' Griff und nickte. Wenn Gina nicht unter Schlafmangel gelitten hätte, hätte sie sich wahrscheinlich überhaupt keine Sorgen gemacht. Sie würde sich an Fergus ein Beispiel nehmen und die Fakten sammeln, bevor sie Schlüsse zog. Kaylee könnte sich tatsächlich freuen, sie zu sehen. Ihre Schwester war ebenfalls fasziniert von Drachenwandlern, was den Übergang reibungsloser machen konnte.

Sie gingen um die letzte Ecke und betraten den Hauptkommandoraum. Grant McFarland stand mit einer Gruppe von Beschützern zusammen und diskutierte etwas, das sie nicht hören konnte. Beim Geräusch ihres Eintretens sah Grant auf. „Ich habe mich schon gefragt, wie lange ihr zwei noch wegbleiben würdet." Er zeigte auf einen Nebenraum. „Sie ist mit Meg Boyd da drin."

Fergus schnaubte. „Das ist ja mal genau der richtige Weg, sie dem Clan vorzustellen."

Grant antwortete: „Aye, nun. Meg hat sich freiwillig gemeldet, bevor ich überhaupt fragen konnte. Ich glaube, sie ist eifersüchtig auf deine Mutter und den Menschen-Mann und will nur etwas, das Lorna noch nicht hat."

Gina drückte seine Hand. „Können wir später über Lornas und Megs Rivalität sprechen?"

Fergus nickte. „Tut mir leid, Mädel. Komm, lass uns gehen, bevor Meg Boyd ihr ein Ohr abkaut."

Gina atmete tief durch und straffte die Schultern für Mut.

Sie gingen den Korridor entlang. Fergus sah sie mit Liebe und Ermutigung in den Augen an, bevor er die Tür öffnete. Die Stimme einer älteren Frau traf ihre Ohren: „Und so verheiratete ich meinen zweiten Sohn. Wie Sie sehen, gibt es einige Tricks, um einen guten Drachenmann zu fangen – "

Ginas Augen fielen auf ihre Schwester und sie flüsterte: „Kaylee."

Kaylees braune Augen füllten sich mit Überraschung, und sie sprang vom Stuhl. Im nächsten Moment rannte sie in Ginas Arme. „Gina!"

Gina schloss die Augen, ließ Fergus' Hand los und umarmte ihre Schwester fest. „Ich kann nicht glauben, dass du wirklich hier bist."

Kaylee drückte sie vorsichtig und zog sich dann zurück. Gina öffnete die Augen, um dem Blick ihrer Schwester zu begegnen, als sie antwortete: „Natürlich bin ich hier. Ich versuche seit Monaten, einen Weg nach Schottland zu finden, aber ich hatte nicht genug Geld gespart. Ich wünschte, du hättest mich mitkommen lassen."

Gina blinzelte Tränen fort. „Ich wollte nicht, dass du befleckt wirst, weil du mit mir in Verbindung stehst, Kaylee. Du hast Besseres verdient."

Kaylee schüttelte den Kopf, und die kurzen, braunen, lockigen Haarsträhnen hüpften um ihre Wangen. „Du warst schon immer eine überfürsorgliche Schwester." Kaylee packte ihre Oberarme. „Aber in dieser Hinsicht hast du dich geirrt. Ich habe dich vermisst, Gina. Schieb mich nie wieder fort!"

Meg Boyd meldete sich zu Wort: „Aye, sie hat recht, Gina. Schwestern sollten zusammenhalten."

Gina lächelte. „Du hast recht, wie immer, Meg." Fergus seufzte, als Gina die ältere Drachenfrau auch noch ermutigte, aber Gina ignorierte es und wandte sich ihrem Gefährten zu. „Kaylee, ich möchte dir Fergus MacKenzie vorstellen. Er ist mein Gefährte-Schrägstrich-Ehemann."

Lorna stupste sie mit dem Ellbogen in die Seite. „Das hast du gut gemacht, Schwesterchen."

Sie flüsterte: „Kaylee."

Fergus schmunzelte. „Schön, dich kennenzulernen, Kaylee MacDonald. Aber ich muss eines korrigieren: Ich bin der Glückliche, der Gina gefunden hat. Ich kann immer noch nicht fassen, dass sie mich gewählt hat."

Die Art und Weise, wie Fergus die Tatsache erklärte, als wäre es die einfachste Sache der Welt, brachte Gina zum Lächeln. „Arbeitest du immer noch daran, Brownie-Punkte zu sammeln?"

Fergus grinste. „Aye, vielleicht."

Sie starrten einander eine Sekunde an, bevor Kaylee fragte: „Ist dem Baby etwas passiert, Gina?"

Auf den besorgten Ton ihrer Schwester hin wandte Gina ihren Blick zu ihr. „Ich habe ihn vor ein paar Tagen entbunden. Würdest du gerne Jamie MacKenzie kennenlernen?"

Kaylee nickte begeistert. „Wo ist er?"

Die Vorfreude in Kaylees Stimme erwärmte ihr Herz. Unabhängig von der Vergangenheit würde ihre Schwester Ginas Sohn ohne Fragen akzeptieren.

Gina räusperte die Emotionen aus ihrem Hals und antwortete: „Meine Schwiegermutter sollte bald hier sein, wenn sie es nicht schon ist. Warten wir auf sie. Ich kann dir unterdessen noch mehr Leute vorstellen."

Meg warf ein: „Aber richte dein Augenmerk noch auf niemanden, mein Kind, bis du meinen Alistair getroffen hast!"

Fergus antwortete trocken: „Ich bin mir nicht sicher, ob Alistair gerne wüsste, dass seine Mutter versucht, ihn zu verkuppeln."

Meg wedelte mit einer Hand. „Er hatte fast dreißig Jahre Zeit, es selbst zu tun. Wenn ich es nicht versuche, wird er nie jemanden finden. Er verbringt zu viel Zeit mit dem Lesen. Er sollte häufiger unter Leute gehen."

Anstatt zu antworten, öffnete Fergus die Tür und lächelte Gina liebevoll an, als sie mit ihrer Schwester hinausging. Sie würden später noch gut über Megs Mätzchen lachen. So wie Gina Alistair kannte, würde er die Bemühungen seiner Mutter nicht begrüßen.

Kaylee beugte sich vor und flüsterte: „Ich kneife mich ständig, um sicherzustellen, dass ich nicht träume. Nicht nur, weil ich dich gefunden habe, sondern auch, weil wir auf Drachenwandlerland sind. Ich hätte nie gedacht, dass ich diesen Tag jemals sehen würde."

Gina lachte. „Ich bin seit über zwei Wochen hier und denke immer noch, dass es ein Traum ist."

Fergus erschien an ihrer anderen Seite, als Lorna mit Jamie in den Raum geeilt kam. Ihr Sohn musste inzwischen in acht Decken gehüllt sein.

Lorna blieb vor ihnen stehen und blickte zwischen Gina und Kaylee hin und her. „Aye, ich sehe die Ähnlichkeit. Die Haar- und Augenfarbe ist unterschiedlich, aber die Gesichter sind gleich."

Gina deutete auf Lorna. „Das ist Lorna MacKenzie, meine Schwiegermutter. Lorna, das ist Kaylee MacDonald, meine jüngere Schwester."

Lorna lächelte. „Willkommen in Lochguard, mein Kind!"

Fraser, Faye, Holly und Ross stürmten in den Raum. Ross war außer Atem. „Du bewegst dich schnell für dein Alter, Lorna."

Lorna hob die Brauen. „Aye? Ich denke, du brauchst nur mehr Bewegung. Oder vielleicht sind es die vier Jahre, die du älter bist als ich."

Bevor Ross mehr tun konnte als nur die Stirn zu runzeln, zeigte Kaylee auf Fraser und dann auf Fergus. „Es gibt zwei von euch?"

Fraser legte einen Arm um Holly, aber Faye antwortete: „Ich weiß. Manchmal frage ich mich, warum. Ein Bruder ist mehr als genug, um meine Geduld auf die Probe zu stellen."

Fergus knurrte: „Faye."

Faye zuckte mit den Schultern. „Was? Ich sage nur die Wahrheit. Seit ihr beide aus dem Haus seid, habe ich besseren Zugang zu Moms Scones. Wir hätten euch schon vor Jahren rausschmeißen sollen."

„Du und die verdammten Scones. Du solltest lernen, sie selbst zu backen", brummte Fergus.

So sehr Gina ihre Schwiegerfamilie liebte, wollte sie nicht, dass Kaylees erster Eindruck von ihnen wäre, wie sie zehn Minuten lang stritten, wie sie es gewohnt waren. Sie streckte Lorna die Hände entgegen. „Kann ich Jamie haben?"

Lorna reichte ihr einen schlafenden Jamie. Gina zog vorsichtig vier Decken beiseite, bevor sie sich ihrer Schwester näherte. „Das ist Jamie. Sag Hallo zu deiner Tante Kaylee, Jamie."

Gina manövrierte ihren Sohn sanft in Kaylees Arme. Ihre Schwester lächelte. „Er ist so winzig."

„Glaub mir, als er herausgekommen ist, hat er sich nicht winzig angefühlt", schnaubte Gina.

Kaylee kicherte. „Dagegen werde ich nichts sagen." Sie berührte Jamies Wange, und er bewegte sich für eine Sekunde, bevor er sich wieder beruhigte. „Ich kann es nicht abwarten, dich zu verwöhnen, kleiner Mann."

Gina seufzte. „Mit dir und den MacKenzies muss ich wirklich aufpassen, wenn ich möchte, dass er jemals lernt, wie man etwas selbst macht."

Fergus trat hinter sie und legte die Arme um ihre Taille. Sie entspannte sich gegen die Brust ihres Gefährten, als er antwortete: „Ich helfe dir, Mädel.

Mein Bruder ist derjenige, auf den man aufpassen muss."

Fraser ignorierte Fergus. Er und Holly traten näher zu Kaylee. „Ich glaube, wir sollten uns vorstellen. Ich bin Fraser, der besser aussehende und klügere MacKenzie-Zwilling. Und das hier ist meine Gefährtin, Holly." Fraser deutete auf Faye. „Die nervtötende Frau da drüben mit den wilden Haaren ist meine Schwester Faye."

Faye knurrte. „Mein Angebot steht noch, Fraser. Lass uns wandeln und das ein für alle Mal klären."

Kaylee meldete sich zu Wort: „Ich hätte nichts dagegen, ein paar Drachen aus nächster Nähe zu sehen."

Zum Glück trat Grant vor. „Ich denke, es wäre am besten, unsere Energie für den Wiederaufbau zu nutzen. Die Kämpfe können bis später warten."

Faye brummte: „Spielverderber!"

Grant hob nur seine Augenbrauen, und Faye sah weg.

Fraser flüsterte laut zu Kaylee. „Als Onkel zu einer Tante vom kleinen Jamie sage ich, dass du mir vielleicht helfen kannst."

Kaylee sah sich im Raum um. „Wie?"

Fraser grinste. „Ich versuche, einen Spitznamen zu finden, der bleibt, weißt du? Was hältst du von Mac^2?"

Kaylee hielt eine Sekunde inne und lachte dann. „Wegen MacDonald-MacKenzie."

„Aye", sagte Fraser. „Bist du dabei?"

Verschlagenheit leuchtete in Kaylees Augen. „Das hängt davon ab. Wirst du dich für mich in einen Drachen wandeln?"

Holly runzelte die Stirn. „Vielleicht solltest du jemand anderen fragen. Ich mag es nicht, dass andere Fraser nackt sehen. Vielleicht kann Grant das machen."

Alle Augen wandten sich zu Grant. Der oberste Beschützer antwortete trocken: „Ich habe ein paar Dinge zu erledigen."

Als Grant davoneilte, mischte sich Ross ein. „Ich bin Ross Anderson, Hollys Dad. Vielleicht solltest du Lorna hier fragen. Sie wandelt selten für jemanden, nicht einmal für mich. Und ich frage ganz nett."

Lorna seufzte. „Nicht das schon wieder."

Ross grinste. „Aye, das schon wieder. Ich bin entschlossen, irgendwann dein Drachenselbst zu sehen."

„Du kannst es weiter versuchen, aber du wirst nirgendwo hinkommen, Ross Anderson", antwortete Lorna.

Ross fragte: „Nicht einmal, wenn ich nett bitte und anbiete, das Geschirr zu machen?"

Lorna schüttelte den Kopf. „Nein."

Ross trat einen Schritt näher. „Wie wäre es, wenn ich anbiete, auch zu kochen?"

Lorna verdrehte die Augen. „Und dich den Herd wieder abfackeln lassen? Ich denke nicht."

„Ich werde herausfinden, was eine Vereinbarung

auslösen wird, Lorna, Liebes. Warte nur ab", erklärte Ross.

Fraser schüttelte den Kopf. „Lass meine Mutter in Ruhe. Sie hat ihre Gründe. Du solltest sie nicht drängen."

Ross richtete sich höher auf. „Das ist eine Sache zwischen mir und deiner Mutter, Junge. Kümmere dich um deinen eigenen Kram."

Fraser knurrte, aber Holly sprang vor ihren Gefährten. Holly sah zwischen Fraser und Ross hin und her und sprach mit ernstem Ton. „Ich schwöre, dass ich immer wieder zwischen euch beide treten muss." Sie sah Ross an. „Hör auf, einen Drachenmann zu provozieren, Dad. Trotz deiner Tapferkeit bist du nicht so stark wie er." Holly wandte sich Fraser zu. „Und du musst deine Mutter ihre eigenen Kämpfe führen lassen."

Ross und Fraser begannen erneut, sich über Respekt, Grenzen und sich aus den Angelegenheiten anderer rauszuhalten zu streiten. Gina erwartete, dass Fergus einspringen und die Situation entschärfen würde, aber stattdessen beugte er sich zu ihrem Ohr. Sein Flüstern war so leise, dass sie es kaum hören konnte. „Das ist jetzt deine Familie, Mädel. Bereit zu rennen?"

Gina sah Kaylee an, teilte ein Lächeln mit ihr und drehte sich dann in Fergus' Armen. Sie legte ihre Hände hinter seinem Nacken ineinander. „Niemals."

Er zog sie fester an sich. „Gut, denn ich werde

dich nie gehen lassen. Ich liebe dich, Gina MacDonald. Wilde Hunde könnten mich nicht von deiner Seite wegreißen."

Sie neigte den Kopf. „Lass uns hiernach ein paar wilde Hunde suchen. Ich möchte wirklich deine Übertreibung testen."

Fergus knurrte. „Ich habe eine bessere Idee."

Sie tat schüchtern. „Ach so?"

„Ich glaube, ich werde mir einen Kuss von meiner Gefährtin stibitzen, solange ich noch die Chance dazu habe." Er knabberte an ihrer Unterlippe. „Ich liebe dich, Gina, mein Mädel. Ich habe lange gewartet, um dich zu finden, aber du warst das Warten mehr als wert."

Sie berührte seine Wange mit den Fingern. „Ich liebe dich auch, Fergus. Das habe ich vielleicht vor zwei Monaten noch nicht gedacht, aber ich bin froh, dass die Ereignisse sich so abgespielt haben. Sonst hätte ich dich nie gefunden."

Mit einem Knurren senkte Fergus den Kopf und küsste sie.

Gina schwelgte in seinem berauschenden Geschmack, als sie jedem Zungenschlag entgegenkam. Vor einem Monat war sie allein gewesen, auf der Flucht und hatte Angst um ihr Leben und das ihres Sohnes gehabt.

Aber jetzt hatte sie einen Gefährten, ihre Schwester, ihren Sohn und eine neue Familie, die alles tun würde, um die ihren zu schützen. Das Schicksal mochte ihr ein paar Steine in den Weg geworfen haben, aber Gina wollte es nicht anders. Fergus MacKenzie war der Mann ihrer Träume, und sie würde Himmel und Erde in Bewegung setzen, um ihn und ihren Sohn an ihrer Seite zu halten.

Epilog

Zwei Monate später

Gina glättete ihr Haar ein letztes Mal, aber ihre Locken sprangen wieder auf und blieben wild. Während sie es lieber flocht, mochte Fergus es offen. Normalerweise ignorierte sie seine Wünsche und hielt es aus Bequemlichkeit zurück. Der kommende Abend war jedoch etwas Besonderes – sie und Fergus waren bereit, wieder Sex zu haben.

In den dazwischen liegenden Monaten seit Jamies Geburt waren sie und Fergus kreativ gewesen. Aber so sehr sie seine Zunge zwischen ihren Oberschenkeln liebte, wollte sie seinen harten Schwanz in sich spüren.

Und doch drehte sich Ginas Magen um. Der Paarungsrausch sollte auf keinen Fall einsetzen, solange sie stillte. Das bedeutete allerdings nicht, dass es nicht passieren würde.

Hör auf, Gina. Du vertraust Fergus. Selbst wenn es anfängt, wird er es zügeln. Sie atmete tief durch, wandte sich vom Spiegel ab und ging im Schlafzimmer auf und ab. Fergus sollte jeden Moment zurück sein, nachdem er ihren Sohn in Lornas Haus abgesetzt hatte. Jamie war definitiv Großmutters kleiner Junge geworden.

Nicht, dass Lorna die Einzige war, die Jamie liebte. Fraser und Kaylee verhielten sich, als wären sie schon immer Bruder und Schwester gewesen, was zu mehr Unfug führte, als Gina mochte. Nur weil sie wusste, dass keiner ihrer Familie jemals etwas tun würde, um ihr Baby zu verletzen, ließ Gina es durchgehen. Tief im Inneren gab Gina zu, dass die Tatsache, dass Kaylee Verbündete bei den MacKenzies gefunden hatte, ihr Herz vor Glück wärmte.

Die Tür unten klickte zu. Fergus war zu Hause.

Sie zog ihren Bademantel aus und setzte sich auf das Bett. Sie musste sich zusammenreißen, um nicht zu zappeln und an den Kleidungsstücken zu zupfen, die ihren Körper bedeckten.

Etwa dreißig Sekunden später öffnete Fergus ihre Schlafzimmertür und blieb abrupt stehen. Seine Augen wanderten über ihre Schultern, ihre Brüste und ihre Beine. Als seine Augen wieder auf ihre trafen, blitzten sie auf. „Wie sehr hängst du an dem, was du da trägst?"

Die Zustimmung in seinen Augen gab ihr den

Mut, verwegen zu sein. Sie zog ihren Finger über ihre Brust, bis er den kleinen Bogen zwischen ihren Brüsten erreichte, und fragte: „Gefällt es dir?"

Fergus machte einen Schritt und dann einen weiteren, sein erhitzter Blick verließ nicht ihr Gesicht. „Aye." Er war nahe genug, um eine Haarsträhne zu heben und sie zwischen seinen Fingern zu reiben. „Und du trägst dein Haar offen für mich."

Sie legte eine Hand an seinen unteren Bauch. „Ich habe heute Abend viele großartige Dinge getan. Aber ich denke, du musst zuerst etwas für mich tun."

Er strich mit einem Finger an ihren Armen hinauf und hinab. „Ich sage: Vergiss die albernen Spiele. Meine Eier sind schon blau vom Warten, Mädel. Lass mich nicht länger warten und zeig mir einen Strip-Tanz."

Gina lächelte. „Nur, wenn du versprichst, das morgen auch zu tun."

Fergus stöhnte. „Ich verspreche, morgen nackt durch das Dorf zu laufen, solange du mich dich heute Abend haben lässt, Gina."

Einer ihrer Mundwinkel hob sich. „Mir gefällt die Idee."

Er zupfte an ihrem Haar. „Ich dachte, du bist besessen von mir."

Sie neigte den Kopf. „Das bin ich. Aber ich liebe es auch, dich an deine Grenzen zu drängen. „Ich muss zugeben, dass das Spaß gemacht hat."

„Meiner Familie eine Karaoke-Maschine zu kaufen, war ein Fehler."

„Nur, weil ich dich auch zum Singen gebracht habe."

„Ich würde mich lieber nicht daran erinnern", murmelte Fergus.

Sie lachte. „Okay, okay. Ich glaube, ich kenne einen Weg, dich von dieser Erinnerung abzulenken." Gina rutschte zurück auf das Bett und stützte sich auf ihre Ellbogen. „Zieh mich aus, ohne etwas zu zerreißen, und du kannst mit mir tun, was immer du willst, Drachenmann."

Fergus' Pupillen blieben für ein paar Herzschläge Schlitze, bevor sie wieder rund wurden. Er beugte sich über das Bett und bedeckte ihren Körper mit seinem. Seine Lippen waren eine Haarbreite von ihren entfernt, als er flüsterte: „Du denkst, du bist die Clevere. Aber du wirst mich noch anflehen, dir die Sachen runterzureißen, bevor ich fertig bin."

Erinnerungen an Fergus' Finger zwischen ihren Oberschenkeln, an ihren Brüsten und wie sie ihre Brustwarzen zupften, rauschten zu ihr zurück. Blut strömte in ihre Wangen, während ihr Herz doppelt so schnell schlug.

Als sie bemerkte, dass ihre blasse Haut sich rötete, antwortete sie nur: „Wir werden sehen, Fergus MacKenzie." Sie hob ein Bein, um sich an seinem harten Schwanz zu reiben, der in seiner Jeans eingeschlossen war. Fergus stöhnte und flüsterte: „Ich habe fast zwei Monate ausgeharrt. Lass mich nicht länger warten."

Mit einem Knurren küsste Fraser sie und stieß seine Zunge in ihren Mund. Jeder Schlag war ein Anspruch.

Sie hob eine Hand an sein Haar und grub ihre Nägel hinein. Er knurrte und küsste sie leidenschaftlicher. Während er leckte und knabberte, fühlte es sich an, als würde er sie wieder zum allerersten Mal küssen.

So schnell er angefangen hatte, zog Fergus sich zurück. Seine Stimme war rau, als er sagte: „Ich liebe dich, Mädel, aber das Küssen wird warten müssen."

Bevor sie nicken konnte, beugte sich Fergus zurück und verfolgte den Träger ihres Dessous-Oberteils. Die Rauheit seines Fingers gegen ihre Haut sandte einen Ruck durch ihren Körper. Wo der Träger endete, zeichnete er den Rand des Spitzenkörbchens nach, der ihre Brust hielt.

„Fergus", hauchte sie.

Ihr Drachenmann ließ seine Finger reden, und zupfte durch den seidigen an ihren Nippeln Stoff. Jede Berührung verursachte mehr Nässe zwischen ihren Oberschenkeln.

In der Hoffnung, ihn zu ermutigen, spreizte Gina ihre Beine weiter. Fergus schmunzelte. „Meine Gefährtin ist ungeduldig."

Sie hob einen Arm und zeichnete die Umrisse seines harten Schwanzes nach. Fergus hielt den Atem an, und Gina lächelte. „Du kannst mich weiter necken, aber ich werde dich nur zurück necken."

„Vielleicht hätte ich ein paar Tücher mitbringen sollen, um dich festzubinden. Dann wärst du mir ausgeliefert."

Sie zitterte bei der Vorstellung, nackt und offen für Fergus zu sein. „Vielleicht später." Sie spreizte ihre Beine so weit sie konnte, und ihr Ouvert-Slip zeigte ihrem Gefährten ihre Scham.

Fergus blickte auf ihr geschwollenes Fleisch, und er leckte sich die Lippen. „Mein Lieblingsanblick."

Gina tat ganz unschuldig und zog ihre Brust aus dem Spitzenkörbchen. „Ich dachte, das wäre es?"

Mit einem Knurren beugte sich Fergus nach unten und leckte ihre Brustwarze, und wieder. Bei diesem Tempo würde sie kommen, bevor er auch nur in ihr war.

Fergus behielt kaum die Kontrolle über seinen Drachen. Das Tier brüllte in seinem Kopf. *Wir haben eure Spiele jetzt schon zwei Monaten gespielt. Beeil dich! Ich möchte ihre Hitze um meinen Schwanz spüren.*

Sie muss bereit sein.

Sieh sie dir an. Unsere Gefährtin ist mehr als bereit.

Fergus hörte auf, seine Aufmerksamkeit auf Ginas Brustwarze zu beschränken, und lehnte sich zurück, um ihre Pussy anzustarren. Seine Gefährtin war rosa und glänzend, bereit, sich seinen Schwanz zu greifen und jeden letzten Tropfen aus ihm zu wringen.

Dennoch hielt er sich lange genug zurück, um seinen Drachen zu fragen, *Bist du sicher, dass du den Rausch eindämmen kannst?*

Ja. Und jetzt beeil dich und beanspruche unsere Gefährtin.

Fergus sah Gina in die Augen. Die Hitze dort ließ einen Tropfen Vorsamen austreten. „Ich ersetze dir die Wäsche später."

Im nächsten Moment riss er die winzigen Stoffteile vom Körper seiner Gefährtin. Er strich eine Hand über ihre nackte Brust und hielt an ihrem Bauch an, um die schwachen Dehnungsstreifen zu verfolgen. Auch nach all dieser Zeit rutschte Gina noch unbehaglich hin und her, wenn er besondere Aufmerksamkeit auf die Streifen richtete. Er lehnte sich hinunter, küsste sie und sagte: „Für mich bist du die sexyste Frau auf der Welt, Gina MacDonald." Er küsste sie erneut. „Zweifele nie daran."

„Dann zeig es mir, oder ich muss die Dinge durchgehen, die die Schwangerschaft an mir verändert hat."

Er grunzte, riss seine eigenen Kleider herunter und bedeckte ihren Körper mit seinem. Er berührte ihre Wange und antwortete: „So sehr ich deine Spiele liebe, Mädel, ich habe nur eine Frage, bevor ich dich zum ersten Mal als meine Gefährtin beanspruche."

Gina sah ihm in die Augen. „Was?"

„Möchtest du, dass ich ein Kondom benutze?"

Sie hielt inne, bevor sie antwortete: „Nein. Ich vertraue darauf, dass du nicht in den Rausch gerätst."

Er strich seinen Daumen über ihre Wange. „Selbst ohne den Rausch könntest du wieder schwanger werden."

Sie schlang ein Bein um seinen Oberschenkel. „Nach Dr. Innes liegt die Wahrscheinlichkeit beim Stillen in den ersten sechs Monaten bei weniger als 2 Prozent. Wenn es passiert, passiert es." Sie küsste ihn. „Beanspruche mich richtig, Fergus. Ich habe lange genug gewartet."

Sein Drache zischte. *Jetzt!*

Fergus nahm Ginas Lippen, während er seinen Schwanz an ihrem Eingang positionierte. Zentimeter um Zentimeter schob er ihn hinein, bis sie ihn ganz aufnahm.

Verdammt, seine Gefährtin war eng. Er müsste aufpassen, sie nicht zu verletzen.

Gina unterbrach den Kuss und bewegte ihre Hüften. „Hör auf, zu viel zu denken. Du wirst mir nicht wehtun, Fergus. Ich bin mehr als bereit für dich. Und ich meine dich als Ganzen, Mensch und Drache."

Sein Tier grunzte zustimmend. *Tu, was sie sagt. Sie will uns.*

Fergus bewegte sich zunächst langsam, bevor er sein Tempo erhöhte. Nach Ginas Stöhnen zu urteilen, tat er ihr nicht weh.

Sein Drache meldete sich zu Wort. *Hör auf, dich zurückzuhalten. Beanspruche sie. Kräftig.*

Als die Lust und das Verlangen seines Tieres, sie zu beanspruchen, seinen Körper überfluteten, verblasste Fergus' Zurückhaltung.

Er drückte Ginas Hände über ihren Kopf und beobachtete, wie ihre kleinen Brüste bei jedem Stoß hüpften. Er bewegte sich noch schneller. Auch ohne Rausch war jeder Millimeter von Fergus daran interessiert, ihre Frau endlich als ihre Gefährtin zu brandmarken.

Gina bog den Rücken, und Fergus stieß härter zu, jede Bewegung war ein Anspruch auf Gina.

Dann behielt er ihre Handgelenke mit einer Hand, strich die andere über ihre Brust, ihren Bauch und hielt an ihrer Klitoris inne. Er streichelte über ihr Nervenbündel, und Gina stöhnte: „Härter!"

Fergus ließ sich nicht zweimal bitten. Das Bett bebte mit jedem Stoß seiner Hüften. Gina schlang ihre Beine um ihn und grub sich in seine Pobacken. Sowohl Mensch als auch Tier dachten: *Unsere.*

Aber Fergus wollte Ginas grüne Augen sehen, wenn sie kam. Deshalb verlangte er: „Sieh mich an!"

Sie öffnete die Augen und sah in seine. Die Liebe, vermischt mit Verlangen, heizte das Verlangen seines Drachen an. Fergus knurrte, und er erhöhte den Druck auf Ginas Klitoris, als er sie massierte. Das Geräusch von Fleisch, das gegen Fleisch klatschte, füllte den Raum.

Sein Drache knurrte. *Unsere Gefährtin ist bereit. Nimm sie.*

Er drückte gegen ihre harte Knospe, und Gina schrie, bevor sie sich festhielt und seinen Schwanz losließ. Fergus hörte nicht auf, sich zu bewegen, Druck baute sich an der Basis seiner Wirbelsäule auf. Gerade als seine Gefährtin von ihrem Hoch herunterkam, brüllte er „Gina!", bevor sein Körper innehielt und losließ.

Jeder Tropfen seines Schwanzes markierte ihre Gefährtin und bescherte ihr einen Orgasmus nach dem anderen. Gina, die den Rücken bog, während er sie kommen ließ, war ein Anblick, den er in sein Gedächtnis einbrennen würde.

Als er den letzten Tropfen seines Samens vergossen hatte, ließ Fergus Ginas Hände los und brach auf seiner Gefährtin zusammen. Gina bewegte ihre Finger auf seinen Rücken und kratzte mit ihren Nägeln über seine Haut. Ihre Stimme war atemlos, als sie sagte: „Du bist genauso gut, wie ich es in Erinnerung habe."

Irgendwie brachte er die Kraft auf, seinen Kopf zu heben. „Du hast an mir gezweifelt?"

Sie lächelte langsam. „Na ja, ich war hochschwanger, und mein Gedächtnis funktionierte damals nicht mit voller Kapazität."

Er grunzte. „Ich durchschaue deine Spiele, Mädel."

„Wenn ich dich also bitten würde, mich mindestens noch zweimal zu nehmen, um sicherzustellen, dass es nicht bloß Zufall war, würdest du es nicht tun?"

Mit einem Knurren bewegte er seinen Kopf zu ihrem und biss sanft auf ihre Unterlippe. „Du musst nur fragen, Mädel. Und ich werde dich so oft beanspruchen, wie du möchtest. Im Gegensatz zu Menschen brauche ich nicht viel Zeit, um mich zu erholen."

Gina bewegte ihre Hüften, und Fergus hielt den Atem an. „Du wirst immer einen Anspruch auf mein Herz haben, Fergus MacKenzie, aber ich denke, du musst meinen Körper vorsichtshalber noch ein paarmal beanspruchen. Ich kann nicht zulassen, dass die anderen Frauen zweifeln, ob du mir gehörst."

Er zog sich zurück und stieß wieder in sie hinein. „Es wird nie Zweifel geben, Gina MacDonald. Du gehörst mir, und ich behalte dich."

Fergus nahm ihre Lippen in einem Kuss und beanspruchte seine Gefährtin noch dreimal, bevor er sie an sich hielt, während sie einschlief. Er war der glücklichste Drachenmann der Welt, und er würde alles tun, um Gina davon zu überzeugen. Jeden Tag erwartete er, dass ihm sein Happy End wieder weggenommen würde, aber Fergus würde bis zu seinem letzten Atemzug kämpfen, um seine Familie zu beschützen. MacKenzies liebten tief und hart; und Fergus war keine Ausnahme.

Danke, dass sie dieses Buch gelesen haben! Ich hoffe, Fergus und Gina haben Ihnen gefallen. Auch wenn die nächste Geschichte in der Lochguard-Highland-Dragons-Reihe *Das Drachenherz* ist, empfehle ich Ihnen, vorher das siebte Stonefire Dragons-Buch zu lesen. In *Dem Drachen ergeben* gibt Rafe Hartley der Anziehung nach und küsst endlich Nikki Gray. Doch gibt es eine Zukunft für einen menschlichen Mann und eine Drachenwandlerin?

Bestellen Sie DEM DRACHEN ERGEBEN jetzt bei Amazon.de!

Wenn Sie direkt in die nächste Lochguard Highland Dragons-Story eintauchen und zusehen wollen, wie Tante Lorna ihre zweite Chance findet, dann bestellen Sie jetzt DAS DRACHENHERZ bei Amazon.de!

Ich schätze Ihre Hilfe beim Bekanntmachen meiner Bücher, indem Sie zum Beispiel Freunden von diesem Buch erzählen. Rezensionen helfen Lesern ebenfalls, Bücher zu finden! Bitte hinterlassen Sie eine Rezension bei ihrem bevorzugten Online-Buchhändler. Sie können sich auch für meinen Newsletter anmelden, um Benachrichtigungen über neue Veröffentlichungen auf Deutsch zu erhalten.

Das Drachenherz

LOCHGUARD HIGHLAND DRACHEN NR. 3

Lorna MacKenzie hat ihren Gefährten vor fast dreißig Jahren verloren. Sie hat ihr Leben ihren Kindern gewidmet und den Gedanken, jemals wieder Liebe zu finden, verdrängt. Schließlich war Jamie MacKenzie ihr wahrer Gefährte gewesen. Wer könnte ihn jemals ersetzen?

Ross Anderson ist nach Lochguard gekommen, um in der Nähe seiner Tochter zu sein und gegen seinen Krebs zu kämpfen. In den letzten sechs Monaten ist er einer gewissen Drachenfrau nahegekommen. Allerdings wollte er ihr nicht als todgeweihter Mann den Hof machen. Doch jetzt, da sein Krebs verschwunden ist, ist Ross entschlossen, Lornas Herz zu gewinnen.

Während die beiden gegen die wachsende Anziehung ankämpfen, ist die einzige Frage: Wird sich Lorna Ross gegenüber öffnen, oder für immer an der Erinnerung an ihre erste Liebe festhalten?

Über die Autorin

Jessie Donovan hat mehr als eine halbe Million Bücher verkauft, Hunderttausende weitere kostenlos an ihre Leser*Innen verschenkt und es sogar auf die Bestsellerlisten der *NY Times* und *USA Today* geschafft. Sie ist vor allem für ihre Drachenwandler-Serie bekannt, schreibt aber auch über Elfenhexen, Vampire, Alien-Krieger und hat sogar eine verrückt-komische Liebesromanreihe aufgelegt, die in Schottland spielt. Wenn sie nicht gerade ein Buch liest, auf ihrem Laufband joggt oder mit nur wenigen Groschen in der Tasche durch ein fremdes Land reist, findet man sie oft auf Facebook oder TikTok, wo sie mit ihren Lesern interagiert. Sie lebt in der Nähe von Seattle. Dort regnet es zwar oft, doch der Regen macht auch alles grün.

Besuchen Sie ihre Website unter: www.JessieDonovan.com